山

SHANCHAO

潮

上官晓梅——著

中国文联出版社
http://www.clapnet.cn

图书在版编目（CIP）数据

山潮 ／ 上官晓梅著 . -- 北京：中国文联出版社，
2025. 1. -- ISBN 978 - 7 - 5190 - 5710 - 7

Ⅰ . I247. 5

中国国家版本馆 CIP 数据核字第 202456WW31 号

著　　者　上官晓梅
责任编辑　李　民　周　欣
责任校对　秀　点
装帧设计　中联华文

出版发行　中国文联出版社
地　　址　北京市朝阳区农展馆南里 10 号　　　　邮编　100125
电　　话　010 - 85923025（发行部）　　　　　85923091（总编室）
经　　销　全国新华书店等
印　　刷　三河市华东印刷有限公司

开　　本　710 毫米×1000 毫米　　　1/16
印　　张　17
字　　数　272 千字
版　　次　2025 年 1 月第 1 版第 1 次印刷
定　　价　78. 00 元

山乡变迁，历史的印记

"世上本无路，走的人多了便成了路"——鲁迅。今天读来感觉这句话像是说过去的乡村。改革开放前的乡村，村村都可以见到山脚边比脚掌大的小路，小路两边要么是杂草丛生，要么是灌木丛，再要么一边是山另一边是山涧或者悬崖。很多这样的小路，是乡村一代一代的人踩出来的。

我生活在农村，工作在基层。对于过去乡村无路的状况我有深切的痛感。书中有一些我自己的影子。比如村庄只有一到三年级，四年级就要走出大山上公社读书，其实这还是算好的，更偏远的山村就只有一到二年级，总共一个老师。我的家乡七牧村，在我之前没有一个孩子敢走出村庄去农场场部中心学校升学。因为，去场部的路被称为鬼路。其间要过一片墓地，小路从墓地的中心带穿过，或矮或高，或老或新的土坟堆，就在你的脚边。据说这片墓地是解放初期枪决土匪的刑场，后来附近有了渡头村，就成了渡头村的新坟地。穿过墓地再走大约六里铁路才能到达农场场部。想想看，这样的路况，连大人也害怕走，何况是小孩子。我有好几次在穿过墓地时因惊吓过度发生呕吐。有一次我从山林小路的高坡上正下坡时，遇见一只半大老虎，它从我前方大约30米处的山上下来，横穿小路下到谷底去。老虎悠闲的样子我至今记忆犹新。当时的我吓傻了，呆若木鸡站在原地不知道跑。也许正是我一动不动，所以没有惊动老虎，它旁若无人的样子，应该是没发现我。更严重的一次是一夜间山路边垒起一座新坟。

星期五放学回家还没有那座新坟，星期一去上学，在进入墓地口，眼前突然有一座新坟，垒在比小路高一米左右的地方，新鲜的黄泥土散落在小路上，好几个花圈歪斜在坟墓周围。我吓得拔腿就往回跑，跑了一段路停下来，胆战心惊地望着新坟方向发呆，不知道该怎么办。不去上学不行，去嘛又实在没有胆量走过去。好在田埂下有一个看水（控制稻田水）的农民伯伯。我跑过去请求他陪我走过去。这一次我差一点辍学。之所以没有辍学，是因为我更害怕水田里的水蛭，扁扁的没有脊骨，吸饱了血就变成圆鼓鼓的，比原先大好几倍。它们无声无息，隐藏在水田的任何一处，你无法知道它们什么时候从某处草丛或者泥中钻出来，悄无声息地朝你游去，吸在你身体的某个部位，也有可能不知不觉爬到了你的腰间、脖颈，你在忙碌着，它在悄悄吸你的血，比魔鬼恐怖一百倍。于是，我选择宁可遇上墓地传说的无头鬼，也不能放弃读书，读书是唯一走出农村的机会，是与水蛭绝交的上上策。

1978年我父亲调到农场茶村当包队干部。我们全家随迁到茶村。茶村离农场场部只有一步之遥，不到两公里，过一个渡走上一里地就到了。就是这样离总部一步之遥的村庄，也没有一条水泥路，也只是一条相对宽敞的自然沙土路。1993年我调到拿口镇工作。拿口镇是邵武市的大镇，曾经提名设县。就是这样的大镇，也无一条像样的路。通往城里的是一条不亚于六盘山的盘旋山土路。跑一趟城里来回要四个多小时的车程。其中1/3路段行走在山崖边，一边是山谷或悬崖，另一边是山。每每过这样的地段，车上满座鸦雀无声，每个人连大气都不敢喘。我不知道他们在想什么，反正我每次都在想，车会不会滚下山崖，我的生命会不会戛然而止。

我写过散文《故乡的鬼路》、诗歌《变迁》，小品《我们赶上好时代》（获2021年福建省庆祝中国共产党成立100周年小品三等奖），这些作品都饱含着我对山乡变迁的欣喜情感。如今的农村"条条大路通罗马"。我工作的拿口镇前门有国道，后门有高速；我的家乡七牧村，从无路，到现在的四通八达，进城只需25分钟的车程，上场部只要10分钟的车程。这是改革开放带来的巨变。

我很庆幸我热爱文学，可以用笔墨记录下山乡变迁，历史的印记，更感谢福建省文联，福建省作协，福建省文学院，以及各位评委老师，使《山潮》这部以我家乡邵武为背景的"山乡巨变"题材小说得以出版面世。

土地是我们的母亲，她孕育了生命（泰戈尔），而改革开放，赐予了土地翅膀，祝愿祖国的辽阔乡村在振兴的路上锦上添花，更上一层楼！

再次表达我深深的谢意！！！

上官晓梅

2025 年 1 月 18 日

●●●●●● 目 录

引子：剪彩

村主任李海龙，在用生命的最后时光与"零赶"工程赛跑，引起社会很大关注，企业家、名流以及村民纷纷慷慨解囊，老队长李有田组织了一帮村里的老人，每天做义工，村里只要能动的一有空就主动去做义工，一方有难八方支援，真真实实地在李家村上演了一回。

何为"零赶"工程？其实就是一条通往山下的水泥路。为何要取"零赶"这么个名字呢？只因过去李家村的人上一趟公社，必须天没亮就起床翻山越岭，在八点前赶到山下，搭乘顺道班车，在渡头村下车后再赶渡，过了渡再走上一里地才到星光公社，于是李家村被山下人戏称为"三赶"村。有了直达星光镇的水泥马路，"三赶"从此就要画上句号，所以这项工程取名"零赶"。可村里人习惯称之为西山马路。

西山水泥马路立项于1993年，从筹划到筹资，再到竣工历时三年，长达十五华里。在还未实行农村硬化道路"村村通"政策之前，要修建一条如此规模的水泥马路，是很了不起的工程。李家村多少代人，对于路，都有一个无比渴望的梦，又有一个无法忘却的噩梦！

李家村坐落在海拔1400多米的高山上，村庄被崇山峻岭包围，打开大门望见的是山，打开窗户望见的是山，无论你站在什么方位望见的都是山。去公社的路，又被称之为"鬼路"。因为其间需要过一片坟地，坟地在村庄有各式各样的鬼故事传说。去一趟公社相当于出一趟远门。首先要穿过一片田野，再走过一段山边小路，然后穿入山林，开始一路下坡。雨天，田埂和山边的黄泥土小路泥泞不堪，走不了几步鞋底就被粘满厚厚的黄泥，使你走不动，得捡块石块或者树枝什么的把鞋底的泥抠下来，不然无法继续行走。去的时候因为是下山，所以不断地下坡，下到双腿发抖，回来的时候是不断爬山，所以不断上坡，爬到双腿抬不动。这样的状况一直维持到 1975 年。

1975 年老队长李有田的开路报告被公社批复，冬季农闲时公社调集五个生产队来支援，从西边劈山填水开了一条十五华里的泥土马路，李家村人为有这条路而欢呼雀跃，锣鼓喧天，请来电影队放了三场电影，请来县文工团演出助兴。村里的文艺青年连续一个月在古亭敲锣打鼓自娱自乐。有了这条路，村里的孩子开始走出大山去公社上学。这之前村里只有李海龙一个人去山下上学，念到初一也辍学了。

改革开放后，由于大量砍伐山林，运输行业迅速兴起，半个村的人都买了车干起了运输行业，再加上集体生产改为承包到户，路便成了没爹娘的孩子。本就是黄泥土路，很快就被一辆一辆的运输车碾轧得不成路，两道车轮槽越来越深，雨天，两道车轮槽成了两条小水沟，当年填的基石也大块大块地裸露在路面，路面东一洼水，西一洼水，骑自行车一不小心就被掀翻在地，直到黄泥土马路彻底被废开不了车，一部分人放弃运输业，一部分人到城里租房子继续干运输业。无路的痛苦再一次笼罩在李家村人的心头。

李海龙当选第四届村民委员会主任后，把自来水工程和建设一条通往星光镇的水泥路作为头等大事来抓，为了筹集款子，有人夸张地形容他跑坏了一箩筐的鞋子，求爹爹告奶奶的事他没少做。眼见最后一期工程完工，谁知一场百年不遇的洪灾，将三分之二路段冲毁。五个多月的连续雨水，又加上连日来的暴雨，上游水库的泄洪，造成山洪倾泻塌方，小河里的水漫进田里，青龙溪洪水暴涨。"零赶"本来就是一条土马路，而非国家标准的高标马路，再加上大多数地段是填田和填方路段，一部分是劈山路段，哪经得起如此洪水！几年的心血，整个村庄几代人的希望，一夜间塌方的塌方，冲毁的冲毁，惨不忍睹！就在这个时候，李海龙被查出患有白血病，但他选择再次踏上筹资修路的征途，他要在自己离开这个世界前，实现他从小就埋藏在心底的梦——李家村有一条通往山外的路。

……

李海龙拉着王僖月，王僖月搀扶着李海龙一起走上主席台。台下响起热烈的掌声。僖月望着今非昔比的家乡，和台下那一张张熟悉的面孔，往事仿佛就在昨天。

第一章 第一台电视机

"双抢"结束，老队长李有田从城里买回一台黑白电视机，这是村里的第一台电视机。14英寸，像个带拖斗的方盒，村里有人管它叫盒子电影机。

20世纪80年代初，拥有一台电视机，不亚于今天拥有一辆豪车，尤其在李家村。李家村至今仍有小半个村的人姓李，是星光镇地势海拔最高的一个村庄，也是唯一至今出入仍经过古城门的一座古老的城堡式村庄。它四面环山，村前是一片肥沃的良田，和一条大约四米宽的浅溪，村里人叫小溪为河。

小溪水源来自青龙山，于是村民们又称它为青龙溪。青龙溪不仅是李家村门前百亩良田的重要水源，也是李家村的饮水水源，还是妇女们的天然洗衣场，有人戏称洗衣场为"新闻"发布地。

踏进村庄，村口矗立着一座醒目的贞女牌坊。村头到村尾由南至北贯穿一条古石街，曰牌坊街。牌坊街中段有一座古亭，古亭前方是地主家的祠堂，新中国成立后改为生产队俱乐部。古亭是一座三面有墙的特殊古亭，连接着古亭的是一间大约10平方米的小卖部，小卖部一直由雇农李长功经营着。

古亭是全村最热闹的地方，不论春夏秋冬，也不论刮风下雨，李家村的男女老少，尤其是男人们吃过饭必往古亭聚集，队长也习惯等在那里派工。逢年过节，或是什么喜庆日，村里的锣鼓手就聚在古亭敲锣打鼓一番，兴致高了还会来上几段傩舞。这个时候全村的男女老少几乎都聚集在这儿，热闹的情形不亚于我们今天看一场世界女排赛。

贞女牌坊为李氏。传说明末清初，李氏丈夫外出做生意，却一去如泥牛入海，杳无音信。李氏先是日日带着三个孩子在村口的水口树下等，等啊等，从春等到夏，从夏等到冬，从冬等到第二年的春……这时，有不少好心人便劝她:"别等了,再找一个人过吧,三个孩子没爹,你一个女人怎么行?"可李氏总是说:"我等一辈子。"

第二年的夏天起,李氏便不再去村口等了,她买来针线,从此便没日没夜地赶制布鞋来卖。传说 16 年里她共制了 1800 双布鞋。

待到三个儿子都长大成人,公婆也含笑归天,李氏又日日守望在村口等候丈夫归来,直到生命的最后一刻,她也没能等到丈夫。后来李氏的儿子做了官,把母亲的故事申报到京城,朝廷下诏赐李氏贞女牌坊。

李氏的故事在李家村犹如传家瑰宝,老一代人总要把这块瑰宝传给后一代人,一代一代,代代相传。

贞女的故事无从考究其真实性,然而,自从有了贞女的故事,李家村的每一代女性中几乎都会诞生一个真实的贞女,吴兰花就是这个村的又一位贞女。她为了那块贞节牌,给女儿王僖月埋下了一生的不幸。但此时的吴兰花丝毫没有预见到,她还喜滋滋地以为女儿王僖月找了个好婆家。这不,女儿的公公老队长李有田又率先买了村里第一台电视机,整个村的人都羡慕着呢。

这天,整个村子像打了兴奋剂。村民们兴奋地互相奔走相告,在街头巷尾不期而遇时,彼此相互问候的不是常问的那句"你吃了吗",而是关于老队长家的电视机。

也难怪有如此反应,那时候的李家村一年到头没有任何娱乐生活,每个月电影院会去放一场电影,这就是唯一的娱乐生活。每逢电影日,整个村庄如同过节,飞翔着快乐和兴奋。

今天老队长家像过大节一样,早早地吃好了晚饭,但大门口还是站了一群比他家晚饭更早的村民。

天才微微擦黑,老队长家的客厅已挤得满满一堂,年纪大一些的就坐着,年轻的就站着,门外还站着一群踮着脚也看不到的男女老少。

"国根,你去请亲家母来。"老队长吩咐儿子李国根去接吴兰花。

"妈不喜欢热闹,不知道她来不来。"王僖月接口说。

"就说我叫她来,她这一生不容易。"老队长说。

"那我去接吧。"王僖月说。

王僖月挤出人群,一边挤一边冲左右的人们点头致意。僖月挤出大门后便一路朝母亲家去。

李长功望着僖月的背影，由衷地冲老伙计李有田说："老伙计呀，你这个儿媳妇真是百里挑一呀。"

李长功，比李有田年长一岁，两人从小一起长大，在一个山头放过牛，在一条小河里洗过澡，彼此称呼"老伙计"。

"都是你们夸得好。"老队长谦虚着笑呵呵地回道。

"她的好，可不是谁能夸出来的。"副队长李东山从人群中挤进客厅接过话茬儿。

"东山，你来啦。"老队长一边说，一边左顾右盼，想找把椅子看座，可满客厅黑压压的人，别说没椅子，连客厅的木墩子都被人给占领了。

"国根，去隔壁多借些凳子来。"老队长立刻吩咐儿子去借凳子。

李国根听了，二话没说转身就往外挤。

"我去把我家的凳子拿来。"李东山不由分说也转身往外挤去。

"东山，你家远，就算了吧。"老队长冲李东山的背影喊。

"一个村子能远到哪去？"李东山一边说一边已挤出了人群。

王僖月来到母亲家，母亲已吃过晚饭，把自己收拾得整整齐齐。弟弟王福贵正欲出门去姐姐家看电视，看到姐姐来了，便回转来。

"姐，听说你家买了电视机，可以放电影？"

"是啊，我过来接妈，家里已经挤满了人。"王僖月说。

"我年纪大就不去凑热闹了，你们去吧。"吴兰花嘴上虽推辞着，可心里却是想去看看，但她更多的是想去分享女儿的幸福。

"年纪大更应该去看看那没见过的新鲜东西。"王僖月说。

"是啊，妈你放心去吧，母猪我看着。"王福贵的妻子，吴兰花的儿媳妇春竹误以为婆婆不去是放心不下栏里的母猪，看母猪那阵势今晚是要下崽了。

"还是春竹你去吧，家里母猪下崽我看着。"吴兰花这下是诚心诚意地叫儿媳妇也去看。

"妈，你们都去吧，我看着母猪。"王僖月接过话说。

"姐，不用的，你和妈去，反正我眼睛痛，正好在家看着母猪。"春竹找了个非常合适的理由。

"春竹的眼睛昨天被蜘蛛撒了尿，还肿着，就让她看着吧。"王福贵说。

"那好吧，我看看就回。"吴兰花临出门对儿媳说。

吴兰花在女儿王僖月的陪同下来到老队长家客厅。

"亲家，来啦。"马玉英立刻迎了上去。且立刻有人主动站起来让出椅子。

"没关系，你坐，我房间还有一把。"马玉英冲站起来的人说。马玉英说着亲自去为吴兰花搬来一把椅子。那是一把古老的雕花靠背椅。是老队长的祖爷爷传下来的，后来一代一代的子孙就视之为珍宝，平时只放置在李有田夫妇屋里。

马玉英把椅子摆放在最前排的中间，又拿来一块软垫垫上，再请亲家母吴兰花坐。

吴兰花大大方方地坐在头等位置上，手中摇着一把棕榈扇，面部表情难以掩饰她的骄傲。显然是这特殊的待遇给了她荣誉感。可为了这可悲的荣誉，她又付出了什么呢？32岁丧夫守寡至今，一个女人拖着两个未成年的孩子，走过的艰辛也只有她自己才知道。为了渡过难关，她为女儿王僖月招婿，这年王僖月13岁，一朵才开始含苞的花。赘婿李国根，时年24岁，比王僖月整整大了11岁，几乎一轮。

客厅的人越来越多，直到外面的水泥坪也挤满一坪的人。老队长一看这架势，只好将电视机抬到门外的水泥坪去，这样半个村的人都可以看到。

电视机抬出来摆放好后，老队长就开始琢磨着电视机，他一边琢磨一边嚷着喊杆子。杆子真名叫李海龙，他其实早来了，他习惯蹲在最不显眼的没有灯光的角落。

杆子是全村唯一上过初一的秀才，按理他会是村里响当当的一号人物，即使不是一号也能是二号，即使不是二号也不至于蹲在最不显眼的没有灯光的角落。如果仅凭文化，以上逻辑是正确的，然而，杆子偏偏有个致命弱点，那便是他的身体。

他因为身体瘦弱单薄，在那个靠劳动力吃饭的年代，杆子这类人自然是最没有声音的人了，再加上他家吃口多劳力少，是村里最大的超支户，所以每次生产队开会，他总是蹲在灯光照不到的角落，尤其是年终的分红大会，他恨不能有一条地缝让他蹲一下。

　　杆子的体弱瘦小，几乎掩盖了他的真名。其实父亲给他取了个很响亮的名字——李海龙，可惜这个名字不仅没能如父亲所愿，成为一条龙，反而成了强劳力林大黑眼里的笑话，林大黑直接将李海龙称呼为李海虫。

　　杆子听见老队长在喊他，连忙应声从黑暗的角落里怯怯地走出，再挤到电视机前。可他一看这没见过的新玩意儿心里也发慌，但他不动声色，他希望借这个机会长长脸。

　　老队长告诉杆子很简单，就是插上电源，旋开开关就好了，比放电影简单多了。杆子听说比放电影简单信心就来了。杆子放过电影，每个月电影院的人来放电影，都是由杆子放的，电影院来的人不是在喝酒，就是在睡大觉。

　　杆子向老队长要了说明书，他按着说明书操作了一下，果然简单。插上电源，旋开开关，屏幕立刻出现图像，但全是雪花麻点，杆子一看这情形没敢乱扭，只望着老队长。那时候都不知道是高山信号差的问题。

　　老队长急得大着胆子顺旋逆旋，急出一身汗。大家的心也都悬了起来，这东西真能放电影？屏幕这样小，能有电影好看吗？正当大家等待的有些失去耐心开始窃窃议论时，终于跳出一个清晰的新闻频道。"哗啦一下"，全场报以欢呼声。

　　接下来大家就七嘴八舌地说开来。

　　"真的和电影一样。"有人说，"还是电影好看，人更大。"

　　……

　　"我觉得这里面的人比电影里的人更真，更好看。"

　　大家你一言我一语。

　　"这东西好啊！明天我就去买一台。"林大黑突然提高音量大声说。他显然是在炫富。他家劳力多吃口少，是年年的分红户。但出乎意料，无一人喝他的彩。也许因为他平时为人比较横，仗着自己家吃口少劳力好，是年年的分红户，不是笑人超支就是欺负超支户。

　　"今年过年，我借钱都买一台。"黄伙生慢声慢语地说。

　　"你黄伙生家的钱都生霉了，哪要借钱？"阿混不客气地顶了一句。

　　阿混是这个村的混混，好吃懒做，又流里流气，村里人管他叫阿混，他也不在乎，甚至喜欢这个绰号，这个绰号令很多人望而生畏，不敢招惹他，甚至还要让他三分。

阿混这样说黄伙生是有原因的，因为黄伙生嫁了三个女儿，每个女儿的彩礼都是村里最高的。

黄伙生一听有些气恼地斜了阿混一眼，但没吱声，他心虚，他不想让阿混揭露他卖女儿。

"你哪只眼睛看见我家钱生霉了？"黄伙生的妻子可不让着阿混，她没好气地顶回去。

"我哪只眼睛能看见？你又不让我钻你们家床下看。"阿混调侃道，话音一落，引得大家哄堂大笑。

"吵死了，是听你们说话，还是看电视？"副队长李东山站起来大声呵斥。

全场立刻静下来，每个人都全身心地看电视，正在演的是一部都市爱情剧。

"现在科学真好，买一个盒子电影机天天都有电影看。"站在后排的聋子打破了沉寂。

聋子的名字叫陈金宝，只因他有些耳背，所以村里人都习惯喊他聋子。

聋子话音一落，全场又一片哗然。

"是电视机，不是电影机。"站在聋子身边的王春生贴近他的耳朵大声纠正。

"就差一个字，其实作用是一样的。"聋子嘿嘿地笑着反驳。

聋子的反驳，令大家伙儿笑得热火朝天。王春生本想再纠正什么，可自己一时也说不清电视机与电影机的区别，再想想聋子的话也有道理，两者只一字之差，作用是一样的。王春生想到这儿也就跟着大家一起笑，边笑边骂了一句"死聋子"。

剧情进入一对年轻恋人在夜空下追逐嬉笑拥抱接吻时，坐在中间最前排的吴兰花浑身一颤便起了一层鸡皮疙瘩，她羞得赶紧把头低下不敢看。半晌她才微微抬头，当剧中恋人在夏日的夜晚再次相拥相吻时，她愤然起身离场。

全场的人都在聚精会神地看电视，谁也没有注意到吴兰花的异常，就连她的女儿王僖月也没有发现母亲什么时候走的，只有剃头师傅老阿金把她的一切躁动都看在眼里。

老阿金很想尾随上去，但他的双腿却迟迟没有迈动，尽管他的尾随意愿一阵强于一阵，但他始终坐着没动。唉！用一生来等她，为什么就是感动不了她？唉！现在还能对她说什么呢？她又能对我说什么呢？唉！老阿金心里想着不禁连连哀叹。

吴兰花一脚高一脚低地走在回家的路上，心中很乱。"伤风败俗！"她居然自言自语地一路骂着。"兰花，今天我说穿了吧，你是在效仿贞女，可那毕竟是古人的故事，说不定那故事根本就是个虚的，是古人编出来束缚你们女人的⋯⋯"吴兰花也无法回避地想起了当年阿金劝她的那番话。"我不准你这样污贞女，我的事以后你就别操心了，你也别再等我了，今生欠你的来生我做牛做马还你，你走吧。"这是吴兰花最后一次拒绝阿金，也是最无情最冷酷的一次。

那天阿金的心伤透了，可阿金不知道吴兰花比他伤心十倍。吴兰花除了要承受忍痛抛弃爱外，还要承受对阿金的愧疚。自她丈夫去世后，阿金在生活和精神上都给予了她最大的帮助，不说其他，就单说阿金为了保护她不受村里老光棍二赖子的欺侮，居然好几次整夜地守在她的窗下。为了早一日熄灭阿金心中的情火，不再耽误阿金的青春，吴兰花只能狠下心泼灭他心中燃烧的情火。

吴兰花一路想着往事不知不觉就到了家。

"妈，看完啦？"春竹听见婆婆回来忙从卧室出来拉亮客厅的灯。

"没看完。"吴兰花说。"不好看吗？"春竹有点诧异。

"不好看，伤风败俗，成何体统！"吴兰花居然没好气地骂道。

春竹不明白婆婆为何生气，她偷望一眼婆婆，不再问问什么。

"你没去看才好，看得人鸡皮疙瘩都爬起来。"吴兰花像是自言自语。

"母猪下了六头。"春竹却说着另一个话题。她以为婆婆会马上去猪圈看看，可没想到她只是淡淡地"哦！"了一声就一反常态地去了自己的卧室。

吴兰花几十年的情感修炼不知为什么今夜却是这般的不堪一击，当年阿金那股强大的暴风都没能让她的心湖波浪翻滚，而今夜不过是一粒小石子就打破了她心湖的平静。今夜，往事像汹涌的海浪不断地拍打着她那早已饱经风霜的心岸，沉积已久的情感像火山一样再也抑制不住地喷涌了出来。

她默默地站立于丈夫的灵位前，长时间地凝望着，已很久不流的泪水又一次地顺着她沧桑的皱纹弯弯曲曲地滑落下来。良久，她缓缓移开视线走到床后的藤箱前，从藤箱里拿出一个红绸缎包着的东西一层一层地打开，里面是一枚金戒指。这枚金戒指是阿金那晚送她的。那晚阿金为吴兰花驱赶走了赖在她家窗下的二赖子后，又在她窗下守了一夜，那晚吴兰花几乎动了再嫁之心，可谁知第二天她却突然做出了改变自己和女儿王僖月一生的决定。她决定为女儿王僖月招赘，以解眼下的困局。

已入子夜，可老队长家看电视的人群除年纪大的陆续离场外，年轻人一个也没离场，他们看完这频道看那频道，虽然地势海拔较高，只能看到三个频道，但这已经足够让年轻人兴奋不已。

客厅的钟摆敲响了12点。对于一个没有文化娱乐的小山村，晚上12点早就该进入梦乡了，而今晚，老队长家依然热闹不减。

"太晚了，明天再来看吧。"老队长终于熬不住连连打着哈欠，不得不下逐客令。

"老队长，你老人家熬不住就先去睡你的觉，我们看完了帮你把电视机搬进去，你放心去睡觉。"老队长的逐客令也不管用，阿混第一个建议老队长先去睡觉。

"是啊，你去睡你的觉，我们看我们的，看完了我负责把电视机搬进去。"王春生立刻附和。

王僖月扯了一下嘴唇，也想建议公公先去睡觉，她会负责把电视机搬进去，但终究没有说出来。她嫁到李家快五个年头，从来没有过自己的主意，从来都是听公公婆婆的，所以她把说到嘴边的话又咽了回去。

"明天还要出工呢，不要搞得明天个个都跟吃了鸦片一样，扬锄头都扬不过头顶高。"李有田说。

"明天我保证把锄头抢得跟风车一样呼呼响，可以吗？"阿混说。

"就是看到天亮，终归是要收场的嘛。"李有田说。

在场的听了，都没了话，但就是无人离去。又等了十分钟，还是无人离去，李有田无奈，只得强制关了电视机。

电视机关了，大家不得不纷纷散去。王僖月与老队长把电视机抬进屋里，摆放好，再收拾好椅子，关上门睡觉去了。

第二章 鞋好不好穿别人不知

那夜是个难眠之夜。一台小小的电视机，犹如一扇小天窗，让这个古老而闭塞的小村庄领略了五彩缤纷的世界，都市的风景、都市的繁华，都市的灯红酒绿，还有都市的爱情……都市的一切一切，都让年轻人陶醉、神往。

王僖月怀着澎湃的心情，走进卧室，宽衣上床。此时她发现丈夫李国根已先睡了，他什么时候离开进屋子睡觉了？王僖月不知道。李国根此刻正鼾声此起彼伏。

王僖月定定地看着他，一会儿便有意触了一下已熟睡的丈夫，可李国根一点反应也没有，王僖月怔怔地在床边站了一会儿，忽然重重地擦着他的身体躺下，可他只是翻了个身就又呼呼地酣睡。

王僖月只能悻悻地躺着，两眼愣愣地望着屋顶的天花板，那股刚刚还燃烧着的情欲就如被当头泼了一盆冰水，瞬间熄灭。唉！就算他醒了又能怎样？他不行已经一年多了。僖月哀怨地叹了一声，侧过身子与丈夫背对背地睡。可今晚的她，闭上眼睛怎么都走不进梦乡。

她又默数起地里的黄瓜。以往，她睡不着的时候，就闭上眼睛默数地里的黄瓜，一根、二根、三根……数呀数，不知不觉就睡着了，可今夜却一点儿都不管用。今夜，拥抱、亲吻、情欲，像不可抵御的洪水滔滔不绝地漫过来，她不断地退，退到了绝境。她看见一个漂流瓶，在洪峰中漂浮挣扎，自己被困在瓶中风暴一样地呐喊，然而四周一片漆黑，她没有方向，没有岸，只能任凭洪峰肆意吞没与折磨。

王僖月或许在许多人眼里，尤其是在她母亲吴兰花的眼里是个幸福的女人，就连她自己曾经也一度有过幸福的错觉。她的公公是德高望重的老队长，她的丈夫不仅人厚道老实，而且身强力壮，是生产队一等一的劳动力。家中的柴米油盐，一切的一切她都不用愁，她的公婆会把一切安排得妥妥当当。但随着王僖月思想的成熟，她越来越感觉到自己是不幸福的，日子过得无滋无味，甚至越来越意识到自己其实是最不幸的女人。

9岁失去父亲，这是她人生的第一大不幸；13岁招亲，17岁完婚，一朵含苞的花骨朵儿还未开放，还未感受过蜂蝶飞舞就已凋零，这是她的第二大不幸；母亲剥夺了她爱的权利，强行把她嫁给了一个比自己大11岁像父亲般的男人，这是她的第三大不幸；丈夫又过早地失去性功能，这是她的第四大不幸。

当年吴兰花一是为了不再欠阿金的情债，让阿金对她死心，好趁早娶一门媳妇，二是以解生活之困，便决定招婿上门，那年王僖月13岁，李国根24岁。

王僖月又翻了一个身，又鬼使神差地有意无意地碰着丈夫李国根的身体，可李国根依然鼾声雷起，她气得又用背拱了一下丈夫，可李国根毫无感觉，睡得像头死猪一样沉。

王僖月忽然掀掉被头坐起来，她趴在膝头忽然默默地啜泣。

"你咋还不睡？"李国根像是说梦话，翻一个身又打起了呼噜。

王僖月跑了出去，站在南瓜棚下，她想大哭一场，但夜里的凉风把她吹醒，她是令母亲吴兰花骄傲的女儿，是公公婆婆眼里的乖儿媳，是全村人眼里的好女人。

想到这儿的王僖月黯然神伤地回到床上，但她的脑海里却不可控制地想起一个人，邻村的团支书，现在是生产队队长的韩力辉。

17岁那年，公社的一次共青团联谊会，王僖月认识了邻村团支部书记韩力辉，他们俩一见钟情，僖月还没来得及告诉韩力辉自己的情况，韩力辉就冒失地提着礼物上门提亲。韩力辉虽然后来知道了王僖月的情况，但他表示只要僖月不同意那门婚事，他就不放弃追求僖月。僖月自然是不同意母亲为她订的婚事，她和韩力辉迅速进入恋爱。可吴兰花为阻止女儿王僖月与韩力辉恋爱，她和老队长夫妇一合计决定提前完婚，不等来年僖月18岁再完婚。

第三章　三个女人一台戏

李家村的青龙溪又迎来一个热闹非凡的早晨。

每天清晨，天刚擦亮，李家村的女人就陆陆续续地赶来青龙溪畔洗衣服。天天如此，月月如此，年年如此，今天依然如此。所不同的是，王僖月今天是最迟的一个，这可是罕见的，平日里多数时候数她最早。

王僖月昨夜直到快天亮时才迷迷糊糊地睡了一觉，醒来，天已大亮。她匆忙起床，把一家人换下的脏衣服收拾进桶里，然后提起桶就上清龙溪洗衣场去。

溪边已经没有了洗衣位置，王僖月左右瞧了瞧，没有可以插进去的位置，于是她走下河，找了一块大石头搬上岸，刷干净暂且充作洗衣石板。

"僖月，天天都是你最早，有时候我们才来你就已经洗好了，今天怎么这么迟呀！"大喇叭阿霞扯开嗓门笑着说。

"偶尔一天睡沉了有什么好奇怪的。"王僖月说。

"早不睡沉，晚不睡沉，偏昨晚睡沉了？"阿霞诡异一笑。

"怎么？你们大家睡沉了都没事说，我一天睡沉了，就成了大怪物了？"王僖月笑着顶回去，但并未察觉阿霞葫芦里卖的药。

"是昨晚太累了吧？那电视里的卿卿我我可是刺激哦！"阿霞跑过去故意附着她耳朵说悄悄话，可音量却盖过河水声，在场的人都听得一清二楚。

"你才太累了呢，我们家那口早就睡了，你家那口昨晚折腾你了吧。"王僖月这才明白阿霞葫芦里卖的药。她恼得飞红着脸，并以牙还牙反击。

青龙溪畔一片浪笑。

"现在也不怕你们笑了，我家春生第一次追我，就是在晚上开完会回家的路上，突然塞了一块五分钱的芝麻酥饼给我，后来又悄悄帮我砍了几捆柴，再后来就是一个媒人一张礼单就成了夫妻，当时我还觉得是挺浪漫的，哪知跟人家城里人一比，简直是笑掉大牙了。"阿霞爽快地吐露出自己当年的恋爱史。

"我说呢，那阵子你手脚怎么那么快，天天要比我们多砍一把柴，原来是暗地里有相好的帮衬呀。"五妹笑着说。

"唉，我们乡下人哪能跟人家城里人比呀，我城里的姑妈说呀，现在城里人洗衣服都是用机器洗不用人洗呢。"危秋娥不甘被埋没，连忙把她城里的姑妈抬出来显摆。

"那能洗得干净吗?"五妹接过话。

"能，听我姑妈说比手洗的还干净呢。"危秋娥为了突出自己的话题，便脱口撒谎道。

"我不太相信。"阿霞说。

"我也不信，机器那铁疙瘩又没长眼睛，干净没干净它哪知道?"五妹是个直性子的人，她只是实话实说，根本没有想到自己的话会埋下祸根。

"是呀，它又没长眼睛，比如袖口更脏要多洗，机器哪里知道呢?"巧英不懂得看风向，也傻里吧唧地附和。

谁也没去注意危秋娥的脸色已黑云密布。

危秋娥想据理反驳，可却苦于无据反驳，也只得先吞下这口恶气。本来抬出城里的姑妈是想嘚瑟一下，不承想话才开了个头就被大伙儿堵了回来，反憋了一肚子的气。她把这一切都恨在杆子妻子五妹头上。"你个死超支户，不信也就算了，干吗要说那么一堆屁话!"她在心里暗骂道。

危秋娥越想越恼恨起五妹来，可她一时又找不着碴儿发作，气得她用棒槌使劲地捶衣服，捶得水花四处飞溅，弄得她身边的阿霞满脸是水珠。

"呀，你干嘛使么大劲，衣服捶破了不用钱买呀?"阿霞惊叫一声并站了起来，她一边抹脸上的水珠一边说。

"我乐意，你管得着吗?"危秋娥没好气地说，并继续使劲地用棒槌捶衣服。

"谁踩你尾巴了? 好好的怎么烧起火来了?"阿霞这时才发现危秋娥一脸的怒气。

"谁都敢踩我，连巧英都敢踩，我是软柿子好捏嘛，连超支户都不如呀!"危秋娥名为骂巧英，实则骂的是五妹。

巧英是聋子的媳妇，个儿不到一米五，夫妻俩在李家村都属于弱势群体，所以危秋娥才敢借她的名字指桑骂槐。对于五妹，危秋娥还是有几分忌惮的。虽然五妹夫家年年是超支户，但五妹可是个泼辣女子，也是一等一的好劳力，不是个软柿子。

溪边的说笑声戛然而止，她们面面相觑，谁也不出声，但视线都悄悄地扫向了五妹。五妹也明白危秋娥的矛头指向的是自己，但自从嫁给了杆子，成了老超支户家的媳妇后，她的棱角早已被磨去了一半，她明知是骂自己也佯作不知。

一时间溪畔只有哗哗的水声和着唰唰的洗衣声，再夹杂着哪哪的捶衣声。

半晌，聋子媳妇巧英不知深浅地又提起电视机的事。"僖月，听说你家买了小电影机，今晚我也想去看看。"巧英说。

"是电视机不是电影机，一定是你家聋子告诉你的吧，"阿霞回道。巧英的话使阿霞想起昨晚聋子拗着硬脖子就说是电影机，又忍不住笑了起来。

"去吧，一个人开着是看，全村人看也是一样地开着。"王僖月说。

"不是说多一个人看就要多耗一度电吗？"巧英话音一落，除危秋娥外，大家都哄笑了起来。

"没有的事，一个人看和全村人看耗用的电是一样的。"王僖月解释道。

"巧英，你听谁说多一个人看就要多耗一度电？"五妹止住笑问。

"听我家聋子说的。"巧英也呵呵地说

"是你家聋子说的那肯定是没有错了。"阿霞调侃道，使得众人又一阵哄笑。

"唉！那电视机实在是个好东西，可惜我家没钱买，不然连夜都去买一台回来。"阿霞笑毕感叹道。

"我老公说了，年底分红了上城里扛一台回来，到时你们也上我家看去。"危秋娥立刻抓住了挽回面子的机会，她还有意将音量提高，有意提到分红，想气气五妹，但她没预料到，话音落下却无一人喝她的彩。

也许是她夫妇平时为人比较尖酸刻薄，大家心里压根就没有要去她家看电视的意愿，再或许是她才放了一把火，大家怕惹着她，总之，无一人搭她的腔。

危秋娥的丈夫叫林大黑，是李家村的顶尖劳动力，和李国根一样日工分拿12个，比人高出2个工分，而且他们家吃口少劳动力多，连年都是李家村的头号分红户。危秋娥和林大黑一样为人尖酸刻薄，尤其林大黑好以强欺弱，杆子就常常成为他欺负的对象。每年分红的那天晚上，林大黑都要把自己的脸喝得直红到胸脯，然后就扯着嗓门高声谈笑，那神气样简直让人恨得想啐他一口。

五妹一看无一人喝危秋娥的彩，心下暗喜忍俊不禁。

危秋娥的余光瞟着五妹嘴角的窃笑，不由得怒火中烧，她再也控制不住了！

"阿霞，你家又不是死超支户，年底分了红不就有钱买了吗?"危秋娥再一次矛头直指五妹，用超支户来奚落侮辱五妹。

"谁知道今年有没有红分呢，若有我是想买的。"阿霞说。

"怎么会没有呢，你家男人又不是拿女人工分的，你担的什么心，肯定有红分的嘛。"危秋娥见五妹没反应，以为五妹变得好拿捏了，就变本加厉，剑指五妹。

危秋娥话音落下，众人视线一下子齐刷刷地扫向了五妹。

五妹的丈夫杆子，身子骨瘦弱，是李家村男劳动力中最弱的，日工分拿八个，与最强女劳动力的工分一样。

他的体弱不仅给他的生活带来了痛苦和耻辱，也给他的爱情酿造了一曲悲壮的浪漫史。当年五妹勇敢地向父母宣布非杆子不嫁时，五妹的父亲气得拿起棍子就往五妹身上打，并且向五妹放下狠话："你敢嫁给杆子，就永远别想再踏进这个家门。"后来五妹和杆子不得不偷吃禁果，再后来纸包不住火，五妹怀上了杆子的孩子，肚子一天天地大起来。五妹父亲气得暴跳如雷，一气之下冲到杆子家砸锅掀饭桌，搅得杆子家鸡犬不宁。

五妹本也是个烈性女子，虽说嫁了超支户杆子，脾性收敛了许多，但也容不得别人这样明晃晃地叫骂。何况危秋娥触到了她的底线，戳她最痛的地方，辱骂她最崇拜最爱的人，她哪能放危秋娥过马！

只见五妹搬起一块大石头往溪中一砸，便叫骂开来："你这条死鱼，我砸不死你，你就仗着一股蛮劲一身横肉，便老这么横游，小心30年过后这溪水干涸了，看你还怎么横！"五妹双手叉腰同样指桑骂槐，剑指危秋娥。

水珠飞溅到每个人的脸上，众人先是一声尖叫，而后都默不作声地抹去脸上的水珠。

"哟，原来你跟鱼生气呀，我还以为你跳河自杀呢。"危秋娥见把五妹给气到了很是得意。

"我干吗要跳河自杀？我家杆子书读得多，人聪明，又对我好，事事体贴我，我恨不得活一百岁呢！不像有的人，三天两头被丈夫打成个青面鬼，要是我呀，早跳河自杀了。"五妹语气调门不高，却字字如刀子，戳向危秋娥最痛的地方。

林大黑性情暴躁，而危秋娥又浑身带刺，两个人是针尖对麦芒，所以他们两个吵架打架是家常便饭。但危秋娥毕竟是女人，在林大黑的拳头面前却一点招儿也没有，常常被林大黑打得鼻青眼肿。

危秋娥一听连裤衩都被五妹给揭了个底，气得脸霎时憋得发紫，她恨不得冲上去撕碎五妹，然后扔进溪里喂鱼，只因自己的个头和气力都在五妹之下而不得不放弃这一想法。

"僖月，你听清了，一股蛮劲，一身横肉这是在骂谁呀，你心里可得有数哦。"危秋娥试图挑拨王僖月拉个帮手来对付五妹。

"僖月你别听她挑拨，我绝对不可能骂你男人。"五妹急忙解释。因为，一股蛮劲，一身横肉这的确无意骂着了僖月的丈夫李国根。

"哎呀，大家都是乡里乡亲的别吵了，就当她是骂我吧，你们就别再吵了。"王僖月发话劝架。

王僖月一发话其余的几位也跟着你一言我一语一起劝架。

危秋娥知道再吵下去自己也占不着便宜，只有先吞下这口恶气，心想，你等着，以后叫我老公好好修理你男人。

五妹自然也是愿意熄火的，更确切地说是她压根就没吵架的意愿，不然危秋娥第一次指桑骂槐她就不会放她过马。说实在的，死超支户这个头衔，不知不觉把五妹的棱角磨平了不少。

第四章　第一次选举

这是分田到户后的 1988 年的初夏，也是老队长李有田辞去队长的第二个年头。

选举村主任，这还是大姑娘坐轿头一回。谁也没经历过，包括老队长。为了确保选举工作进展顺利，镇里派来工作指导小组，连续一周下村入户指导。选举前夕，工作组又召开了村民大会，进行模拟选举示范。会上由一名工作组宣读文件，阐述党关于农村进一步改革开放的政策，阐述村民委员会自治管理制，村主任制，以及村主任由村民大会选举产生的制度等。

文件宣读完开始具体讲解选举，工作人员举起一张模拟选票开始讲解候选人是明天你们要选举的人，你同意选谁就在谁的名字下方打√，不同意就打×，可以两个都打×，不可以两个都打√，也可以放弃你的权利不选。

话音落下，会场立刻骚动起来。有人笑说"这是什么狗屁权利"？也有人说"都是规定好的名字还选什么？直接命令得了"。组长听了立刻补充说："你们也可以两个都不选，自己提名候选人。"话音落下，阿混立刻对身边的武丘开玩笑道："明天我填你的名字，你当上了村长就把村里的工程都包给我。"这虽然是玩笑，但给武丘的心灵种下了一个村长梦，以致引发多年后的一桩事，不过这是后话。

李东山看到大家这样不严肃，很想站起来骂他们，但他还是忍住了，毕竟自己是村主任候选人，现在不是骂他们的时候。

组长似乎不在意骚动，他继续说："还有谁不明白的请举手。"组长说着往人群中扫视。突然聋子的手举了起来。组长立刻问："你有什么不明白的请说。"

聋子立刻说是阿混抓他的手举的。话音落下引得哄堂大笑。

组长笑着说："没关系，你就说说你听明白了吗？"组长很和蔼。

聋子有些紧张，胡乱回答说："明白了。"其实他根本不明白。

组长又和气地问："那明天选举，你在两个候选人名字下都打√还是只在一个名字下打√?"

聋子不假思索地回道："都打√，我谁也不得罪。"话音落下，又引得哗然一片笑声，连组长和工作组也都跟着笑。

笑毕，组长又说："看来还是不太明白，至少有不太明白的人。"组长说完转过身在准备好的黑板上画了一张四栏式选举表格，表格第一栏是姓名名称，第二栏是两名候选人姓名，第三栏是空格供另行提名，最下方是打√栏和打×栏。组长画好表格又在表格上的候选人方框里填上王五、李四，然后转过身说："你们如果选举王五就在王五名字下方打√，在李四名字下方打×。如果选举李四就在李四名字下打√，在王五名字下打×。现在明白了吗?"

台下又开始了骚动，但无一人回答。

组长继续说："听明白了吗? 在王五名字下面打√，在李四名字下面打×。"他边说边用手中的粉笔在王五名字下重重地打了一个√，又在李四名字下重重地打了一个×。

这时台下的骚动声更大，几乎盖过了组长的说话声。但组长依然不在意，他只管继续说："现在明白了吧?"

"明白了。"台下有稀稀拉拉的几声响应。

"我不明白，这叫什么选举，就是走过场嘛! 我都不知道候选人是什么时候选出来的。"阿混站起来想挑事，但无人附和。他不甘心又问："你们怎么都不说话，这样的选举有意义吗? 你们选举过候选人吗?"

"管他选谁，选谁都一样。"聋子回了一句。

阿混自觉无趣，只得先作罢，嚷着明天他要捣选票箱走了。

工作组听了都面面相觑。李东山悄悄与组长说不要怕，他来搞定。

李东山为村民委员会主任第一候选人，根据李东山的推荐，绰号杆子的李海龙为第二候选人，用俗话说就是陪选人。

明天是正式竞选的日子。李东山难免有些心神不安，一来，他没有老队长那样德高望重，假如老队长不是老了自己是选不过他的。二来，因为陪选人是杆子。杆子虽然是这个村最无话语权的老超支户，但他是这个村唯一的"秀才",万一……不怕一万就怕万一,他甚至后悔不该推荐杆子当候选人,而应该推荐聋子,自己与聋子相比,一个是天一个是地,自己当选村主任就是煮熟的鸭子——万无一失。只是这样会很没面子,把自己和聋子放在同一个平台上竞争,无形中损了自己的形象,有虽胜犹败的味道,赢得很不光彩。

晚上,李东山召开了选举拉票会,他在大会上承诺了几件事。第一件,要实现家家有自来水;第二件,要让村民比自己先富裕起来,到明年年底,家家买得起电视机;第三件,他承诺要带领李家村早日实现小康。李东山不仅会上信誓旦旦地表态,会下他对每个村民也这样保证。

不等会议结束,老队长想起前几日李东山百般恭维他,还强行送他一条友谊牌香烟。李有田一直想不明白李东山送烟的反常行为,今天终于恍然大悟。

这是行贿!老队长气呼呼急匆匆地跑回家。才走到大门口,另一只脚还没来得及踏进大门就大声喊老伴马玉英,让老伴赶快把李东山那晚送的烟拿出来。

马玉英不知发生了什么事,但不敢怠慢,急忙丢下手中的活儿跑进卧室,打开藤箱拿出那条烟递给李有田。李有田接过烟掉头就直奔李东山家去,连老伴的问话都没时间回答。

李东山串门拉票还没回来,他爱人肖素琴接待了李有田。

"他还没回来呢,你坐,可能一会儿就回来了。"李东山的妻子忙拖过一条木凳。"找他有什么事吗?"她一边去沏茶一边问。

"你别忙,我说几句话就走,等他回来你传给他就行。"李有田从怀里掏出那条香烟放在饭桌上说。

"你告诉他,我李有田是有30多年党龄的人,别说这只是一条烟,就是一块金砖也收买不了我,我是一个绝对讲原则的人,只要他心中装着这个村,装着村里的群众,哪怕我与他之间有私人恩怨,我也一样举双手投他一票,否则别怪我站出来说话。"李有田说完连茶也没喝一口,便愤然离去。

李有田回到家,虽说已把烟退了,该说的话也说了,可他心里还是老不畅快,他觉得李东山的行为玷污了他的人格。自己20多年的队长,何时受过贿？何时为一点小利出卖品格违背党的原则！他越想越愤怒。

李东山还在为明天的竞选奔忙，他从李二狗家出来，又进了大麻子家，从大麻子家出来又进了大老黄家……最后敲开了村里头号混混阿混的门，塞给他两包友谊牌香烟，并承诺以后会多多照顾他。

他串完十几户大户人家后便安心地回到家。踏进门一眼便瞥见桌上的友谊牌香烟，心想，这村主任还没选上呢，谁就这么懂事？李东山正要问谁送的，妻子火急火燎地把李有田来过的事和盘托出。

李东山一听，气得一拳砸在桌上，把刚才李有田未喝的那碗茶砸得四溢了出来。

"这老狗，给他脸他还不要脸，我就不信没他那一票我就当不成村主任。"李东山恨得牙根直咬。但又一想，现在不是与他斗气的时候，更不是跋扈的时候，现在是做小媳妇忍气吞声的时候，过了明天，只要当选，就什么本都回来了。

他这样想着，又出了门。他去给李有田老队长赔不是。

"那烟绝对与选举无关，我发誓！"

"老队长培养了我这么多年，我哪能那样没觉悟！"

"您就像我的父亲，又是我的入党介绍人，开会正好发了一条烟，就想着要留给老队长，表表我的心意，哪知道会被您老误会，早知道我就自己抽了，免得老队长误会，伤了和气！"李东山句句诚恳在理，一度使得李有田的妻子马玉英埋怨李有田过分敏感不近情理。

"东山啊，只要你心里装着李家村，装着李家村的人，你就是连一杯凉水都不请我喝，我一样支持你的工作，你跟了我这么多年，你还不了解我的脾气吗！我是那样的人吗？"老队长心平气和、语重心长。

第二天选举，似乎天公不作美，倾盆大雨从黎明一直下个不停，尽管大雨如注，可大部分选民还是未等开会的口哨声响起就纷纷来到会场。

口哨声不过两遍，村民就都到齐了。工作组把选举规则和选举程序以及选举方法反复解释，然后由工作组把选票发给每一位选民。发完选票后又宣读了一遍选票规则，读完后又摘选规则中重要的条款进行特别解释，解释完毕又进行选举填票示范，直到村民都表示明白了，听懂了，工作组才宣布选举正式开始。

工作组的话音一落，全场的气氛哗然，像一下子飞进了一群叽叽喳喳的鸟，大家你问我，我问你的，嘻嘻哈哈地只管说笑。

"聋子，我选你怎么样，嘻嘻。"有人开起了聋子的玩笑。

"你选我，我也敢当哦，嘿嘿。"聋子笑了说。聋子的话自然引得一波哄笑。"嘿，你个死聋子，你癞蛤蟆还真想吃天鹅肉呀。"有人笑骂道。

话音落下，会场又一波哈哈大笑。

"你真敢当吗？聋子，你真敢当，我就选你。"阿混接了话。

会场又一波笑。这次聋子只是嘿嘿地笑没说话。

"大家都没笔，是不是去买些笔来。"村会计员王春生发现只有两支笔，传得很慢，便提议道。

组长看了看说："现在买笔黄花菜都凉了，把我们的笔传下去吧。"五个工作组人员立刻把自己的笔递给第一排的人。

"填好了的就把笔往下传。"工作组人员说。

"僖月，一会你帮我勾一下就是了，我孩子还在家睡觉呢。"孙二家的媳妇看看笔还没那么快传下来，就顺手把票塞给身旁的僖月。

"我勾一下容易，你要问问工作组的人行不行哦。"王僖月说。

"哎呀你偷偷帮我勾了就是，反正都是规定好的，做个意思而已。"孙二家的媳妇说。

"僖月，我没文化，你也帮我带了吧，我就不等了，谷种还等着我烧水泡芽呢。"大麻子一看也把票塞给王僖月。

王僖月还没来得及说话表态，大老黄也把票塞到她手里，接着李长功等几个年纪大些的都把票塞到僖月手里要她代选。

阿混一看一群人都叫王僖月代选，心想这不利于李东山，因为王僖月与杆子的妻子五妹是好闺密，他下意识地摸了一把口袋里的友谊牌香烟，是李东山昨晚塞给他的。拿人手短吃人嘴软，阿混想。

"报告工作组，他们都叫王僖月代选，这样行吗？"阿混突然举手大声提问。会场一下子静下来。

"我孩子在家睡觉没人看，你狗拿耗子多管闲事。"孙二家的媳妇嘀咕着骂阿混。

"原则上是不行的，要自己选举，这是你的权利。"工作组组长说。

"有啥权利，不就按你们意思打√打×吗！"孙二家的媳妇说。

"不是按我们的意思，是按你们自己的意愿选出你们心中的村主任。"组长说。

"这上面都印好了名字，还怎么按我们的意愿选？"孙二家的媳妇说。工作组的人听了一时也无言以对。

"你先选吧，吵死了。"王春生拿了笔递给孙二家的媳妇，并且指着李东山的名字说："在这下面打√。"

孙二家的媳妇没好气道："知道，工作组的人都说几遍了。"

王春生把笔按照顺序传下去。传一个指点一个。

大麻子等得心焦。他实在等不了便站起来说："春生，也让我先勾了吧，我赶去地里干活呢。"

"你一刻不做事情骨头就发酸呀，就这么一下子你就等不住呀？"王春生边说边按顺序把笔传递给下一位——阿混。

"先给大麻子吧，省得他坐立不安。"阿混说，"我反正是没有什么事的人，赔得起。"阿混继续说。

王春生便把笔送到大麻子手里。"搞集体的时候，你不是拉屎就是拉尿的，现在比蜜蜂起得早，比谁都勤劳。"王春生随口笑说。

"搞集体的时候，也没见你王春生有多卖力呀，你好好地揭哪门子的短啊？"大麻子有些恼火。

"别理会他，他那张嘴就是没轻没重。"王春生的妻子阿霞立刻为老公解围。

"安静，别的话题最好不要说。"工作组的人立刻制止事态的发展。

王春生没敢再胡乱说话，他只管把笔一一传递。多数村民按照王春生的示意在李东山的名字下打√，也有觉悟高的不让看，拿着笔躲到暗处去填。

聋子在王春生的指导下还是弄错了，他嘴里念着打√，手一抖却在李东山名字下打了个×，急忙涂改，最后变成废票。

选举结果出来，杆子59票，李东山166票，弃权7票，作废21票。李东山以压倒性优势当选为李家村第一任村主任。

这个结果在李东山看来是理所当然，甚至非他莫属。也是，时下的李家村屈指可数的几个人，林大黑有勇无谋，莽汉一个；杆子有几滴墨水，身子骨嫩秧子一个，站着都没个村长样子；大麻子精打细算，只配做小本生意；武丘，有些能耐，但为人刻薄，没人缘，他连想都不要想；唯独李有田有资本，可他老了，无可奈何花落去。他的儿子李国根憨厚到近乎傻，别说当村长，提鞋都嫌他笨。

李东山想起李国根就想起了王僖月，他叹一声，可惜了一朵国色天香，却插在了李国根这堆牛粪上！

投杆子的 59 票都是哪些人呢？杆子有 59 票在李东山意料之外。他认为杆子顶多不会超过 10 票。李有田。李东山下意识地想到了老队长李有田。一定与他有关，生产队的时候他就很照顾他，说他是村里的唯一一个秀才。

李东山会这样想也是有原因的，李有田当队长的时候的确没少照顾杆子。总把轻体力活派给他，还动不动夸杆子是村里的秀才，是村里最有文化的，曾经一度想培养他当自己的接班人，只可惜杆子的身子骨太不争气。

"哼，老狗，等着瞧，有你难受的！"想到这儿的李东山恨恨道。

第五章　曙光

从旺财家喝喜酒回来后，杆子一直闷闷不乐。旺财从城里回村为父亲李孝仁做 60 岁寿辰，宴席丰盛得是李家村从未有过的。无疑，旺财在显摆，就连低智商的聋子都看出来了。

他说："旺财赚到钱了。"

是的，旺财赚到钱了！整个村的人都在议论这事。都在夸他聪明、勤劳，夸他脑袋好用手艺好。杆子不仅夸他还佩服他，更羡慕他。

"旺财不简单。"晚饭时候杆子父亲说。

他说的是实话，旺财的确不简单。当时才 14 岁的他，就偷着学阿金师傅的剃头手艺，后来阿金收下了他。阿金老了旺财就接过师傅的剃头担子，方圆百里走村串户给人剃头，改革开放政策下来后，多少人都还是迷迷糊糊的，他就上城里开起了理发店，城里人时兴烫头发了，他又学会了烫头发，烫一个头就是 10 元，相当于当时国家干部半个月工资。听说每天店里都挤爆了，还开了两家分店，又在筹备开第三家分店，要把师傅阿金请去帮助他带徒弟。

夜已入深，杆子辗转难眠。改革开放，搞社会主义市场经济，允许一部分人先富裕起来……杆子的脑海不停地回放着李东山在大会上宣读的中央文件精神。当时他也就一听而过，对于改革开放，尤其是对社会主义商品经济这个词完全是陌生和模糊的，今天从旺财身上，杆子好像看明白了什么。那颗埋藏在生命中几乎从未闪过火花的心，便不住地蹿动着火苗。

我也要成为先富裕起来的那部分人。杆子在心里暗暗发誓。可如何才能先富裕起来呢？杆子百思不得一计。靠那几亩地吗？那是绝对富不起来的，进城做生意？一没本钱，二没手艺，拿什么做生意？贸然行事到头来只怕会血本无归，不比旺财，人家有手艺。自己当初为什么就不学门手艺呢？杆子悔青了肠子！真笨！没后眼！亏你还是这个村读了最多书的人！杆子在心里狠狠地痛骂自己。

现在该怎么办？杆子把头想得疼了也没能想出一条致富路。他连连叹气，且又在心里骂着自己。李海龙呀李海龙，搞集体靠劳动力吃饭的时代你是一条虫那不怪你，因为一身弱骨架是爹娘给的谁也无法抗争，可现在政策这么好，你还是熊样穷光蛋一个，你怎么对得起这个家，怎么对得起五妹！五妹为了爱你，吃尽了苦头，受尽了委屈。

杆子有些急火了，他双手抱住脑袋使劲捶打。"我真的就这么无能吗？我真的就如林大黑所说的是永无翻身之日的死超支户吗？"

"你也别太心急，好好睡一觉明天也许就想出来了。"五妹心疼地搂住他安慰。

"这些年来你为我受的委屈太多了，你爹至今也不肯认你，还有你那两个哥哥也一直是拿冷眼瞧我们，我真恨不得一夜就成为暴发户，狠狠为你争回脸，也不枉你轰轰烈烈爱我一场。"杆子心疼地搂住妻子。

"唉！想不到我爹的心会那样硬，说不认还真不认。"五妹一想起她爹的狠心，不由得不伤心。

五妹和杆子恋爱，五妹的父母兄弟姐妹，乃至奶奶爷爷七大姑八大姨都持反对意见，尤其她的父亲说死不同意，说宁可没有这个女儿也不会答应这门婚事。五妹没办法，只能使出生米煮成熟饭的绝招。当五妹把怀孕的事情告诉家人后，五妹父亲把五妹拖到贞女牌坊前跪了整整一天，并且向全村人宣布从此他们断绝父女关系。当时五妹以为那不过是气头上的话，等时间久了气消了也就没事了，但她没料到事情已过去了五六年，她父亲还是心如铁石，不但不肯认她这个女儿，就连小外孙撞上了喊他外公他也不理睬，真是让五妹伤心到有些恨父亲了。

"爱之深，恨之切，你爹希望你嫁个富裕人家，过上好日子他没有错，我能理解。你别恨他，该恨的人是我，我无能啊！"杆子又一声长叹，深深地内疚与自责。

"我不觉得苦，能和自己心爱的人在一起，我觉得怎么都是幸福的。"五妹说着使劲地亲了一口杆子。

"以前我总是恨老天爷，没有给我一个强悍的身体，自从有了你后，我就什么都不恨了。"杆子说着把五妹紧紧地拥进怀里。

夜深，五妹睡得正香。杆子翻来覆去睡不着，他索性起床拉开门到户外透透气。

他静静地立在夜空下，目光望向了远方，可四面环山，他的目光立刻被挡了回来，他收回的目光不经意落在了晒谷坪上的双轮板车上。

分田到户后，挨家挨户都置备了这样一辆双轮板车，以备收割时拉谷子用。这平常而不起眼的工具，并没有吸住他的目光，他把目光移开，再一次望向远方，那是一片稻田，也未能吸引住他的目光，因为稻田只能管温饱，无法实现旺财那样的梦想。

他的目光不经意又掠过那辆双轮板车！他走过去，一屁股坐在车把上，坐得有些累了索性把板车的把手架在柴堆上，形成平整的榻，他躺在了板车上。

他躺在板车上又开始想他的致富路，可鸡鸣三更，他还是没有想出致富路，却不知什么时候居然躺在板车上睡着了。醒过来一脸露水，他摸一把脸，想起刚才的梦。梦见自己躺在驾驶室里朦朦胧胧地睡，旺财开着车，车跑得很快，凉嗖嗖的风在他耳边呼呼地吹过，风比车跑得更快。

醒过来他想起梦，不禁"扑哧"一声笑。笑自己连梦里都是旺财。

"老伙计，你要真是梦里那辆车该多好。"他坐起来拍了拍木板车说。

"唉，我就是个窝囊废！"他又骂一声自己，起身进屋扛锄头去田间劳动。心想也只能勤快点了。

地里回来吃过早饭后，杆子决定去伐木场找份临时工工作，赚点零花钱贴补一下家里的柴米油盐。

他来到伐木场，满以为可以找份临时工工作，自己不怕吃苦，什么脏活累活都可以干，可伐木场的经理告诉他，暂时没临工可打。杆子以为经理要好处，便掏出烟说改天家里杀了猪请他吃杀猪饭。经理明白杆子误会自己了，便对杆子解释原因。他告诉杆子："木头都伐在山上烂掉了，找不到车运，现在需要的是拉货的车，如果你有车，我请你吃饭，奉你为座上宾。"

杆子听了沉思一会，继而两眼发亮："你说的是真的？"

"真不真，你看看那满山的木头不就知道了！"经理回道。

　　杆子愣愣的，像傻了一样，突然，他飞一样地往山下跑去。一路跑一路笑。也不管别人在他后面骂他得了什么疯牛病。

　　踏破铁鞋无觅处，得来全不费功夫，一条致富路就这样不经意间闯进了他的脑海。

　　去学车！他打定主意。

　　其实昨夜当他坐在双轮板车上时，脑海又一次闪过学车的念头。当司机是他从小的梦想，只是长大后才知道，那永远都只能是个梦，因为农民根本没有当司机的资格。那年头不是你想当司机就可以当司机的，那年头只有吃城市口粮的才有资格当司机。改革开放后，农民虽然可以自由学车当司机，但毕竟买车需要一大笔钱，自己上哪弄几万元买车？最关键的还是没有把握一定能赚钱。万一不赚反亏了，银行的钱可不比生产队里的超支还不起可以不还，银行的钱还不起是会被起诉坐牢的。

　　既然货运供不应求，跑车那就是稳赚的事儿。杆子这才有胆量去学车。

　　"五妹，等着，我们就要发财了！"夜里杆子依旧兴奋不已！

第六章 秘密

清晨，青龙溪畔又迎来谈笑风生。

巧英来到溪畔，衣桶还没放稳就迫不及待地传播一条新闻："我要告诉大家一个爆炸性新闻，你们知道吗？阿混不知从哪儿弄来个比他小十几岁的姑娘，还挺漂亮的。"这则新闻，巧英可是憋了一整晚了，可在场的人一听都哈哈大笑起来。

"巧英，你的新闻又成旧闻了。"阿霞说。

巧英经常把旧闻当新闻，逗得大家乐。

"还是让我来告诉你吧，那姑娘叫水艳，是阿混绕来绕去的远房亲戚，今年正月阿混去她家拜年，就把人家给骗来了，才16岁呢，姑娘的母亲是瞎子，父亲是瘸子。"阿霞笑着如倒豆子一样，哇啦哇啦一口气说完。

"瞎说，哪有那样的事，瞎子瘸子都走到一家了。"王僖月说。

"骗你我是小狗，是阿混的娘亲口告诉我的。"阿霞说。

"若真是那样的话，那也够可怜的。"王僖月说。

"嫁了阿混只怕以后要更可怜了，俗话说嫁瞎子嫁瘸子也不嫁混混子。"阿霞说。

"也许结了婚有了老婆会改呢。"僖月说。

"狗改得了吃屎吗？"阿霞说。

"你们别皇帝不急太监急，刚分田的时候，大家不都笑大麻子的田会长出比人还高的草来吗，结果呢？不仅没长出比人还高的草，他地里连一根小草也难找着，地里的庄稼比村里任何人的都长得漂亮。"妇女主任红芹说。

"是哦，他现在是村里最勤劳的一个，早晨顶着月亮去，晚上踩着月光归。"僖月说。

"月光大的时候，还会借着月光去地里干会活儿呢，勤劳过头了，他简直疯了。"红芹说。

"你们是说大麻子吧？"五妹在十步开外就接过话，并一脸春风。

"除了他还能有谁。"阿霞说。

"现在改革开放了，是搞市场经济的年代，靠死干累死都发不了财。"五妹明显话中有话，"这是我家杆子说的。"五妹的脸上分明张扬着另一句话：该是我五妹扬眉吐气的时候了。

大家都听出了五妹的话外音，都抬眼愣愣地看了五妹一眼。五妹面露喜色，仿佛已然发财了。她没理会大家的眼神，而是挤到王僖月身旁说："我和你挤一下。"

王僖月不假思索就挪了挪位置，把散落在石板上的衣服拢了拢，腾出一个洗衣位子。然后抬头不经意看了一眼五妹，发现她神采奕奕的样子不禁笑问道："怎么，昨夜挖到宝了？一大早心情这么好。"

五妹哈哈笑着说："捡了个大金元宝，你信不？"

号称鬼精灵的阿霞，一直在一旁密切注意着五妹，她已经嗅出了五妹的话外话，一定是她家杆子有了发财的好路子。阿霞心下这样想着，便立刻拢了拢面前的衣服，腾出一大块洗衣石板十分热情地说："我这里宽。"

"那还有位置呢，她喜欢挤僖月，僖月香。"红芹笑了说。

"红芹说得对，僖月香，我就喜欢挤她。"五妹说完还故意往僖月身上嗅了嗅，说："哇，真香啊！"逗得大家一阵哄笑。

"你俩做什么都喜欢挤一块，不会是同性恋吧？"阿霞嚷起来，惹得又一阵哄笑。阿霞被五妹拒绝虽然有些不快，但她不想发作，因为她要摸清五妹今天喜从何来。"你香，我也来黏你。"阿霞说着挤到五妹和僖月两人的中间去。

"这怎么洗？你疯了不成！"僖月根本无法展开手脚只得站起来。

"真是疯了，一大早就吃错药了！"红芹笑骂了一句引得一阵哄笑。

五妹瞧了瞧，也站起来，而后把僖月拉到一边，悄悄把杆子要去学车的秘密告诉僖月。"要不要让你老公国根也去学车？"五妹说完问僖月。

"学车？为什么会想到去学车？"僖月说。

"我老公说现在是经济建设时代，运输业供不应求，我们村伐下的木头，都是从外地高价雇车来拉，他们一天能赚上百元，学会了开车准能挣大钱。"五妹把杆子的话一股脑儿地倒给最好的闺密王僖月。

"好是好，只是我家的事情，我做不了主，要回去问公公，也不知国根肯不肯去。"王僖月听五妹那样一说，虽然十分心动，但怕做不了主。

"你自己的事情，自己就不能做一回主吗，这么好的机会，现在改革开放了，要换了过去，你想学开车门都没有。"五妹说。

"我知道当司机在过去是想都不敢想的事。那年李宽子家的儿子去部队，后来当了司机，为这事他家大放鞭炮，当时可让人羡慕了。"僖月说。

"不是不敢想，是根本就没得想，现在改革开放了，有机会了，我们可得好好把握住这个机会，不然过了这个村就没那个店了。"五妹劝说。

"我知道，可就怕我公公他们死脑筋。"僖月叹气。

"我也不好多说你家的事，但我提醒你，去与不去你都不准告诉别人，我是看在我们情如姐妹的分儿上才告诉你的。"五妹说。

"我知道，我不会说出去的，你放心好了。"僖月说。

"不过……"僖月欲言又止。

"不过什么？"五妹问。

"我想告诉我弟弟，想让我弟弟跟杆子去学。"僖月说。

"好吧，再不能告诉任何人了。走，我们洗衣服去。"五妹说。

"喂，你们俩躲这儿说什么悄悄话，说这样久，也不让我热热耳朵。"阿霞忍不住凑过去。

"没说什么。"五妹和僖月看阿霞来了便转身回去洗衣服，可阿霞一把拽住五妹。"你今天一定有秘密，而且是喜事，快告诉我，不然我闹死你。"阿霞嬉皮笑脸地摆出耍赖的架势。

"我这月月经还没来，怕是又有了。"五妹灵机一动撒了个谎。

"你骗人，僖月又不是管计生的，再说了我刚才也听了个尾，没准是你家杆子有了发财的好路子呢，昨晚我家春生还说这形势有利于你家杆子，他脑子灵。"阿霞说。

"哪能呀，你家春生灵得跟灵猴一样，我还想向你们讨个发财的路子呢。"五妹说。

"你别嘲笑他了，他是半斤鸭子四两嘴，功夫全在嘴上，你们也不是不知道。"阿霞说。

"真没什么秘密，你又何必这样贬低自己的老公。"五妹说。

"求你了还不行！我们好歹也沾点亲，就看在亲戚的份儿上透点风吧。"阿霞死拽住五妹不放。

"真没有什么发财的路子，我和僖月说点女人的私事不行吗。"五妹坚持不肯说。

"不说也行，今天我们就一直这样站着，站到月亮出来，还不说，就继续站着，站到第二轮月亮出来，看你拗得过我不！"阿霞拽着五妹就是不松手。

"我服了你，算你狠，你真是个鬼灵精，什么都瞒不过你，不过你得保证不准告诉任何人，否则杆子可要骂死我了，这是和我们家抢饭碗的事呢。"五妹悄声说。

"我发毒誓，如果我阿霞……"

"别别，一大早发毒誓也不吉利，想你也是个聪明人，说出去对你也没好处。"五妹无奈只得把杆子学开车的事又悄悄地告诉了阿霞。

"五妹，别偏心呀，有好路子，带大家一起富嘛，到时候，我们姐妹都富了一起上北京看天安门，看毛主席遗体，多有意思呀。"红芹冲回到洗衣处的五妹说。

"美的你，做梦吧，一年能上城里多走两趟就不错了，还想去北京。"危秋娥见今天大家都在巴结五妹，心里难免又泛酸，所以一语双关说着扫兴的话。

"世事难料啊，说不定到时候还坐飞机去呢。"五妹顶了一句。

"坐飞机我不敢想，坐火车去还是有机会的。"红芹说。

红芹话音落下见无人响应，便接着说道："难道你们不想去看看首都天安门吗？看升红旗，看毛主席遗体，听说跟活人睡觉一般。"

"不是不想，是从来都没敢想。"王僖月说。

"我连做梦都不敢做哦。"巧英说。话音一落，又引得大家一阵笑。

"巧英，今晚上我借你一个胆，你就大胆地做梦去北京。"红芹说。

红芹话音落下，青龙溪畔又一阵哄笑。

……

第七章　不敢吃螃蟹的人

李有田坐在大门口的石磴上，一边抽旱烟，一边看两只小猫玩耍。

王僖月放下衣桶，拿起一块抹布麻利地将两根晒衣竹竿分别擦了一遍，再将衣桶里的衣服一件一件地抖开晾在竹竿上。她一边晾衣服，一边寻思着，怎样把五妹的话告诉公公，公公若不同意，又该怎么说服他。

她从桶里拿起最后一件衣服，抖开，把袖子翻过来，晾在竹竿上。晾好后，她没有如往常一样立刻转身去忙别的事情，而是磨蹭着，又去抖抖其他已经晾好的衣服。她在给自己鼓气，积攒勇气。她的心跳在加速，她害怕一出口就被扼杀，那样就只能眼巴巴地看着五妹和阿霞的男人都成了司机赚大钱。

她把晾好的衣服都抖了一遍，抖完了最后一件衣服，已经没有了再磨蹭下去的理由。她硬着头皮，转过身，走到李有田跟前，细声对李有田说："爸，杆子和王春生他们都要去学开车。"她先试探李有田的反应。

李有田没在意，只"嗯"了一声。王僖月站着没离开。

"我想叫国根也去学。"王僖月磨蹭了几秒鼓足勇气说。

"学什么？"李有田吃惊得不敢相信自己的耳朵。

"学开车。"僖月重复一遍。

"我没有听错吧？"李有田说。

"杆子说，现在正缺司机，学会开车，搞得好一年可以赚一两万。"僖月把五妹的话和盘托出。

"赚再多的钱，我也不同意国根去学车。"李有田斩钉截铁地一口拒绝，而且情绪激动。

"开车的人是一只脚踩油门，一只脚踩鬼门，你知道吗？"李有田继续说，情绪依然激动。

"再说了，这开车也不是谁想学就能学会的，国根他都一大把年龄了，还折腾学什么车！"李有田说到这突然重重地叹了一声。

原来，李有田想起一件往事。当年自己非常乐意接收外地人剃头师傅阿金来李家村落户，其实是有私心的。当时他就想让国根跟阿金学一门手艺，可谁料国根学了三年也没能出师，倒是旺财偷着学却出了师，真是应了那句古话：有心栽花花不开，无心插柳柳成荫。

李国根也不过才36岁，而真正的问题是李国根的智商。凭李国根的智商十有八九是学不会的。他天生四肢发达头脑简单，拼体力干重活没人能比得过他，可要比智商讲技巧那没几人比他差。

李国根很可能学不会，王僖月也是考虑过的，但不试一试就放弃实在不甘心，试了不行那没话说，所以她还是想让李国根去试试。

"剃头和开车不一样，说不定他能学会呢？"王僖月大着胆子说。

"他肯定学不会的，知子莫若父。"李有田说。

"就让他去试试，真学不会，那以后也不想了。"王僖月坚持着，她试图说服李有田。

"不行，学车这事就打住，以后别再提！"李有田起身，斩钉截铁不容再商量。

"就算我同意，你婆婆也不会同意。"李有田将吸了一半的烟熄灭了进屋子去，忽然又丢下一句话。

王僖月无法再说下去，提起洗衣桶也进了屋。

"宁可让他在家吃饭汤，我也不会让他去开车。"李有田突然提高声音，有些发火。这是他第一次对儿媳妇如此粗暴地大声说话，简直是训斥。

僖月含着泪水默默走进厨房。

"什么事，一大早他声音那样大？"厨房里正忙的马玉英问走进厨房的僖月。

"五妹告诉我，杆子要去学车，很赚钱，我想让国根也去。"僖月不死心，对婆婆抱一线希望。

"开车？你怎么会想到让国根去学开车？"马玉英惊讶。

"不是我想到的，是杆子想到的发家致富之路，人家五妹是看我和她好的分儿上才告诉我的。"僖月有些不快。

"他不同意吧?"马玉英说。

"嗯,爸不同意。"

"开车是提心吊胆的事,我也不赞同。人都说开车的人是一只脚踩油门,一只脚踩鬼门,穷点没关系,我们图个一家人平平安安。"马玉英和气地劝僖月。

王僖月无语,这是王僖月第一次向公公婆婆提自己的观点。自结婚以来,这个家都是李有田在当家,一切都是他说了算。但僖月不怪他们,僖月明白,公公婆婆都是担心国根的安全。他们李家一脉单传已三代,两老还在日日盼望着李国根给李家添孙子继承香火呢,又怎么会同意让他去学开车。

此后,王僖月再没提让国根去学开车的事。倒是弟弟王福贵瞒着母亲跟了杆子去学了开车。

第八章　三十年河东三十年河西

"双抢"过后李家村便进入了前所未有的繁忙，辟山开路，砍树伐林……

村里能动的男男女女都上山打小工去了，白天走进李家村，很难看见人，整个村庄空落落静悄悄的，就连最热闹的古亭也冷冷清清的了。

杆子从农村信用社贷了两万多元买了一辆铁五羚牌农用运输小型车，他没日没夜地奔跑在运输线上，一天下来少则赚个百来元，多则能赚个二三百元，最高的一天赚过五百元，不到一年时间，杆子就还清了贷款。

五妹的脸上天天都挂着笑，存折上与日俱增的数字，使杆子兴奋不已，仿佛在他的体内竖起了一根根钢筋，杆子不知不觉中挺直了腰杆。

杆子变得喜欢去古亭，喜欢去人多的地方，喜欢站在最亮最显眼的地方，更让村民惊讶的是杆子那天居然拍着胸脯与人争论是非。但细心者很快就发现了杆子挺胸仰头的奥秘，接着村里一批接一批的年轻人去学车。可杆子已经由小农用车换成了5吨重的运输汽车。

一天晚上，杆子在岳父家喝了一些酒，出了岳父家后，他来到古亭。他在古亭先是高谈阔论，而后说着感谢改革开放感谢邓小平之类的话题，说着说着，聋子不知深浅地提起了林大黑欺负杆子的往事。当然，聋子提这事也是感慨时代的变迁，三十年河东，三十年河西，风水轮流转。

说者无心，听者有意。杆子备受林大黑侮辱的往事一下子从心底涌了上来。

记得那天，是林大黑家迁居喜日。宴席散后，林大黑满身酒气地晃悠到古亭，正好撞上杆子，林大黑一把揪住杆子，嬉皮笑脸地把手掌按在杆子的胸脯上说："你看，你的胸脯还没有我的巴掌大，杆子，别怪我嘲笑你，你这一生若是能盖个茅厕，我都认了你是个男人……"

林大黑的举动惹得在古亭的人哄堂大笑。那一刻，没有人注意到杆子的表情，杆子的脸色由红变紫，由紫变黑，他第一次奋起反抗。

杆子愤然推开他，说："人不可貌相，海水不可斗量，说不定我将来还盖别墅呢。"

林大黑听了后哈哈大笑说："你盖别墅，我就盖中南海，盖北京城。"

那天，杆子被侮辱得连死的心都有了，如果不是因为有五妹的爱，那晚杆子很可能喝一瓶农药一命归西了。

杆子回忆着备受林大黑侮辱的往事，心中又是痛又是恨。也该是我杆子扬眉吐气的时候了。他心里这样想着，只见他胸脯一拍便大骂道：

"他林大黑算个什么鸟，凭着四肢发达盖了栋黄泥土房就不知道自己姓什么了，我李海龙是一条龙，我不仅有能力盖房，而且要盖李家村第一流的钢筋水泥洋楼……"杆子的声音越来越洪亮。他平生第一次领略了在大庭广众之下高声豪言的滋味，那滋味像清泉丝丝地透入他每一根血管，他感到浑身的血液充沛洋溢，仿佛草原上一只高飞的雄鹰。

杆子在古亭说的话，很快就传到了林大黑夫妇的耳里，可如今的林大黑已没了当年揪杆子胸衣任意欺侮的勇气。甚至连上古亭叫骂一阵的勇气也没了，人穷志短嘛。他只得与危秋娥躲在自家屋里叫骂一通以解心中的愤恨。

"他杆子虼个球，我林大黑J①吧上的一根毛都有他的J吧粗。想当年人民公社的时候，他连条死虫都不如……"林大黑在家里扯着嗓子叫骂。

"仗着有几个臭钱，整个村子都快要容不下他们了。特别是那骚婆娘，虼的衣角都可以当针，扎死半个村的人。"危秋娥附和丈夫骂。

"他算什么有钱，世上比他有钱的人多着呢。"林大黑说。

"可现在李家村就算他有钱。"危秋娥说了一句实话，可立刻引起林大黑的不快。

"狗屁，李家村算他有钱？我看大麻子都比他有钱，还有人家旺财，钱多得发霉，他算个屁！"林大黑瞪妻子。

"大麻子死干，累死也发不了财，旺财算城里人，这李家村目前还就他赚得盆满钵满。"危秋娥希望通过这番话来刺激林大黑，目的是劝林大黑也

---

① 替音，本地农村人骂人的话。

去学车，但她没想到却适得其反。

"你长他人志气，灭自家威风，莫不是看上他了？"林大黑没好气，也好没理由。

其实林大黑心里也清楚，目前李家村就数杆子最有钱，但他死活不会承认，也死活不服气。

危秋娥白了他一眼，咕哝道："说着说着就把话说邪了，有能耐你也赚一斗回来。"

"你！"林大黑怒。

"我没本事赚，谁有本事你嫁谁去！"林大黑灭了烟关了电视起身去睡觉。

"要不，你也学车去？"床笫间危秋娥试探地。

"不学。"林大黑一口回绝。

"车又不是他杆子发明的，学了又怎样！"危秋娥明白丈夫死活不去学车是因为学车是杆子想出来的路子。

林大黑房事正在兴头上，危秋娥突然提到杆子，害得他一下萎缩了从危秋娥身上滚了下来。

"不提杆子你会死啊！"林大黑扬起手就给了她一巴掌。

危秋娥捂着脸也是火冒三丈："你去死吧，除了会打老婆你还有什么能耐！"危秋娥一脚朝林大黑踹去。

林大黑的腰被狠狠踹了一脚，更加恼羞成怒，爬起来拽着危秋娥的头发拖下床拳打脚踢，危秋娥一边对打一边鬼哭狼嚎。

半个村子的人都被危秋娥的鬼哭狼嚎吸引了来。

秋娥的父母大哥也闻声赶来。

"亲家来了，坐！大舅子也来了，坐！"林家父母赶紧招呼着秋娥的娘家人。

"你一而再，再而三地打我妹妹，你今天必须给我个说法，否则我今天要拆掉你的骨头！"危秋娥大哥一拳砸在客厅的饭桌上，砸得饭桌上的碗碟发出叮叮当当的响声。

林大黑张口欲辩又罢，他横下心不说话，心想我打已经打了而且也不是第一回了，你能拿我怎样？

"我只劝了两句，让他也去学开车，他就动手打人。"危秋娥哭着从房间走到客厅。

"他个遭天杀挨雷劈的，他一天不打我好像他就会死呢！"危秋娥一把鼻涕一把眼泪地控诉。

危秋娥大哥一见披头散发狼狈不堪的妹妹，不由怒火中烧，只见他手一扬便将饭桌掀翻在地，又顺手抄起靠在墙角的一根锄把往林大黑厚实的背上劈了一棍。

林大黑的父母一见这情形便不顾一切地冲上去，一个死死抱住秋娥大哥，一个护在儿子的前面。

"你不敢用木棍打人呀，那么大的木棍是会打死人的呀！"林大黑的母亲哭喊了起来。

秋娥父亲见势也赶紧上前抢下儿子手中的木棍，"你别再添乱了好不好？走，你回去！打人不能解决问题。"秋娥父亲把儿子拉走后又回到客厅坐下。

"看什么，有什么好看的，滚！"林大黑冲挤在客厅看热闹的人怒吼。乡邻们被这么一吼自然退去了一半，剩下一半也退到了门外的水泥坪上。

"你们结婚那天，我就给你们说过，夫妻就好像船头船尾的两把桨，要齐心协力，互相配合才能把船划向对岸，你们整天吵吵闹闹的怎能把家搞好？"……"你是个男人，你不能动不动就打人，打人不算英雄，打女人、打老婆就更不算英雄……"

整个客厅的人都在听危秋娥父亲训话。危秋娥大哥又走了进来。

"你自己脾气也要改一改。"秋娥大哥冲妹妹秋娥说。

"好了，夫妻床头打架床尾和。发财自有命急不得，急也没用。都睡去吧！"危秋娥父亲说罢站起身先离去，后面跟着危秋娥的母亲和大哥。

第九章　316国道从梅子岭过

1989年夏季的一个傍晚，古亭忽然传来锣鼓的喧闹声和鞭炮声。

原来村长李东山从镇里带回一条消息，316国道从李家村的梅子岭过。梅子岭虽说离村庄尚有三里地，但与盘旋的十五里山路和一百八十级石阶比，算得上鲤鱼跃龙门了。以后去城里可以坐国道的顺风班车，相对方便多了。

"这是李家村的头号喜事！"齐云德、王春生、李建兴等一帮村文艺中青年人在村部敲锣打鼓跳傩舞庆贺。

316国道，可以直通县城。原来李家村的人，跑一趟县城，天不亮就需赶路下山，在山脚下乘过路班车到渡头，再赶渡到公社火车站，再赶火车或去城里的班车，去一趟城里相当于现在去趟北京上海那样难。去的时候是下山下山再下山，下到腿发抖，回来的时候是上山上山再上山，上到腿发酸。村里大多数人一辈子没有上过县城。

俗话说要致富先有路。路始终是李家村人最痛苦的事，也是阻碍李家村发展的一座大山。李家村距镇里足有十五里地，还多为山路，而且是陡峭的山坡，崎岖的山路和那一百八十级石阶让山下的姑娘望而生畏，扼杀了李家村世代小伙子的爱情梦。小伙子条件好的有幸找个本村的姑娘，条件差的只得娶更山区或者外村智残或身残的姑娘，再次等的就只能终生光棍了。

有山下好事者给李家村编了一首顺口溜：

> 上花轿，做新娘，娘啊娘，嫁西村，嫁北村，莫把女儿嫁李村。
> 李村郎，愁得慌，老光棍望着小光棍代代传。

这顺口溜还真是不假。这个不到一百户的村庄，光棍汉就有十几人，更有甚者，有兄弟共妻，哥死弟承嫂为妻的现象。

李水生得知喜讯，跑到城里买来一箱鞭炮放。国道竣工的那天，他把栏里的猪卖了，买来烟花放。烟花冲天怒放，全村的人都蜂拥到他家看烟花。一声声炸响，一朵朵烟花，但村民们的心情似乎越发地沉重。

李水生本是个很好的孩子，是当年队里的民兵排长，在山下谈了一个对象，姑娘不嫌弃他是李家郎，两人感情也不错，不料提亲遭到姑娘父母反对，女方父母誓死不同意，硬是给姑娘另外介绍了对象，姑娘在父母的压迫下，最终屈服了父母，决定与水生分手。但水生不甘心，他决定铤而走险，强暴了姑娘，以为生米煮成熟饭，就可以挽回这段爱情，然而他不但没有挽回，反而因此银铛入狱。

李水生至今孑然一身，他老泪纵横地说："要是早有这条马路该多好。"是啊，如果早有这样一条路，他的恋人也不会离开他，他也不会犯罪坐牢，他的人生将彻底改写。

"早有这样一条路我妹妹玲玲也不会死。"赶来看放烟花的张国兴也禁不住老泪纵横。

张国兴因过了35岁还未娶上一门亲事，父母急，决定换亲。把当时只有16岁的女儿玲玲嫁给大她19岁的张国兴妻子的哥哥。玲玲听说那男的好吃懒做，便不同意，可她的反抗立刻被父母和哥哥镇压了。玲玲十分委屈地嫁了过去，新婚那晚她趁所有人都在熟睡，吊死在厨房。为妹妹的死，张国兴一直很内疚，如果不是自己娶不上亲，也不需要拿妹妹去换亲，妹妹也就不会死。

"316国道对于李家村来说，是脱胎换骨。"李有田说。

"老太婆，今天怎么着都得让我喝几口小酒，乐一乐。"李有田继续说。李有田因为心脏病，已经不能喝酒了。

"行，但不许贪杯，就喝一小杯。"马玉英说。

"两小杯吧，破个例？"李有田说。

"不行，医生说了你要戒酒，就一小杯。"马玉英说。

"好吧，一切听老婆的，就一小杯。多弄几个菜，我去把李长功叫来一起乐乐。"李有田说着就起身去古亭找李长功。

中饭时候，李长功乐呵呵地来了，他提来一小篮子的粳米糍粑。

"你哪来的糍粑？"马玉英问。

"都是乡邻们送的，你家拿两个，他家拿两个，这不，都收一篮子了，家里还留了几个呢。"李长功乐呵呵地说。

糍粑是李家村的特色小吃。做糍粑是李家村的习俗，一般逢年过节才做，除夕的早餐，家家必做粳米糍粑。再就是家里来了贵客希客会做糍粑，生产队搞集体的时候，春天开播和秋天收割完会做糍粑会餐。

席间李有田和李长功聊起了古亭小卖部。古亭小卖部一直由李长功经营着，其间有过几拨人想撬走李长功，但都被李有田给挡了。

"你知道我为什么把他们都挡了吗？"李有田说。

"我都不知道还有这事，嘿嘿。"李长功嘿嘿一笑。

"就因为你厚道，不往酒里兑水。"李有田说。

"那事哪能做？都是乡里乡亲的人来买。"李长功又呵呵一笑。

"换了他人就难说了。"李有田说。

"我就奇怪了，就那么个小卖部，能挣几个钱，为什么就有人要打破了头往里挤？"李有田说的是武丘。

武丘曾经不止一次地找过李有田，说李长功老了该退了，他想接管小卖部。

"老伙计，你可别瞧不起那小卖部，每天进账也有三五十元呢。"李长功说。

"哦？看不出来呀。"

"积少成多，毕竟是一个村庄的油盐酱醋。"李长功说。

"这做生意的事我就不懂了，来，多吃菜，你也上年纪了少喝点酒。"李有田说。

"我看你儿媳妇僖月是做生意的好把手。"李长功突然说。

"哦？你从哪看出来的？"李有田很是好奇。

原来，有一次王僖月去小卖部买东西，正好赶上李长功肚子不舒服急着要上茅厕，又赶上来人买东西，李长功让她帮忙看一下，结果僖月帮他卖得好好的，李长功问她咋知道价格，她说买过记住了。

李长功把这茬事和盘托出后接着说："也不知道她愿不愿意，我想把小卖部盘给她来开。”

"盘给僖月？那你呢？"老队长有些意外。

"我老了，哪里一直跑得动？上镇里拿货越来越力不从心了。"李长功说。老队长李有田沉思着，他不担心王僖月的能力，只是冥冥中有种说不出的不安。

第十章　第一座豪华洋楼

　　杆子把新居建造在国道旁，他果然盖了一座李家村最豪华的钢筋水泥洋楼。

　　今天是他的迁居喜日，他宴请了小半个村的人，不收礼。

　　王僖月一大早就应五妹之邀来做帮工。

　　王僖月仰望着眼前这座李家村第一流的钢筋水泥洋楼，心中难免产生落差。自己家的20世纪70年代的白石灰粉刷的黄土墙的房子，部分石灰已脱落，冷不丁露出一道黄土墙，整个房子看上去已破旧不堪，然而即使这样的泥土房也还是在公公手上盖的，凭李国根现在的能力，别说盖这样的小洋楼，就连泥土房也无能力盖。每年就种那几亩口粮田，扣除一家人的粮食，一年只卖个几千元钱，只够买种子和肥料，若不是还能打点小工，只怕吃饭都得勒紧裤腰带。

　　"僖月，你来啦。"五妹迎出来招呼着僖月。

　　"你先别忙，来，到我家楼上参观一下。"五妹一脸喜色，拉僖月上楼，领僖月进了她的卧室。

　　这是一间大约20平方米的正方形卧室，床是新买的，是当时城里人最流行的"美的梦"床。床上的用品和房间的家具全套都是新的，看上去俨然是一间新婚房。

　　这个房间最抢眼的还是那台21英寸彩电。继僖月家之后，林大黑、王春生、旺财爹等陆续买了跟僖月家一样的14英寸黑白电视机，21英寸彩电是李家村的第一台，令许多人羡慕不已。

　　"你家还是那台老黑白吧。"五妹随口说着，一边说着一边拿起遥控器。

　　僖月的心蓦地就像被蜂蜇了一下，但僖月不怪五妹刺激她，因为她明白五妹不是为了刺激她，是她太高兴了没想那么多。再者，就是刺激自己，僖月也觉得是应该的，谁让国根当初不跟杆子去学车呢！人家五妹可是把一块肥肉第一时间送到了国根嘴边。

"你看，这彩电比那老黑白好看多了，连开关都不一样，这叫遥控。"五妹介绍遥控器时，又有意闪了一下手腕上的金手镯。

其实僖月早看见了，除了金手镯之外还有金戒指金项链，这些东西在20世纪90年代初期的农村都是稀罕之物。

"哎，僖月，你看这式样好看吗？"五妹看僖月没什么反应只得把手伸到她眼皮子底下。

"好看，是杆子买的吧？"僖月说。

"我生日的时候他买的。"五妹的脸上每一个细胞都洋溢着幸福和喜悦。

"唉，你是知道的，我嫁杆子的时候连件像样的新娘衣服都没有，连新婚床都是旧的，什么金呀银呀，连想也没敢想，可现在，别人有的我有，别人没有的我也有，这样的好日子是我做梦都没有梦到的呀。"五妹幸福得像一朵春天绽放的桃花，浑身上下都充斥着笑声。

"我从心底里替你开心。那个时候，你硬要嫁给杆子，全村人都说你鬼迷心窍，被牛踢坏了脑子，连我也替你捏一把汗，可现在呀，连我妈都夸你好眼力有福气呢。"僖月微微笑着说。

"若是你家国根当时跟了杆子去学车不也发了吗，你弟弟、阿霞都发了，对了阿霞也在这盖新房呢。"五妹说着就拉僖月到阳台上看。

"看，这边的就是阿霞的，那边的是大麻子的。"

"人真说不清，谁也没想到大麻子会变得如此勤快。"僖月说着不觉就叹了一声。

大麻子靠勤劳也能盖得起房子，人有一样强都好，都能使上劲。僖月心里想。可自己的丈夫李国根，一样都没有，本来还有个好劳力，那年与人打赌挑300斤重的一担谷子闪了腰，别说不能像大麻子那样没日没夜地干，就是房事都不能称心。

"是啊，生产队集体时，他是最会怠工的一个，不是假装拉屎就是假装撒尿，怎么都得找个理由躲起来歇一歇，现在呀，天不亮就上山开荒种果树，中午饭都由老人送去吃，还养了十几头猪，忙得连邻居都难看到他一面。"五妹说。

"僖月，快下来做事情咯，别只顾着说话，请完了酒可以慢慢聊哦。"五妹正和僖月说得在兴头上，楼下有人在喊僖月。因为今天僖月是给厨师打下手的。

"哎，来啦！"僖月应着匆忙下了楼。

看了五妹的新居僖月心中更添了几分惆怅和落寞，五妹、阿霞还有大麻子都富起来了，而自己却在一天天地穷下去，现在山上还有些小工做，一年好歹也能挣几个零花钱，再过上一两年山上的树砍光了没小工打了，到那时日子还不知会苦成怎样呢。唉！僖月一边切菜，一边想着心事。

种田的活儿是越来越干不得了，去年把杆子家的田也拿来种了，一家人种两家人的田地累得腰都直不起来，也好不容易有了好收成，可谁知粮站却只收定购粮，超定购粮一粒也不收，没办法只得贱卖给粮食商贩。一年累死累活打下两季稻谷，扣除"三金"，只有五千多元收入，女儿在镇上念书一年也得花去上千元，再加上一年的油盐酱醋，春夏秋冬的衣服，还有年底令人头痛的一张接一张的请帖，再怎么节省也无法从那点收入中挤出盖房子的钱来。

"僖月，你怎么啦？是不是出什么事了？"厨师突然问。

"没，没有啊。"僖月忙收回心思。

"瞧，还说没有。"厨师手里举着一只饭碗接着说，"我让你拿碟盘，你却拿一只饭碗给我。"厨师说着放下饭碗自己去拿了碟盘。

"对不起，我，我刚才是走神了！"僖月红着脸道歉。

"看人家富了心里挠了吧？"厨师悄声笑着说。

"是，不过我打心眼里为五妹开心。"僖月怕厨师误会，连忙解释道。

"这个我相信，人有相，你不是小肚鸡肠的人。"厨师一边笑着说，一边把锅里的菜一个抛起动作，锅里被烧得吱吱响的菜被扬起两尺来高，然后落下。

厨师反复了三次这个动作，才把菜分装进盘子里。这是一盘爆炒猪大肠。

僖月看得呆了。"范师傅，你好手艺呀！"

"炒猪大肠十分讲究，火过了不脆，火欠了又没那个味。"范师傅说。

"哦，范师傅，你刚才把菜抛起来，有什么特别的说法吗？"僖月顿了顿还是好奇地问道。

"从我师傅那学的，我也说不清，但是，经过这样几次抛，好像更脆。"范厨师说。

范师傅只是随口一说，僖月却记住了，她非常感兴趣，第二天就去买了猪大肠学着做，不过这是后话，先搁着。

午宴即将开始，一串五千响的鞭炮从二楼垂下。五妹的二哥今天忙前忙后忙得不亦乐乎，脸上眉飞色舞，五妹的父母亲站在二楼的阳台上，衣服十分整洁，母亲的鬓发梳得特别精致，老两口笑眯眯地朝下看。五妹的二哥，手里拿着打火机，候着等点鞭炮。

一会儿，杆子爹仰起脸朝楼上喊："可以放鞭炮了。"

五妹二哥"嚓"的一声点燃了打火机，再把火苗对准鞭炮引线，引线发出"哧哧哧"的响声，旋即便发出噼里啪啦的爆竹响。

爆竹声响彻云霄，可在僖月听来却好似五妹和杆子灿烂的笑声。那笑声令僖月心动，令僖月向往。

让国根跟杆子学车去！僖月的心里再一次燃起这个念头，而且很坚定！

第十一章　僖月茫然无助

宴席到下午两点多才散。宴席散后帮工们聚拢了一桌，胡乱凑齐满满一桌菜，酒足饭饱后，大家坐在一起拉了一会儿家长里短，又开始干活。男帮工主要还借来的桌椅等，女帮工主要洗碗筷等。

"僖月，晚上两桌就由你来煮了。"五妹对僖月说。晚上的两桌是专门用来酬谢帮工的。

"我煮?"僖月望向厨师，有些纳闷，正要问个究竟，杆子说明了原因。厨师是城里请来的，他晚上还有一家满月酒宴，杆子得马上开车送他回城。

晚宴主要是请帮工。吃完晚宴帮工们都陆续走了，王僖月是最后一个走的，她把厨房、锅灶都打扫得干干净净。

王僖月做完这一切本不该做的事情，再解下围裙向五妹告别。五妹拉住她，拿了一大袋没用完的菜塞给僖月。

"你这人在什么时候劳力都看得轻，该做的做，不该做的你也做，如果我开饭店一定雇你来。"五妹一边把一袋菜塞给僖月一边说。

"你留着自己吃，哪有又吃又拿的。"王僖月推脱不肯要。

"你吃什么了? 干了一整天活! 我吃，不还有那么多吗? 我吃得完吗?"五妹态度强硬不容她拒绝。

"我开车送你回去，这离老村还有一些路。"杆子从楼上下来。

"不用麻烦，我骑车来的。"王僖月说。

"不如再坐一会儿，一会儿和我们一起走吧。"五妹爹妈客气道。

"你们坐，我家里还有事。"王僖月说着去扶自行车。

"那我送送你，也想和你说说话。"五妹说。这正是僖月希望的，她要让丈夫李国根先跟着杆子学车，若是学得会就去报名正式学，若是学不会，从此也就死了这条心。

"好，我也想和你说说话。"王僖月扶着自行车与五妹一路说着话朝老村走去。

"五妹，我想让国根跟杆子学车，你看行吗？"才走了出来，僖月拉着五妹的手迫不及待地说出自己的想法。

五妹先是一愣，继而便埋怨道："一开始我就告诉你，让国根跟杆子去，现在看人家个个都发了，急了吧？"

"我们家的事你也是知道的，一切都是由我公公做主的，唉！"僖月说着便叹气。

"那现在你能做主？"五妹说。

"都到这地步了，我也顾不了那么多了，你帮我问问杆子，看愿不愿意带，只要他愿意带，明天我让国根先跟杆子学，学会了再去报名拿证，学不会也没得说了。"

五妹想这是个比较稳妥的办法，说实话五妹也担心李国根学不会又白交了学车的钱。

"那好，你等着，我这就去与杆子说。"五妹转身去找杆子，告诉了僖月的想法。

杆子沉思了好一会说："告诉她，别学了。"

"为什么？你以前不是希望国根跟你学开车吗？"五妹不解。

"此一时彼一时，现在情况不一样。一来我怕国根学不会，二来就是学会了恐怕也未必能挣大钱，现在我们村都快三分之二的人从事开车行业。一碗饭如果一人吃，能吃得很饱，如果两人吃就只能凑合着饱，三个人吃就吃不饱了，十个人吃就麻烦了，我还正考虑着把车卖了改行呢。"杆子把理由分析给五妹听。

五妹听杆子这么一分析也就没得说了，她也只好遗憾地把杆子的话转诉给僖月。

僖月听了立刻像被人当头一棒，四肢绵软无力，心底一片漆黑。毕竟这是她刚刚升起的一丝希望，还没有去实施就破灭了。

"杆子计划开个路边饭店，要不你来我店帮忙？"五妹也在替僖月愁。

"只是还不知道开得成不。"五妹又补了一句。因为开饭店毕竟只是杆子随便说说的事情，再说了，即使开了也不知道是否有生意。

"等你开了再说咯，如果你需要我就过来。"僖月说。

两人走着聊着，没注意迎面开过来一辆车。车在她们面前咔嚓刹住了。王福贵从车上跳下来。

"姐。"

"福贵？这么晚了，你要去哪？"王僖月有些好奇。

"妈让我来接你。"王福贵的语气很低沉。

"出什么事了吗？"王僖月的心一惊，蓦地产生不祥之感。

"姐夫把农药配太浓了，门前的三亩稻禾都烧了。"王福贵的语调更沉。

僖月一听，只觉双膝一软，身子摇晃了一下差点栽倒。

"姐，你也别太急，今年的口粮若不够就去我家扒。"王福贵急忙搀住僖月。

"妈让我告诉你，叫你回去别责怪姐夫，他是个老实人。"

"老实人"这三个字以往僖月也听得耳朵长老茧了，只是以前听这三个字并没什么反感，可今天不知为什么，这三个字令她特别地反感，甚至恼怒。

"他老实，我不怪他，以后就是连稀饭都吃不上了我也不怪他，这样妈总算满意了吧!"王僖月的泪水已如涌泉般地涌了出来。

王福贵当然听出了姐姐在埋怨母亲，他也知道姐姐委屈，但这又能恨谁呢，要恨只能恨老天了。若不是老天过早地夺去他们的父亲，姐姐的命运就不是今天这个样子。

那年夏天"双抢"，王僖月父亲白天还干了一天活，夜里突然发高烧，本以为是中暑熬熬就好了，可到了天亮母亲发现不对头叫来赤脚医生，赤脚医生叫赶快送卫生院，送到公社卫生院又叫转城里医院，转到城里医院的当天晚上就去世了，究竟什么病医院也说不上来，只说可能是被稻田里什么虫咬了。这年王僖月9岁。

王僖月父亲去世后的第三年，僖月母亲吴兰花做了一个改变王僖月一生命运的决定，她决定为女儿僖月招婿以渡生活难关。

当时24岁的李国根正好尚未相上合适的亲事，老队长夫妇又很满意吴兰花的人品作风，说母鸡不会飞上桌小鸡就不会飞上桌，也就是有其母必有其女的意思。说他们儿子国根人太老实，必须找一个老实人家的女子。

所以老队长夫妇俩一合计亲自上门聘下这门亲事。

"唉!"王福贵情不自禁地叹了一声。

"下回配农药时让他招呼我一声,今天这样的事以后不会再发生的。"王福贵一路安慰着一言不发的姐姐。

僖月黑着脸走进母亲一手为她打造的且在母亲眼里是全村最幸福的家。

僖月无法掩饰自己的痛苦,她似乎也不想掩饰了。她一句话不说地走进了自己的卧室。这是她第一次在这个家表露出不满的情绪。

李有田中午在杆子家喝了几口酒,回到家又被李国根这么一气,便急火攻心诱发了心脏病躺倒在床上。蜡黄脸的马玉英无力地靠坐在丈夫的床边。

吴兰花正在厨房做晚饭。一家人气得都还没有吃晚饭。

"妈,我来吧。"王僖月强打精神走进厨房。

"先去看看你公公吧,他被气病了。"吴兰花说。

王僖月走进两位老人的房间。

"爸、妈,你们也别太伤心,我弟和我妈都说了,今年的口粮不够就去他们那边扒。"僖月强忍内心的痛苦宽慰着公婆。

"口粮倒不成问题,黑风林还有几亩地,只是……唉!"李有田欲言又止。

李有田虽然没把心里话说出来,但王僖月明白他想说什么。他的心里与自己一样发愁。以国根这样的智商往后这个家不知会穷成什么样子!

"爸,你好好休息,我去烧饭。"王僖月说。

"去吧,我们没事。"马玉英说。

僖月重新来到厨房,她阴沉着脸,一顿饭烧下来始终没说一句话。

坐在灶前烧火的吴兰花看见女儿一脸的愁容便不时地劝慰着。

"你也别太责怪他,他是个老实人,烧都已经烧了,不就是几亩稻禾吗,没什么大不了的事。"吴兰花走在回家的路上又一次这样劝慰女儿。

"就是杀了他,他也还是那个猪脑,我怪他又有什么用!"僖月没好气地顶了一句。

"你恨妈做的这桩婚事是吗?"吴兰花惊愕地审视着朦胧月光下的女儿。

"这是我的命,我能恨谁呢,谁让我爹死得那么早。"僖月的喉头已哽咽得说不下去，泪水瞬间就哗哗地滚了出来。

吴兰花蓦地呆若木鸡，伤心的往事一下子全涌上心头。

"也许是妈错了。"吴兰花喃喃自语。

"你这个决定会害了月丫头的，她还是个孩子呀。"吴兰花不禁又想起当年阿金的劝阻。

"也许真是妈错了。"……"也许……"吴兰花一脚高一脚低地，嘴里喃喃自语地重复着这句话。

僖月在朦胧的月光下虽看不清母亲的脸，但她完全可以感觉到母亲的旧伤又在流血，撕裂她伤口的人就是自己。

"妈，你别这样，我从来都没有怪过你的。"僖月急忙上前一步搀住已有些踉跄的母亲。

此刻僖月的心里懊恼极了，她责怪自己不该去揭母亲的伤疤，母亲32岁就守了寡，多少年来她忍受着孤独与寂寞，夜深人静的时候他常常独自望着父亲的遗像流泪，有好几回还情不自禁地哭出了声，把自己和弟弟都弄醒了，所以自己和弟弟心里都想一定要做个乖孩子，不要惹母亲伤心，唉！母亲这一辈子已够苦了，真不应该再往她的伤口撒盐。

"那时我只想到国根是村里顶尖的好劳力，人又老实厚道，家庭又好，父母德高望重，你嫁了这样的人家肯定会幸福的，谁能想到社会变得这么快……"吴兰花哽咽着说不下去。

"妈，你也别为我愁了，今天杆子说了会帮国根想一条发家致富的路。"僖月为了宽慰母亲便编了这句谎。

"那就好，那就好。"吴兰花心头的愁云一下子便散了一大半。

"你公公还生着病，你也累了一天，就先回家吧。"到了家门口，吴兰花没让僖月进屋坐坐。

淡淡的月色下，僖月的面色显得更加苍白。她走在回家的路上，愁绪又袭上心头。致富之路在哪？"一股蛮劲一身横肉，三十年河东，三十年河西，说不定30年后这溪水就干涸了。"僖月忽然想起那年在溪畔五妹骂秋娥的话，想不到还没过30年就被五妹说中了。如今单有一身蛮劲的人是再也横不起来了，这一点僖月不仅已彻底地意识到了，而且正在苦苦地吞咽。唉！当初若是公公不阻拦国根学车，那也许今天就不是这般境况了。唉！

现在说什么也迟了。

　　僖月一路想着有些混乱的往事不觉就到了家。她站在门前，借着月光望着眼前这栋曾标志着 20 世纪 70 年代辉煌的泥土墙屋，难免感慨万千。那个时代能从几家合住的古建筑大院里搬进这样的独门独户的新建筑里的人，实在是为数不多。一栋独门独户的黄泥墙屋，再粉上一层白色的石灰，这在当时是每个成家立业男人的梦，甚至是终生的奋斗目标。可时至今日，那粉刷在黄泥墙上的白石灰不仅已发黄，而且正东一块西一块地脱落，昔日的辉煌在弹指之间就被历史湮没，沦为小丑，成为落后的标志。

　　唉！时代变得太快了。她重重地叹一声，万般无奈地跨进那已让她感到沉重的家。

　　李国根还没有睡，他两眼滴溜溜地望着一言不发的妻子，此刻的他真希望妻子能痛骂他一顿，甚至痛捶他几拳，他心里或许会更好受些，可僖月没有，她没骂他、没捶他，也没看他，她拿了衣服径直去厨房洗澡，然后直接上女儿房里睡觉去了。

第十二章　有人欢喜有人愁

五妹回到家把僖月家发生的事告诉了杆子。

"怎么会配浓了呢，一斤配多少水，上面不是有写吗？"杆子说。

"谁知道呢。"五妹说。

"僖月嫁了李国根，是真正的一朵鲜花插在了牛粪上。"五妹说。

"这话外面不要说。"杆子立刻制止。

"知道，外面哪里敢这样说，我又不是傻瓜。"五妹说。

"你们应该过去看望下，搞集体的时候，老队长没少照顾过我们家。"第二天杆子爹知道了说。

"是呀，那年林大黑抢走我们家的棉大衣和猪油也全靠了他才得以拿回来。"杆子娘说。

"林大黑那狗娘养的也太欺负人了。"杆子爹一想起就愤愤难平。

"他不是也买了车走了你的路吗，要是让我撞上他，非得好好奚落他一番。"五妹说。

"那都是过去的事了，跟他们计较什么，现在买车的人弄不好还要赔本呢。"杆子说。

"是啊，像他那样脸上生毛的人老天爷自会惩罚他的。"杆子娘说。

"我不信世上有什么老天爷，即便真有，那也是个欺软怕硬专惩老实人的东西。"五妹说。

"胡说，不可得罪神灵。"杆子娘吓得连忙呵斥儿媳妇。

"那你看，僖月夫妇够老实了吧，老队长也是个大好人吧，可老天爷却偏惩罚了他们。"五妹继续说。

"哎呀，我的祖宗，你少说两句，我求你了。"杆子娘见儿媳妇口无遮拦，几乎要急眼了。

杆子娘是信佛的，口无遮拦的五妹，搞得杆子娘急忙丢下正吃的饭，跑去拿了三炷香点燃，朝客厅屏风上的观音神，口中念念有词地拜了三拜，才放心地回到饭桌上吃饭。

吃罢晚饭，五妹和杆子冲了澡。杆子爹已拿好一条烟在客厅等，要他们去看望老队长。

"开车去还是走路去？"五妹问。

"月亮这么明，走走路吧，一天到晚坐在车上屁股都磨出了老茧。"杆子说。

"我腿不方便就不去了，代我把这条烟带过去表示一下我的心意吧。老队长是个好人，又是我们家的恩人。"杆子爹把怀里一条友谊牌香烟递给杆子。

杆子爹反复提老队长是他家的恩人，不仅仅因为林大黑事件，还有五妹娘家的事。但他碍于五妹的面子没直说。

那年五妹的娘家人发现五妹未婚有孕，气得冲进杆子家，把杆子家的几口锅都砸了个大洞，客厅的饭桌被掀翻在地，闹得杆子家是鸡犬不宁，后来也是全靠老队长出面调解，不然，他们家还扬言要废了杆子。

"这烟你自己留着吧，我去李长功店里买两条，就说是你拿的。"杆子望了望父亲手中的烟说。

"还是李长功的身子骨硬，他比我还大两岁呢，还能进进出出跑镇里进货，我真服了他。"杆子爹说。

常言道，说者无心听者有意，杆子爹的话无意中却为杆子提供了一个商信。

路上杆子惊喜地对五妹说："你不是让我给僖月想个好方子吗？"

"你想到了是吗？"五妹说。

"这可是个天赐良机的好方子。"杆子说。

"哎呀，你快说呀。"五妹猴急了。

"你猜，猜中了晚上我给你挠痒痒，猜不中，罚你晚上给我挠痒痒。"杆子本来没有想卖关子，可看五妹猴急的样子，就索性卖个关子，逗逗乐。

"我不猜，我直接认输，晚上我给你挠痒痒，现在可以说了吧。"五妹说着就挠了几下杆子。

"真没劲，一个回合都没有就认输。"杆子双手垂下装出无劲的模样。

"人家想给你挠痒痒嘛，这还不好吗？"五妹笑着又挠了挠杆子。

"好吧，成全你。其实呢，是踏破铁鞋无觅处，得来全不费功夫。"杆子说。

"哎呀，求你别绕了，快说！"五妹真急了。

"我不正说吗，刚才爹提到谁了？"杆子问五妹。

"爹提到老队长……"五妹纳闷。

"还提到谁？"

"还提到谁？"五妹想了想。"没提谁呀，李长功？"五妹不确定。

"现在该知道是什么方子了吧？"杆子笑着。

"叫僖月去开店？"五妹有些顿悟。

"对，李长功终归是老了，哪怕身体再好，老了就是老了，终归是要退下来的，就让僖月接下古亭小店，不是挺好的吗？古亭小店虽然赚不了大钱，但我想一年至少也能挣个五六千元的，搞得好也许可以上万呢，总比他们现在光靠种田强得多。"杆子说。

"李长功舍得放下吗？"五妹说。

"他终究是要放下的，都六十几岁了，还能蹦几年？让老队长出面说，应该没问题。"杆子说。

"好主意，由僖月去经营古亭小店，古亭一定会更热闹的。"五妹兴奋地拍掌叫好。

"亲爱的，我就爱你这颗聪明的脑袋。"五妹突然抱住杆子使劲地亲。

"别这样，这是在路上，让人看见了多难为情。"杆子连忙推开她，并左右前后地环顾。

"月亮都爬那么高了，还有谁在地里呀。"五妹生气地用力推他一掌，"莫不是你不喜欢我亲你了！"五妹嗔怒道。

这一掌让杆子想起了最最销魂的往事。那一个夜晚，也是一个月圆星稀的夜晚，五妹和杆子开完了两天必开的生产队会后，就又来到了老地方，生产队的谷仓后面的大树下。五妹哭着把父母的强硬态度告诉了杆子，杆子听后抱着五妹一起哭。哭后五妹突然要求杆子把她要了，让生米煮成熟饭，以此来强逼她父母同意，可当时杆子害怕极了，五妹怎么给他鼓劲他也不敢动手，直逼得五妹自己脱光了衣服，可杆子还是不敢，气得五妹一掌将他推倒……

"说哪去了，我这一生中最幸福的时刻就是你亲我。"他上前一把将五妹拉进自己的怀里，两人便面贴着面体挨着体站着。

"你知道我此刻在想什么吗?"杆子一边说一边已把嘴唇重重地印在了五妹的唇上。

五妹没有回答，她的双唇已被杆子的双唇严严密密地包围着。

"那晚你也是这么用力推我的。"杆子说完便嘿嘿地直笑。

五妹的脸霎时一阵热胀，"你还提，羞死我了。"五妹佯作要挣开他。杆子不许，他把五妹搂得更紧，直搂得五妹喘不过气，五妹便不再挣扎。

五妹不语，杆子也不语，他们俩唇缠着唇，胸贴着胸。五妹已完全感觉到了他传递过来的信息，一种男人渴求爱的信息，而且越来越强烈，突然五妹忍不住放声大笑了起米。

"不准笑，再笑我就要让历史重演了。"杆子自然明白五妹笑什么。

五妹哪里止得住，她一个劲地"咯咯"地大笑。

……

第十三章　启蒙

　　五妹和杆子先去了古亭李长功的小卖部。小卖部还是老样子，两张老旧柜台并排着，柜台里到处堆着物品，很是杂乱。

　　"有烟吗？"杆子问。

　　"有，你要什么牌子的？"李长功憨笑着问。

　　"你这里最好的烟拿两条来。"杆子说。

　　李长功弯下腰在柜台下面摸索着拿出一条牡丹烟放在柜台上，再弯腰又摸出一条放柜台上。

　　杆子看了看，知道这是当时很上档次的烟。杆子问完价格一边付钱，一边问道："你这里卖得动这样贵的烟？"

　　李长功呵呵笑道："比这更贵的今天卖完了。"

　　杆子惊愕，心想，看来是自己孤陋寡闻了。如今的李家村已经不是原来的一条友谊牌香烟拆开来卖到发霉的年代了。

　　杆子和五妹揣了香烟双双来到老队长李有田家。

　　李有田家的大门开着，但屋里和客厅都没亮灯，电视也没开。王僖月房间的灯虽亮着，但一点声息也没有，整个家静得如同无人在家似的。

　　"僖月。"五妹在门外喊道。"老队长。"杆子接着喊道。

　　僖月听见有人喊立刻从屋子里出来，并拉亮客厅的灯。老队长和马玉英也走出卧室。

　　"你们怎么来了？"僖月有些意外。

　　"坐。"僖月拉过木凳叫杆子坐，又拉过一把叫五妹坐。

　　"你们来啦！"老队长说。马玉英赶忙去泡糖水茶。这是李家村的习俗，用糖水茶招待最珍贵的客人。

　　"你们也坐，听说老队长身体不舒服，我们过来看看。"杆子说。

"没事，好多了。难得你们费心。"老队长说。

"搞集体的时候，老队长没少照顾我，我杆子这里记着！"杆子一边说一边指着自己的心窝。

"小事，不值一提。"老队长笑笑。

"我爹也记着您的好，他腿脚不利索，叫我带来两条烟。"杆子把两条牡丹烟搁在饭桌上。

"这哪行，我都没过去看他。告诉他心意领了，烟你拿回去。"老队长要把烟递回给杆子，却被五妹拦住。

"老队长，您看我们高高兴兴来，就当是杆子孝敬您老的还不成？您何必要拒人于千里之外让我们难堪！"五妹说。

"爸，他们一番好意，您就收下吧！"僖月知道五妹夫妇是真心诚意的，便劝道。

这时马玉英泡了两杯糖水茶，一杯递给杆子，一杯递给五妹。杆子呷一口，心中涌起无限感慨。

同村人来坐坐是没有泡糖水茶的规矩的，今天马玉英泡了，说明杆子在马玉英心中的地位已经今非昔比。想当年老队长在杆子家的地位，几乎是不可仰望的。当年五妹父母跑到杆子家大闹，老队长去调解，杆子妈跑了好几家才借来一撮撮砂糖给老队长泡了一杯糖水茶。

"谢谢马婶！"杆子使劲喝了一大口放下。

"马婶太客气了！多谢了！"五妹甜蜜蜜地喝着，可她此刻的心比糖水还甜。这是多大的殊荣！

几句寒暄后，五妹拉着僖月到门外的南瓜架下把杆子的主意和盘托出。

"开店？我能行吗？"僖月说。

"三角钱买进四角钱卖出，这么简单的事你怎么不行？"五妹说。

"真的就那么简单？"僖月心存顾虑。

"你想想看，一个60多岁的老人能做下来的事，你不傻不聋也不瞎，难道会做不下来？也别太没自信了你。"五妹说。

"好，这回我听你的，明天叫我公公去找他说。"僖月决定试试。

"你公公该不会再反对吧？"五妹有些担忧。

"我也说不准，唉！"王僖月叹着气。

"他若再不同意，你就自己找李长功说去，别像根藤似的老缠在大人们的棵树上，说实话他也老了，你们也应该自己挺直腰杆活了。"五妹说。

"这回只要李长功同意盘，我就吃了秤砣铁了心。"僖月表态道。

"那要是李长功不想盘呢？"须臾，五妹担忧了起来。

"那我就在自家门口搭一个小卖部开。"僖月思索了一会儿说。

"好！这回我等你的好消息，等攒了钱也把新房盖到国道上去，那时我们又可以天天在一起聊个没完了。"五妹说。

"咳，那是哪年哪月的事呀，我想都不敢想。"僖月说。

"你也别说不敢想，机会来了也快，你看我，不也就三四年的光景吗。四年前我看你家买了电视机，眼馋啊，可那时的我也是连想都不敢想，没想到四年后我却买了比你们家的更大的彩电，还盖了小洋楼……"五妹越说越心花怒放。

"只怕我的情况与你不同，唉！"僖月又重重地叹气。她想：我能与你五妹比，可国根能与杆子比吗？只怕国根帮杆子扛脚他还嫌国根肩头粗呢。

五妹自然是听出了僖月的话外音。"他不行你可以自己出来干呀！我相信你一定会干得比男人还漂亮！"五妹极力地鼓励僖月。

"唉，我一个女人，没文化，又没见过世面，一年连县城都难得去一趟，我能干出什么花样呢。"僖月对自己的未来完全没有信心。

"你昨天看电视了吗？"五妹问。

"没有。现在哪还有心思看电视。"僖月说。

"八点半的时候，福建电视台播出的一个电视剧，演的就是一个没有读过书的农村姑娘，她先是在城里做小保姆，后来就跟人学卖水果，开早点……最后她开办了一家五星级的大酒楼，生意红火得很。"五妹说。

"咳，那是演戏，哪能当真呐。"僖月淡淡地咧出一个笑。

"戏也是根据生活中的人和事演的嘛。现实中也是有的，你看旺财，他也没有文化，可他不是在城里开店干得风生水起吗。"五妹说。

"我们村有几个旺财啊。"王僖月说。

"我们村可以出一个旺财，为什么不可以出二个三个旺财呢？你王僖月为什么就不能是第二个旺财？"五妹说得有些兴起。

"其实许多人的路都是一步一步走出来的，你不敢去走，那自然是不会有路了，就好比我们农民种稻一样，不种下去就一点希望也没有，春天种下了，就算遇上了灾害，也还是会有些收成的。"五妹把昨晚杆子的一番话学舌给了僖月。

"呵，好你个五妹，你现在不仅穿着打扮洋气了，连说话也像读书人一样，一套一套的大道理。"僖月笑了说。

"哪呀，都是杆子说的，我不过是鹦鹉学舌罢了。"五妹笑道。

"你们俩唠完嗑了吗？"杆子在李有田夫妇的陪送下走了出来，并笑着对她俩说。

"她俩呀，情同姐妹，一见面就有说不完的话。"马玉英笑了说。

"再坐一会儿吧。"僖月冲杆子说。

"不坐了，明天一早还要出车呢。"杆子说。

"哦，那我就不好留了，改日有空再过来坐。"僖月说。

五妹和杆子走后，僖月的心中立刻擂起了鼓。我该怎么跟公公说呢？万一他又不同意，那该怎么办？现在说吗？算了，还是明天再说吧。僖月望了一眼李有田欲言又止。

"僖月，你别走。"李有田突然喊住了已转身欲进房间的儿媳。

"刚才杆子都跟我说了，五妹应该也跟你说了吧。"李有田说。

"说什么？"僖月没敢往开店方面想。

"说开店呀，难道五妹没说？"李有田有些小吃惊。

"哦，说了。"僖月一听心脏"嗖"地加速跳动，她多么害怕李有田再说出一个"不"字。

"我想听听你的意见。"李有田接着说。

"我……由爸决定。"僖月本想说"我决定开店"，可话到嘴边却变成违心话。僖月好恨自己，气得在自己的大腿上使劲地拧了一下，以此来惩罚怯懦的自己。

"那好，我明天就去找他商量。正好他也有这个意思。"李有田说。

"老太婆，明天准备些下酒的菜，我把李长功请到家里来好好聊聊。"李有田吩咐妻子马玉英。

马玉英点头允诺。三人又在客厅坐了一会，说了些李长功的话题，然后各自进房间歇息。

第十四章　盼头

王僖月悬着的心落下了一半，公公李有田这一关总算过了，现在就看李长功那关了。

万事俱备，只欠东风了。王僖月的脸上露出了久违的一丝笑意。虽然还不知道那小店是否真能给她带来富裕的生活，但毕竟有一线生机一份盼头。

早饭后，该上山的上山了，该下田的下田了，该出车的出车了，该上学的上学了，整个村庄静悄悄的。

李长功默默地坐在店门口。每天早上，李长功都会来到小店，先是打扫一番，整理整理物品，然后闲着无事就坐在小店门口，直到过了十二点再回去。

李有田看看墙上的挂钟，估计李长功去店里了。他与在厨房忙活的老伴打招呼说："我叫长功来吃饭，中午多弄几个菜。"说完朝古亭走去。

李长功老远就听见有走来的脚步声，因为村子太静了，李有田的脚步声就显得突出了。李长功早就把脖子伸得老长望向声音的方向，直到李有田的出现。

"老队长，是你呀，来来，坐这陪我聊会天，我都快闷死了。"李长功看见是李有田来了急忙进店拿了包牡丹牌香烟。

"我这有烟呢。"李有田说。

"抽我的，这是才进的货。"长功说着把烟拆开，抽出一支递给李有田，又抽出一支塞进自己嘴里。

在他递烟的同时，李有田掏出打火机。"嚓嚓嚓嚓"几声响就见一簇火苗冒了出来。李有田把火苗凑近李长功嘴边，李长功深深一吸，烟头就冒出了火星子，然后两人同时移开。

李有田再把火苗移到自己嘴边，他也深深吸两口，直到烟头冒出火星子，再把打火机关了。

"生意还好吗？"李有田吸一口烟吐出后问。

"就这样的小店，有什么好不好的，天天都差不多。"李长功说。

"长功啊，这个店你经营了有30多个年头了吧？"李有田说。

"是啊，今年整30个年头，我33岁那年你派我办起来的。"李长功一提起这个话题似乎显得特别兴奋。

"日子过得真快呀，不知不觉我今年就63岁了。"李长功感慨地说。

"日子快呀，真快！"李有田说，说完吸了一口烟。

"我说长功啊，这个店。你还打算再开下去吗？"李有田吐出一口烟后侧过头问李长功。

"咳，你别提了，我还正为这事犯愁呢，开嘛，我又上了年纪，上下爬车跑镇里进货这身子骨又不听使唤，不开嘛，又难割难舍。"李长功对李有田道出心中的犯难。

"我理解，要把相伴了自己半生的东西一下子割掉，这心就跟被人摘了一片一样，站也不是味，坐也不是味，做什么都觉着少了什么。"李有田说。

"还是老队长你能理解我，那些后生呀，他们哪能理解人呀，只懂三天两头来缠我盘店，我一时没答应，他们就骂我要抱着店进棺材什么的。"李长功说着跟小孩受了委屈一样，两眼倏地就红了，并滚了两滴泪下来。

"谁要盘你的店？"李有田一听便紧张了。

"武丘、水木、陈力富都找过我，武丘找过好几回了。"李长功说。

"你答应了？"李有田说。

"还没呢，这不是割舍不下吗。"李长功说。

"哦，那就好。"李有田长吁了一口气。

李有田又吸了一口烟，又长长地吐出，而后说："长功呀，你今年已经63岁了，老这么累着也不是个办法，上上下下跑城里进货万一有个闪失那可就不好了，我给你出个主意，你看行就说个行，不行就当我没说，你也别放在心上。"

"行，你说说，我也正思量着这事呢。"李长功说。

"你收个徒弟，进城拿货让她帮你扛着，闲时你想上哪聊天溜达就让她替你看着，啥时舍得了再盘，你看这办法好不好？"李有田说。

"嘿，这倒是个好主意，只是收谁好呢？"李长功又皱紧了眉头。

"我家媳妇僖月，你看中意不？"李有田说。

李长功一听诧异得一愣一愣的，这是他万万没想到的。

"不中意没事，我理解，也不会怪你。"李有田以为李长功不满意，立刻自己解围。

"谁说不中意？中意得很！我不是早和你说过僖月是块做生意的料。"李长功很是兴奋。

"这孩子我看着她长大的，不仅模样好，脾性也好，我一百个中意，就是让我把店马上盘给她我也一百个乐意呀。"李长功乐得满脸都是笑。

"那就这样说定了，不许你反悔哦，中午上我家喝老酒去。"李有田一块心事落地。

"噢，你老哥找我绕了半天，原来打的算盘也是我这个小店呀。"李长功乐得哈哈笑道。

李有田也嘿嘿地笑了，说："本来嘛，是请你上我家喝酒，等你喝醉了再给你提这档子事，这不，一听那么多人想要，急了，等不住了，先说出来了，哈哈。"

李有田话音落下，两位老人都嘿嘿地笑。

"我说老李呀，你想要我这个店干吗不早说呀，我李长功还能不给你这个面子吗？1975年水木想谋我这店是你帮我挡着，1978年黄狗子想夺我这店也是你不同意，你是我李长功的贵人呀，别看我嘴上什么也没说，可我这心里记着呢。"李长功说着拍了拍胸脯。

"那你知道我为什么把他们都挡了回去吗？"李有田问。

李长功沉思了片刻后摇摇头，说："这我就不知道了。"

"就因为你人实诚，不会往酒里兑水。"李有田说着，两位老人又都哈哈地笑起来。

吃完午饭，老队长把李长功送走。

王僖月暗暗舒了一口气。尽管她对那个小店是否能挣钱，能挣多少钱，心中没底，但毕竟是有了一条路，有了一丝盼头。

第十五章　才下眉头却上心头

第二天李有田就把儿媳妇王僖月带到了古亭小店。

"长功啊，我这儿媳就拜托你了，你可不能保守哦。"李有田说。

"你就把心搁在肚子里吧，我拿她当自己女儿一样看待，如果真有什么奥秘，我会把我最后一招都传给她的。"李长功说。

"这话我信。"李有田说。说完又对僖月说，"你要好好跟你李叔学。"

"嗯，我一定会好好学的。"僖月一边点头一边答应着。

"别吓唬孩子，其实也没什么好学的，只要知道进价卖价别找错钱就没事的。"李长功说。

"没你说的那么简单吧，这好歹也叫经商，经商自有经商之道。别说是经商，就是下田插秧也还有个直和歪的技术呢。"李有田说。

"是呀，李叔干了这么多年一定积了不少道道够我学的。"僖月说。

"要说真有道道的话，那就是要学会识别假货，现在市场上的假货越来越多，以前搞集体的时候可没这档子事。"李长功说。

"你看看，这么深的道道咋还说没得学呢?"李有田说。

"等进城拿货的时候我再教你辨认。"李长功对僖月说，"那我就不客气了，先享享徒弟的福，帮我把这店打扫整理一下吧，我已经好长时间没整理了，人老了力不从心了。"李长功说完走出柜台和李有田一起坐在古亭的长条板凳上聊天，让僖月帮他做卫生。

平日里僖月虽也常到店里买油盐酱醋，但却从未认真打量过这间小店，今天她怀着美好的憧憬朝小店的四周细细地打量起来。

这是一间大约六平方米的长方形小店，一扇小木窗，朝外顶根木杆撑开，光线昏暗；一张因年代久远而失去杉木本色的柜台，与柜台并排的是三个大瓷缸，挨着门的那缸是红酒，中间那缸是酱油，剩下那缸是虾油；

柜台上摆着两个一样大的玻璃罐，一罐是芝麻饼，另一罐是水果糖；柜台底下被分割成两层，第一层是摆得比较整齐的烟类，下一层品种比较凌乱，有电池、灯泡、鞭炮、扣子、针等。粗纤维草纸和卫生巾堆放在墙角的纸壳箱里，挨着纸壳箱放的是两箱高度数的廉价瓶装白酒，挨着白酒堆放的是一堆盐。整个店不仅凌乱而且确实很脏，随处用手一摸就是一手的灰尘。

王僖月做这些事情是轻车熟路，只见她麻利地先把地打扫一遍，然后拿桶去水井打来水，把柜台擦洗得现出了杉木的本色。10 点过后小店就陆续有了生意。李长功拿出商品进货单对号入座地把商品价格一一介绍给王僖月，虽然大多数商品卖价僖月都熟悉，但她还是很认真地听着记着。

眼看时针就要指向 12 点了，可小店只卖出了一包烟，一块芝麻饼，三斤盐，一斤虾油，一斤酱油。这么清淡的生意能有钱挣？王僖月的心中擂起了七上八下的鼓，不仅产生了疑问，还颇失意。

"大白天生意会清淡些，傍晚和晚上的生意会好些，傍晚买盐酱酒的多，晚上买烟的多，生意好的时候一天能挣个二三十元，最差的一天也能挣个三五元。"李长功看出王僖月的心思便和颜悦色地安慰她。

王僖月脸上立刻有羞愧感。她明白是老人看出了她的心思，她暗暗佩服老人的洞察力。

天色渐渐擦黑，吃过晚饭的男女老少陆陆续续地来到古亭。每个跨进古亭的人眼睛都为之一亮，但又很快明白了，这古亭要易主了。

"这古亭以后恐怕会更热闹了。"蹲在石碾上的阿混调侃道。

"有我们村的第一大美女当掌柜，我这辈子是别想戒烟了。"王春生自我调笑道。"来包牡丹烟。"王春生掏出一张 20 元面额的人民币搁在柜台上，紧接着说，"不用找了。"但王僖月却以更快的速度找了他钱。

牡丹烟是小卖店最贵的烟，主要是为村委招待贵客准备的，村民都很少抽牡丹烟。王春生平时抽的也只是友谊牌和富建之类的中产阶级品种。

"发财啦，舍得抽牡丹了。"李长功笑笑说。他哪知道王春生既是长脸给王僖月看又是为了讨好王僖月。他一直暗恋着王僖月，直到她成了李国根的老婆，他还是无法忘怀。"不能做夫妻哪怕是做一回情人也好。"这是王春生几年前大着胆子向王僖月吐露过的爱慕之心。

王春生接过烟走出小卖部，撕去封口并从中抽出一支丢给李长功，再抽出一支衔在嘴上，左手从口袋里摸出火柴，拇指向火柴抽屉轻轻一顶，火柴抽屉露出了半盒火柴，他拈出一根，再把火柴抽屉推了回去。左手拿着火柴盒，右手拿着火柴梗在火柴盒上轻轻一划，"哧"的一声，一簇小小的火苗在他双手护卫下送到李长功面前，李长功把烟塞进嘴里朝火苗凑过去，深吸一口，烟头就冒出了烟，李长功把嘴移开的同时，王春生已经把火苗凑近自己嘴上的烟，他也深吸一口，便点燃了香烟。他右手甩了甩，把火苗甩灭后扔掉，然后又回到小卖部。他把整个身子倾斜地倚靠着柜台，右手肘支撑在柜台上，只见他猛吸一口烟，然后再朝上吐出一串漂亮的烟圈。他看着那漂亮的烟圈从聚拢到散开，心中升腾起一股莫名的惬意感。

"你个 J 吧人，狗眼看人低！有李长功的份就没我的份啊。"阿混看不过去了，站起来走到王春生身边，把手伸进他口袋，掏出牡丹烟自己抽出一支，塞进嘴里，再取下他嘴上的烟给自己的烟点燃，而后退出小卖部回到原地坐下。

"听说你家的稻禾烧了？"小卖部只剩王僖月和王春生。王春生吐完烟圈后忽然问王僖月。"是啊，烧了。"王僖月情不自禁就叹了一口气应道。"烧了多少亩？"王春生不识趣地继续明知故问。

"青龙湾的三亩多全烧了。"王僖月硬着头皮回答他。

"可惜，可惜！青龙湾是最肥的田地。"王春生有些猫哭耗子假慈悲，他心想李国根越发无能，他王春生的机会就越大。

"你想盘这店？"过了一会王春生又不识趣地压低声音问。

"李叔叫我过来帮帮忙。"王僖月露出反感之态。在李长功面前提如此敏感的问题，她既不好说想又不好说不想。

"李长功你也该颐养天年了，60 多岁了吧。"王春生问李长功。"63 岁了。"李长功说。

"李叔的身子骨还硬朗着呢。"王僖月已大有烦他之意。可是王春生却一直不愿离开柜台，他绞尽脑汁寻找话题，对于他来说是很难有与王僖月说这么多话的机会的，直到古亭的人已陆陆续续走光了，他才一万个不情愿地离开了。

"把今天的账结一下就可以回家了。"李长功拿出算盘递给王僖月。"我不会打算盘哦。"王僖月难为情地说。"不会没关系，从明天开始我教你。"

李长功说着自己就噼噼啪啪地打起了算盘，不到三分钟结果就出来了。

"今天一共盈利十五元柒角。"李长功对僖月说。

今天的收益属中等，对于李长功来说是司空见惯的，可对于王僖月来说却是令她欣喜若狂的数字。照这样计算一个月少说也能挣个三四百元。这个收入在20世纪90年代初期，高于一个国家干部的收入，对于一个农民来说的确是个可观的收入。难怪李长功总舍不得割下这个店，王僖月一路想着这事。

其实李长功总割舍不下古亭店不仅因为小店有可观的收益，还有一个几乎不亚于收益的原因便是他害怕孤独。他一生膝下无子，小店便成了他消磨时间缓解寂寞的好去处，自老伴去世后，古亭小店更是他唯一的精神支柱。

这晚，李长功也一路想着心事。当走到自家门前的李子树下不由得停住了，这棵李子树是他与老伴结婚那年种的，种的时候他曾幻想将来孩子爬树摘果子的情景，谁料天公不作美，他的妻子到死也没能给他产下一儿半女。触景伤情，望着李子树心中难免伤感两行老泪不觉就"哗哗"地流了下来。

李长功的这一切举动都被蹲在墙角的武丘看得一清二楚。

"什么事让你这么伤心呀？"武丘幽灵般地突然发话。

李长功先是被吓了一大跳，继而循声望去。"你蹲这干吗？吓死人了。"在话音落下的同时李长功已明白了他的来意。

"李长功，我等你很久了，我就问你一句话，王僖月是不是也想盘你的店？"武丘站起来拦在门口说。

"有那个意思。"李长功说。"那你的意思呢？"武丘又问。

"我，我也有那个意思。"李长功迟疑了一下便毫不隐瞒地告诉他。

武丘一听恨得牙根咬得咯吱咯吱响。"你……你也太欺负人了吧，我从去年就开始找你，你死都不肯松口，你……哼！"武丘甩袖而去。

李长功没与他争辩什么，说实话李长功心里也觉得没把店盘给他过意不去，都是乡里乡亲的，抬头不见低头见。"咳！"李长功望着武丘愤然离去的背影心中大有歉意之感，他深深地叹了一声。

"李长功，我们走着瞧，我就不信，我会弄不来你那口破店。"武丘走出几十步外忽然转回来恶狠狠地说道。第二天李长功把武丘的话告诉了王僖月，王僖月的心就悬起了一块"忧心石"。

第十六章　好景不长

　　时光荏苒，一晃眼秋去冬来。王僖月盘下古亭小店转眼就过了半年。这个小店，虽然不是大富大贵，但每日都有些现金进账，起码柴米油盐酱醋不须发愁，女儿上镇里读书的钱也不用担心，一家人都舒了一口气，王僖月的母亲吴兰花见状一颗悬着的心也放下了。

　　武丘也没来闹过事，不知不觉王僖月就把武丘悬在她心头的"忧心石"给淡忘了。冬天的夜幕降临得特别早，眼见山脚还有一些太阳，可一眨眼夜幕就落下了。

　　王僖月早早地将一盆炭火准备在古亭的中央。自她经营古亭小店后，古亭的确变得更热闹了。如今的古亭是夏天有茶喝，冬天有火烤，不仅男人们无事就泡在古亭，连女人们也爱拿着毛衣上古亭织。

　　那晚，时针在一点一点地向前走，炭火在一点一点地退去，寒冷的空气越来越浓地袭进古亭，村民也陆续地散了回家。王僖月把从家里拿来的矮凳子搬进店里，把已经燃得差不多的炭火移到安全的地方熄灭然后准备关门回家。这时，武丘突然幽灵般地出现在王僖月面前，他盯着炭火冷笑着说："这火旺到头了吧。"

　　自王僖月盘过古亭小店后，武丘就没来过古亭，今晚他的突然到来，使王僖月心中顿生不祥之感。王僖月用异样的目光在武丘的脸上停了几秒后，说："你什么意思？"

　　"没什么意思，就那意思。"武丘说着把头伸进店里，好似这个店已经是他的了。

　　"我要关门，对不起。"王僖月忍着气说。

　　"关门？噢，你是该关门了……你是该关门了。"他得意地冲王僖月诡秘地笑，而后扬长而去。

王僖月不禁打了个寒战。这可是她唯一的出路，是全家赖以生存的小店，千万不要出什么事情呀，王僖月在心中默默地祈求。

武丘捣的什么鬼呢？王僖月一路走一路揣摩着，她做了一个又一个猜想，却万万没有想到武丘已经买通了村主任李东山，李东山决定把古亭基地卖给武丘家盖新房。

"僖月。"斜刺里王春生从古巷里窜了出来。

"你？"王僖月吓得后退了两步，心中立刻警觉起来。

"你别怕，我是来告诉你，今晚村委会上已决定把古亭基地卖给武丘盖新房。"王春生叹着气说。王春生知道这个小卖店对王僖月来说很重要。

这突如其来的坏消息果然给王僖月重重一击，她呆了，一时说不上话来。

"其实这个决定只是李东山一个人的决定。"王春生接着补充道。

"这话什么意思？你的意思是还有挽回的余地吗？"王僖月一听误以为还有挽回的余地，连忙问是怎么回事。

"唉！"王春生叹了一声接着说，"村支书是下派的年轻镇干部，他在这里人生地不熟，很多事情都听李东山的，尤其现在又去省干部班学习去了，村里的事情更是李东山一人说了算，这事情基本没挽回的余地，除非……"王春生说到这抽了一口烟欲言又止。

"除非什么？"王僖月立刻追问。

王春生吐出烟圈，而后慢悠悠地说："除非你上头有人，否则这事板上钉钉了。"

"上头有人是什么意思，你能不能说清楚，就直接说我该怎么做才能保住这个店。"王僖月毕竟没见过世面，没太明白王春生的话。

"你赶快叫你公公去镇里找领导疏通关系，让镇领导出面阻止卖古亭基地，我知道这个小店对你来说很重要。"王春生只得明明白白地说。

"说实话，卖掉古亭基地我心里也不好受，从小就蹲点的地方突然没了，心里真不是滋味。"临走王春生将抽了一半的烟丢在地上踩。

王春生是村委会领导班子，他参加了今晚的会议，会议结束他迫不及待地等在王僖月必经的路口把消息告诉她。

这条消息对王僖月来说犹如晴天霹雳。她明白公公在镇里也没什么关系。当队长的时候还认识几个领导，现在没当队长了，一个农民老头能有什么关系呢。王僖月的身子摇晃了一下。王春生见状急忙扶了一把说："想开点。"

王僖月没有回答，她簌簌的泪水滴落在王春生的手上。

"唉，我知道这个店对你来说很重要，可我无能……"王春生低声说。

"与你无关，你把消息告诉我，已经很感谢了。"王僖月擦去泪水说。

"叫你公公上镇政府找找关系，或许还能有转机。"王春生再次提议让李有田上镇里找关系。

他一个农民老头能有什么关系。王僖月心想，但还是回道："谢谢你，我回了，你也回吧。"王僖月说。王僖月回到家，当即把已经睡下的公公叫起来，把王春生的话和盘托出。

李有田得知后也如晴天霹雳一般震惊。但他毕竟是见过一些世面的人，他强烈地反对拆古亭不仅仅是因为古亭对他个人有益，还有更重要的原因是，这个古亭建于明末清初，属于历史建筑遗产，又是村民习惯聚集的地方，这里积攒了多少代人的情感。

李有田连夜来到李东山家。武丘与李东山正在客厅聊天。见李有田这个不速之客到来都很吃惊，继而马上明白他的来意。是谁这么快就把消息告诉他？李东山寻思着。

"老队长，什么风把您给吹来了？坐。"李东山拖一条木凳让座。

李有田没有坐，他开门见山。"东山，听说你们要把古亭基地卖了？"李有田问。

"村委会上是做了这个决定。"李东山迟疑一秒后说。

"东山，你知道这古亭建造于什么年代吗？"李有田问。

"石礅上不是刻着明朝末年吗。"李东山的脸上升起不悦之色。

"从明朝末年到现在有六百多年的历史，这几百年来古亭记载了我们李家村的多少喜与乐、聚与散啊，它是李家村名副其实的俱乐部，你若拆了它，往后我们李家村的男女老少往哪聚？"李有田和颜悦色地晓之以理。

"旧的不去，新的不来。现在是改革开放，说不定中南海还要拆呢，拆一个小小的古亭算什么。"武丘着急了，连忙反驳道。

李有田没有理睬武丘，他只等李东山的话。

"老李呀，时代不同啦，有些事情你也得看开一点，替我们村委着想一下嘛。你看我们村，自生产队以来一直是用地主家的大粮仓做俱乐部，后来又改为村部，说有多寒碜就有多寒碜。上面领导是来一次就批评一次。现在，我好不容易从镇里争取到五万元补助资金盖村部，不足部分由我们自己想办法……"李东山说到这突然感到喉咙痒，咳嗽了起来。他端起水杯喝水，才想起没给老队长看茶，便叫妻子肖素琴给老队长递水。

"你说，我能想什么办法呢？为了盖村部，我也只能这样，能卖的就卖，能抠的就抠，能要的就要，能赖的就赖，唉！我这个村长也难当呀。"李东山打起了官腔，已完全不是从前那个使劲恭维自己的李东山了。

"这么说，古亭是非卖不可了？"李有田说。

"这是村委研究决定的，我个人也不好否决嘛。"李东山打起官腔。

"那好，卖多少钱，我买总行吧？"李有田说。

李东山被这意外的一招给罩住了，他一时窘在那找不到合适的拒词。

"凭什么一定要卖给你？"武丘一听急了。

"那又凭什么一定要卖给你呢？"李有田反问道。

"凭我打报告在你之前。"武丘说。

"是呀，武丘打报告在你之前，我们村委又研究做了决定，我们做领导的总不能出尔反尔吧，你是当过 25 年队长的人，你应该能理解我现在的难处嘛。"李东山摆明了偏袒武丘。

"那好，我不为难你，我看看报告总可以吧，如果真是你说的，他打报告在先我也不争了。"李有田说。

李有田料到武丘根本没打什么报告，只是托词而已。

李东山和武丘都没料到李有田来这一招，他们面面相觑。武丘看着李东山，李东山又看着武丘，谁都说不上话来。

"你又不是村委，报告为什么要给你看？"沉默了一会，武丘说。

"你心虚了吧！"李有田说。

"这样吧，你要看可以，可报告不在我这里，等明天拿给你看就是。"李东山说。这是缓兵之计，谁心里都清楚，但李有田又奈何不了。

"莫不是你们俩串通好的，我上镇里告你们去。"李有田再也无法控制住内心的愤怒。

"你威胁谁呀，镇里还有哪个领导能认得你这把老骨头？"武丘冲愤然离去的李有田的背影骂道。

此时，李东山的心底涌起一股报复后的快意。"哼，想不到你李有田也有今天，当年若不是他一直压着我，我早当正队长了。"李东山一想起在李有田手下当了 11 年的副队长气就不打一处来。

"那是，那是，凭你的能力，说不定也转干被提拔当局长了。"武丘在一旁煽风点火。武丘这是话里有话。他指的是平阳村的韩力辉。韩力辉从一个生产队队长被提拔转干又当上了副局长。

"他的消息这么快，你说是谁报的信？"李东山想起这事问武丘。

"对呀，是谁吃了豹子胆敢和您对抗。"武丘一边说一边懊恼地以为是自己刚才太得意忘形而走漏了风声，可仔细一分析又觉不对，自己刚才并未向王僖月透露一丝一毫的内容。

"出了叛徒！告密者就是今晚参会人员。"武丘清醒过来说。

"这个人是谁呢？"李东山和武丘把参会人员一个一个地分析过去，最后把焦点落在了王春生身上。

"我看王春生的嫌疑最大。听说他一直垂涎王僖月，自她盘过古亭小店后，王春生是天天必到，而且走得总是最晚的一个。"武丘说。

"他婆娘不是挺厉害的嘛，怎容得下王春生往她眼里掺沙子？"李东山说。

"可能还不知道吧，这种事情老婆总是最后一个知道的。"武丘笑。

"不如明天叫你老婆放些风出去，先让他婆娘闹腾出来，我再抓他个作风问题，下了他的副主任，让你上位。"李东山说完将手中的烟使劲吸了最后一口，然后掷在地上用脚尖踩住旋转了半圈。

武丘连忙又递上一支并猫着腰帮他点燃。

"让我上，我保证什么都听村长的，村长指东我绝不向西，村长说黑我绝不说白，村长想做的事不方便出面由我武丘冲在最前面。"武丘这番话十分厉害，他在暗示李东山，我就是你的一双黑手！

武丘说完生怕李东山不相信他，急着要发毒誓，但被李东山拦下。

"放心，我一百个信得过你！"李东山拍了拍武丘的肩膀说。

第十七章　不是希望的希望

李有田上李东山家苦口婆心也没能说服李东山，他愤然而归。

等待在客厅的儿媳僖月、儿子国根、妻子马玉英，都眼巴巴地望着他，他们多么希望李有田带回来的是好消息。

李有田望了一眼寄予他希望的妻儿心中不禁黯然惭愧。

王僖月已从满脸怒容的公公脸上找到答案，她绝望地低下头什么也没问。

马玉英也看出来了。"说不通？"马玉英试探地问。

"明天我上镇里说去，我就不信他李东山就成了土皇帝。"李有田把一线希望寄予镇政府。

李有田话音落下后，再无一人开口说话，每个人的心里都笼罩在冬天的寒夜里。尤其是王僖月，此时此刻的她深感自己如一叶小舟，置身于汪洋大海中，汹涌的海浪随时会将她打入海底，而她却孤独无助万般无奈。

"人都说天无绝人之路，可老天爷啊，你为什么要处处亡我之路？你过早地夺走了我的父亲，使我失去了快乐的童年，失去了选择爱人的权利，乃至失去了一生的爱情和幸福，这难道还不够吗？现在就连这一点点活路也不肯给我，我自知今生无过，只是不知道我上辈子造了什么孽，你对我王僖月要这般狠心地赶尽杀绝啊！"

走进卧室的僖月，已绝望到了极点，她蒙住被头哭泣，为了不传出声音惊动公婆，她用被褥使劲地捂住嘴，但身子却因哭泣而不住地抖动。

李国根坐在床沿上望着如此伤心的妻子，他的心也如万箭穿心般地疼。可他又是那样的万般无奈，他几次蠕动着嘴唇想劝慰妻子几句，可每次都欲言又止。是啊，他李国根能劝慰妻子什么呢？他不仅不能像杆子一样为她营造一个幸福快乐的家，甚至连向她表达爱的能力都没有了，害她年纪轻轻的就得忍受那份难言的生理苦楚。

王僖月的泪水和悲伤渐渐激起了李国根对李东山和武丘的恨。

"我杀了他们!"李国根突然愤然弹起,并以迅雷不及掩耳的速度跑进厨房,从刀架上抽出一把大柴刀直奔李东山家。

武丘还在李东山家,他们正在谋划着上级拨来的兴修水利的那笔款子。

李国根手握大刀满腔愤怒地一脚将李东山掩着的大门踢开。李东山和武丘还没来得及反应过来,李国根已旋风般地蹿到李东山的面前,两眼怒视着李东山。

"我就问你一句话,古亭拆还是不拆?"

"你先把刀放下,一切好商量。"李东山想用搪塞之计先应付过去。

坐在一旁的武丘不由多想,他一个箭步上前去夺李国根的刀,李东山见机也迅速出手想一起制伏李国根。只可惜武丘的力气远远不是李国根的对手,只见李国根右臂一挥,武丘便倒退了几步跌坐在地上,李东山见势不妙转身就朝屏风后面逃。李国根没有去追李东山,而是转身擒住了一边喊杀人一边往外逃的武丘。

"我掐死你,看你以后还使不使坏。"李国根揪住武丘双手死死掐住他的脖子。

"放开他。"正在危急时刻李有田和王僖月赶到。

李国根发牛脾气拿刀砍人这已经是第二次了。第一次是在成婚前王僖月17岁那年。那次拿刀砍的是平阳生产队的团支部书记兼副队长韩力辉。韩力辉是在一次镇举办"五四青年节"联欢会上认识了预备团员王僖月。他对王僖月一见钟情,王僖月对他同样一见钟情,所不同的是韩力辉敢大胆地向王僖月表白,而王僖月却因自己与李国根有婚约而不敢接受。而韩力辉并不知道王僖月的情况,他追到李家村,之后他知道了王僖月的不幸遭遇。韩力辉得知王僖月的情况后,不但没有放弃自己的初衷,反而大胆地劝王僖月要勇敢地挣脱封建包办,要为自己将来的幸福婚姻而斗争。韩力辉第三次来到李家村时几乎丧命于李国根的大柴刀下。

韩力辉追求王僖月的事情给两家父母敲响了警钟,吴兰花决定提前让他们完婚。就在这一年的国庆节王僖月和李国根举办了婚礼。这年王僖月还不满18岁。

"你们别管，我杀了他再去杀那狗娘养的村长，我一命抵两命划算。"此刻的李国根两眼通红丝毫不肯松手。

"你想气死我和你娘吗？"李有田一边说一边掰他的手。

"你松手呀，我求你啦！"王僖月也上前一边掰他的手一边哭着求他。

李国根在父亲和妻子的强烈阻止下不得不松开了手。

"跟我回去，你这个不争气的东西。"李有田大声呵斥。

"你们敢杀人，我明天上派出所告你们去。"惊魂未定的武丘嘶哑着嗓音冲他们的背影喊道。

一路上，李国根以为父亲会大骂自己鲁莽，没想到李有田只轻描淡写地说了一句："为什么总是这样鲁莽，杀人是要偿命的，你知道吗？"

李有田出人意料地没有痛骂李国根，反而心疼他。

"唉！这回怕是要蹲大狱了！"李有田抹着泪对妻子说。

"老头子，你得想办法救救他，我就这一个儿子。"马玉英"呜呜"地哭了。

"你能不能别哭，哭顶屁用。我能不救他吗！"李有田说。

王僖月无语，她默默地坐到深夜，她无法预料明天会发生什么！

第二天武丘果然上派出所把李国根告了，李国根下午就被拘走了。

这事情可大可小，大了可判刑，小了拘留十五天。李有田很清楚可大可小的命门握在李东山手里，他可以叫武丘撤状，也可以叫武丘往死里告。

为了儿子，那天李有田老泪纵横地给李东山跪下，求他高抬贵手放李国根一马，但李东山一口回绝，说自己无能为力。

李有田决定去镇政府把事情的来龙去脉说清楚。不料李东山却赶在李有田之前到镇里恶人先告状，把卖古亭说成是集资建村部之需，把李有田一家说成刁民，阻挠村委的决定。好在还有些老干部还认识李有田，才不至于全信了李东山的话。

镇党委听取了李有田截然不同的反映后，及时成立工作组下去调查，最后做出如下决定：古亭属文化遗产不得拆，但古亭小卖店属村集体财产也不得无偿使用，可以实行租金制，承租人通过投标竞争。

镇政府的决定，李有田服，王僖月仿佛又看到了一线希望。

第十八章　成长

投标竞争这样的事对于王僖月来说还是大姑娘坐花轿头一回。投多少标金能中标呢？王僖月心中茫然无措。

一大早，王僖月就跑去找五妹的丈夫杆子商量。

可杆子的一番话令王僖月从头凉到脚。杆子告诉她，正常投标，是看谁投的标金高，标就归谁。但目前我们村里的投标情况是不正常的，李东山他们搞暗箱操作，也就是暗中早就定好了，投标只是个形式而已。

"是不是说，我怎么投都是中不了的？"僖月问。

"是这个意思。这种情况你是中不了的，你在明处投，武丘在暗处投，他知道你投多少，他投的标金总是能比你高出那么一点。"杆子说。

"也就是说，投标只是走过场是做给人看的。"僖月说。

"对，因为公布投标结果的人是村长李东山，上次我投标砍伐蜈蚣岭林山败给林大黑的原因就在这。"杆子说。

"所以，你投与不投都不会中的。"杆子不得不说出这残酷的现实。

王僖月本来还以为有一线希望，现在一听是一点希望也没了。

"既然这样，那我明天也就不必去投了。"王僖月哀哀道。

"不，你不仅要去投，而且还要投得高。"杆子说。

"为什么？"王僖月不解。

"你投高了，武丘即使拿走那个店，也捞不着多少油水。"杆子说。

"我投太高了，万一武丘不要呢？"僖月说。

"他肯定会要的，因为武丘他不知道这个店一年到底能挣多少，相反，你投得越高，对他的诱惑力就会越大。"杆子分析后说。

"也别太低估武丘，他可是个趴在算盘上吃饭的人。"王僖月说。

"僖月说得没错，武丘鬼精着，他看不来秤也能估个八九不离十的，万一他甩手，那赔本的就是僖月了。"五妹提醒着。

"放心，他一定会要，他现在和村长搞得热，一年村里的招待费也不少，他在打这块算盘。"杆子说出武丘志在必得的原因。

"这样一说，倒是可以投高些，他反正会要。"五妹说。

王僖月在思考，杆子的话非常有道理。她平生还是第一次这样认真地思考问题，也是第一次明白了商场如战场。

"这样吧，为防万一，我建议你三个方案：第一，投小店年收入的三分之一；第二，投年收入的一半；第三，投小店的全年收入。前两种方案是稳中求险胜，武丘若不要，你还能挣点。第三个纯粹是坑，他若不要，你得白干一年，他要了，你就胜利了。"杆子经过分析后说。

"我判断武丘志在必得，即使再高点他也会要，如果是我还会投更高，玩死他！"杆子接着说。

王僖月一直在思考。一旁的五妹很担心王僖月会玩砸了。

"僖月，我看还是稳点好，投太少了拿不来店，就投第二套方案比较好，你看呢？"五妹说。

"让我想想。"僖月说。

五妹和杆子都在静静地等待王僖月的决定。

"要不还是回去问问你公公？"五妹打破沉默。

"我自己决定。"僖月仰起脸，目光里闪烁着从未有过的果敢。

"我投更高，赌一把大的。"僖月坚定道。

杆子惊讶，随之露出宽慰的笑容，因为他看到了王僖月的潜质，假以时日，只要给她一个点，她就能撬动地球。而五妹却为王僖月捏着汗。

"你可要想好哦，武丘可精的。"五妹再次提醒。

"我想过了，杆子分析得对，我投得越高，他武丘会更想要，他志在必得，他不要只是万一的事，只有万分之一输的事我都不敢赌，也太没胆量了。"王僖月说。这一刻王僖月完全不是什么事情都得听公公李有田的那个王僖月，而是一个敢于干大事情的人。

"那万一……"五妹想说万一输了你怎么办，但被王僖月打断。

"万一输了，我让公公他们看店，我进城打工。"王僖月态度坚决。

"僖月，我发现你变了，变得令我佩服。以前你什么事都要问你公公，现在你有胆量斗李东山和武丘，真了不起！"送僖月回家的路上五妹说。

"武丘拿去也挣不了几个钱，老村的人以后会陆续往国道盖房子，老村的人会越来越少。二来，大麻子已准备在自己家里开小卖店，还有旺财爹的新居盖在古亭对面，如果我没猜错的话，他选那儿盖房屋的目的也是看中那块风水宝地，好做生意。"王僖月分析道。

"僖月，你真的和以前不一样了！"五妹说。

"都是被逼出来的。古亭店盘了，我就在自家门前搭一间，就在自家门口开个小店，哪怕一月能挣个六七十元，也好对付着女儿在镇里读书的伙食费。"王僖月说出了自己的另一个打算。

"那还不如来我店上帮忙，杆子这次到深圳上海转了一圈，他发现我们乡下的麻将席在大城市非常好卖，我们山里别的没有，竹子是漫山遍野的，所以他正筹备办竹制品厂的事，明年他办厂子去了，我一个人管着一个路边饭馆店，肯定要雇人，不如你来帮我吧。"五妹说。

"你若真忙不过来，我就去帮你。"王僖月说。

"行，这事就说定了，盘了古亭店就来我的饭馆店帮忙。"五妹说。

"嗯，好，一言为定。"王僖月说。

"你快回去吧，都送一半路程了。"王僖月说。

"再送送，我们有说不完的话呢。"

"那我往回送你吧，我骑了车，回去也快。"王僖月说着掉转自行车往回送五妹。

"行。做姑娘时我们就是这样你送我我送你，没完没了。"五妹说。

"是啊，最多的一次，我们来回了八趟，跟疯子一样。"王僖月话音落下，两人"咯咯咯"地笑，心情仿佛回到了那个无忧无虑的姑娘时代。

一声轿车喇叭打破了她们的回忆。

杆子从车上跳下来。"我就知道你们又会送来送去没个完。"

"看，来接你了，你当年的决定没有错，为你高兴！"王僖月羡慕道。

"当年你若勇敢一点，现在可是局长夫人了。"五妹说的是韩力辉，当年王僖月若是有五妹那样勇敢，冲破婚姻包办与韩力辉结合，那将改写她的人生。

"我没那个福气，不提这事。"王僖月说。

"谁让你来接了，我们俩十多年没这样送来送去了。"五妹不依，她要再送一程王僖月，让杆子等着。

"刚才我们说到哪了？"五妹问。

"说到开店。"王僖月说。

"瞧我这记性。"

"开馆店赚钱吗？"王僖月接着问。

"刚开的时候，没有生意，有时一天一单生意也没有，现在我这店已经名声在外，价廉物美，只要吃过的人，饿都要饿到我店里来吃。"五妹说。

"那就好，恭喜你。"王僖月说。

"薄利多销，也赚不了什么，估计一年也就赚一两万。"五妹说。

"你现在看钱的眼睛大了，一年赚一两万还叫赚不了什么？如果我一年能赚个七八千，我做梦都会笑醒。"王僖月说。

"说得也是，以前年年超支，到了过年，看见人家分了红回家，心里就想，什么时候我家也能分些红回家该有多好，哪怕是分一元钱也好啊。"五妹说。

王僖月听完叹一口气说："还是那个年代好，吃了饭出工，收了工吃饭，没有这么多的生活压力，更没有那么多的阴谋。"

"我喜欢现在的政策，我打心眼里感谢邓小平，感谢改革开放，不然，我现在还是个死超支户呢，别说穿金戴银了，连饭都吃不饱，我的儿子女儿估计也上不起学。"五妹说着晃了一下手腕上的金镯子，满脸都是笑。

"这政策对你有利，你当然喜欢咯。"王僖月笑了说，但没有恶意。

"这个政策对谁都好，以前一年难得吃上猪肉蛋，现在家家吃猪肉蛋是家常便饭。"五妹说。

"记得那年过年，你偷偷揣了一个苹果给我吗？"五妹想起往事。

"记得，当时你惊讶得眼睛瞪的比牛眼大。"僖月笑说。

"那是我第一次见到苹果，我和杆子分吃了那个苹果，当时就想世界上怎么有这么好吃的东西，真想再吃一次。当时杆子说，能吃上一次已经是破天荒了，还想再吃，是人心不足蛇吞象。"五妹沉浸在往事中。

"也就那一年过年公公在公社分到一张票，买了一小篓。"王僖月说。

"现在，我天天都蛇吞象，不仅有苹果，还有那什么贵妃吃的荔枝，我也吃上了！哎耶，真是做梦都没想到有这样的日子过。"五妹心花怒放的样子使得王僖月也受到感染。

"看到你这样幸福，我打心里羡慕，也打心里替你高兴！"王僖月说。

"其实你和以前比，也比以前过得好。以前你家虽然是分红户，可一年就分那么百来元，顶多比我们多吃几斤猪肉，多穿一件新衣服，哪有现在的生活好，即使没有餐餐肉也是三五天必定吃上肉。"五妹说。

"按理说，现在这政策不能说不好，有劲能使上，只是我们无能，不怪政府。唉！"王僖月情不自禁叹气，她无可避免地又想起自己那无能的丈夫。

"你不是无能，是机会还没来，就凭你敢投最高的标，给武丘下坑，我看出来你是做大事情的人。"五妹说。

"那都是逼上梁山，这辈子能盖一栋你家那样的洋楼我死都瞑目了。"王僖月说。

"会有的，我相信你拥有的远远不止这些。"五妹说。

"你就别安慰我了，我也不图大富大贵，只是别太穷就好。好了，别再送了，别让他等急了。以后去你店里干活了，有得唠。"王僖月说。

"那好吧，你骑车慢点。"五妹打住脚步，目送王僖月。

"相信我说的，也相信你自己，就凭你的长相也是大富大贵之人。"五妹临别安慰道。

"托你口福！但愿老天能眷顾我一回！哪怕一回也好！"王僖月说着眼眶"唰"的一下就涌出泪水。她无法不联想起自己坎坷的命运。

"老天是没有眼的。对了，听说林大黑一夜暴发了，是真的吗？"五妹突然想起这几天村子传得沸沸扬扬的关于林大黑发车皮一夜暴发的事情。

王僖月把踩在自行车踏板上的脚又撤了回来，扭转半个身子回道："应该是吧。"

"我还听说他在古亭骂我老公是车夫，说大麻子是起早贪黑的牛，武丘靠的是点头哈腰，只有他最有本事，敢发车皮。他一个车皮发到上海就挣好几万，他才是李家村的龙，别人都是虫，有这事吗？"五妹再问道。

"你都知道了还问呀，他说他的，别理会。"王僖月安慰道。

"他们传的我不太信，你说的我就信。"五妹说。

"嗨，你跟他较什么劲呀，他那人就那德性，有点样子就嘚瑟到天上去。自发了一个木头车皮到上海后，整个古亭就只有他一个人的声音，喝高了的时候声音都大得越过了山，震得人耳朵聋。"王僖月说。

王僖月不是个会嚼舌根的人，其实林大黑在古亭骂得更难听。

"还听说他向信用社贷了十万元款，准备大发木头车皮，是真的吗？"五妹再问。

"他自己是这样说的，到底是不是外人也不太清楚。"王僖月说。

"做木头车皮真有那么好挣钱吗？"五妹将信将疑。

"可能是吧，要不他能那么横？"僖月说。

"呸，他再有钱也没得横！老婆都跟了李东山给他戴绿帽子了，他还横什么？"五妹说。

"靠老婆的下身，抢了我家老公的标，还有脸横。我看，他就是赚了一百万，也就是个戴绿帽子的王八。"五妹大骂道。

"反正他自己也不正经，村里人现在都在传他跟阿混的媳妇水艳。"王僖月说。

"不会吧，阿混媳妇那么老实，能做那种事吗？"五妹说。

"我也不相信，可大家传得凶，我想应该是吧。"王僖月说。

"若是这样，他林大黑的骨架小心会被阿混拆了。"五妹说。

"很难说，这年头有钱能使鬼推磨，有人还说是阿混指使老婆去勾引他的呢。"王僖月说。

"哦？世上还会有这种事？真是令人太难相信了。"五妹说。

"鬼才知道呢，古亭天天有人说七说八，反正我只是听听，从来不搭他们的嘴。"王僖月说。

"我知道，你这人天打破了也不会掺和。"

"回吧，杆子还在等你。"

"那好吧，等什么时候有空，我们好好聊上几天几夜。"五妹说。

"恐怕只有等老了！"王僖月说着骑上自行车，匆匆向家赶去。

第十九章 预料之中

投标结果出来果然如杆子所料，武丘以高出僖月壹佰元的标金中标，古亭小卖部风波最终以武丘的胜利而告终。

古亭之争的胜利，与其说是武丘的胜利，不如说是李东山的胜利，他不仅达到了报复李有田的目的，而且还能从武丘那分得20％的红利。

古亭之争后，也进一步奠定了武丘和李东山的关系，他有事没事都往李东山家里跑，成了李东山家的常客。李东山也乐得他来，起码一天一包的烟就由他解决了。

但武丘也有自己的小九九，他的目的不仅仅是因为古亭小卖部才天天投怀送抱的，他在放眼未来。他要李东山把兴建村部的工程承包给他，还希望能接王春生的副村长职务，哪怕别的职务，最终达到坐上村主任这把交椅的目的。坐上村主任这把交椅是第一届村长选举的时候就在他心底埋下的一个梦。

"怪，王春生那婆娘怎么一点动静也没有？"武丘有意挑起关于王春生的话题。

"会不会是你老婆说得不够明白。"李东山说。

"不会，我老婆就差没说她亲眼看见他俩睡觉了，女人对那方面的事是最敏感的，何况我老婆还说得那样明白。"武丘说。

"看来阿霞是个很聪明的女人，是我们小看她了。"李东山说。

"她不闹我也一样要以泄露会议机密为由下了他的职务，否则将后患无穷。"李东山铁定要排挤王春生出村委，不仅仅是因为他泄密，更因为王春生有野心。他近来常跑李有田家与李有田套近乎，李东山是看在眼里恨在心上。

阿霞本来就是个精明透顶的人，别看她平时一张大喇叭嘴，那都是表面的。她的内心可是有大智若愚的智慧，她不可能按照李东山和武丘为她设定的路线走。她一直以来就有一个心愿，希望王春生有朝一日能竞选当上村主任。为了实现这一心愿她不仅不能大闹使王春生身败名裂，而且还要帮着辟谣。另外，她相信自己的实力和魅力，在她看来王春生就现在还没有胆量做越轨之事，充其量是闻闻腥而已。更何况，她绝对相信王僖月不是那样的人，她绝不会做越轨之事。但醋劲也不是一点都没有，她话里话外对王春生旁敲侧击，王春生往死里装糊涂，但好几天不敢去古亭，即使去了也早早地回家讨老婆开心。

那天从村部回来的王春生一脸的丧气，但他没敢立刻把李东山要下他职的事情和盘托出。晚饭后王春生借着肚里半斤白高粱的度数，在自家屋里破口大骂起李东山来，他骂李东山是个忘恩负义过河拆桥的小人，是王八蛋生的，没良心。王春生还骂他是世界上最大的贪官，每年上级拨的水利款，他李东山吃了一半，还骂他暗箱操作，好山场都自己暗地里买了。

叫骂一通后他才把李东山要撤他的副村长和盘托出，并央求阿霞明天去镇里找她司法办的哥哥帮忙救活此局。

王春生骂李东山忘恩负义过河拆桥是有原因的。李东山竞选连任村主任时，王春生把集合选民的口哨从村头吹到村尾又从村尾吹到村头，一直吹到 9 点多，可来的人还是寥寥无几，王春生只得挨家挨户拍开门连推带拉总算弄了一大半人去参选，可选票的结果却让人啼笑皆非。不仅聋子得了26票，连好几个已故之人也都上了选票，结果李东山没过半数。乡政府下派的工作组只得宣布作废重新选举。晚上，王春生及工作组等一干人提着装了选票的纸糊的箱子挨家挨户跑，拿着选票指着李东山的名字让他们打钩，面对面，眼望眼的谁还好意思不选李东山？所以李东山得了高票，再次当选李家村的村长。

"是为了王僖月得罪了村长吧。"阿霞拉下脸说。

"根本没有的事，你别听人挑拨。"王春生说。

"你还敢瞒我，是你向她通的风报的信，武丘老婆早告诉我了，你为别的女人打翻了摊子，现在要我去给你收拾烂摊子，没门。"阿霞气得跳过去使劲拧他的耳朵。

"武丘婆娘的话你也能听？你知道接替我的人是谁吗？"

"是谁?"阿霞问。

"武丘"王春生直起腰说。面部表情在嘲笑阿霞,心想,你阿霞还号称什么鬼精灵,三下五除二就上了武丘婆娘的当。

"你蒙我。"阿霞将信将疑。

"这事我还能骗你吗?"王春生说。

"真是他?"阿霞再问。

"千真万确!"王春生暗暗得意,心想看你帮不帮。反正你比我想当村主任,我本来没那个意愿。

"难怪,我就知道宝珠没安好心。那天她一个劲地对我煽风点火,后来硬是被我顶了两句才灰溜溜地走了。"阿霞和盘托出那日武丘老婆来挑唆她。

"我老婆是谁呀?是村里顶尖的鬼灵精,她能上人家的当吗?"王春生逮住机会讨好老婆,并一把搂过阿霞使劲地亲。

"滚一边去,少拿糖做的话来哄我,我也不是三岁小孩,俗话说无风不起浪,你若身上没点腥,苍蝇也不会叮你。"阿霞把王春生一把推开。

"老婆,我冤枉呀,你不信,我可以对你发毒誓,如果……"王春生的毒誓才开了个头就被阿霞制止了。

"谁要你发毒誓呀,我只要你明白,这个世上谁对你最好,我李爱霞生生死死地维护着你也不图别的,就图你有朝一日能给我争回脸。"此时阿霞的气已经消得差不多了。

"只要你哥哥出面叫乡书记或者什么副书记,给李东山打个招呼,他李东山就不敢赶我出村委,只要我在村委站稳了脚,我保证,总有一天,我一定让你风风光光地当上村主任夫人。"王春生一边信誓旦旦一边向阿霞做出亲昵的动作。

"如果真有那一天,我也不许你拈花惹草。"阿霞说。

"我保证,我今生就爱你一个。"王春生连忙万般温情地吻她的头发吻她的锁骨。

阿霞心底的最后一滴醋意,在他温情的爱意下,烟消云散了。

"女人真傻。"王春生在心里发笑。当然,他还是有感动的,这一刻他的确在想,如果有发迹的一天,他要好好报答老婆。

第二十章　泥腿子的原子弹

晚饭后，久违的口哨声忽然响彻整个村庄。养鳗场的老板来过，他看中了青龙溪的水质，要在李家村毁田养鳗鱼。

"开会喽……开会喽。"吹哨人武丘沿着街吹，不时大声地吆喝几声。

自从分田到户后，"开会"一词已渐渐被人们淡忘，淡忘得已成了一种新奇。

今晚会议的主题是协商出租青龙湾良田的事。青龙湾的水源丰沛，又来源于高山，水质好，非常适宜养鳗。之前已经有好几波养鳗老板都看中了这块风水宝地，但都因出不起租金不了了之。

卢海发走遍了县市各乡镇的村庄，哪都不满意，就一眼看上了青龙湾，他认定青龙湾能养出最优质的鳗鱼。

要把良田变鳗塘，这个消息一经公布，李家村就好像爆炸了一颗原子弹，整个村庄一下子就沸腾了。这枚"原子弹"将炸掉千百年来农家世世代代永恒的生存定律，炸掉泥腿子根深蒂固的思维，春来播种秋来收割，冬来无事唱山歌。

会场很快便聚集了齐齐满满的人，闹哄哄的。李东山从他的村主任办公室走进会议室。

"安静，安静了，下面由村长讲话。"武丘见李东山来了立刻带头鼓掌，发出"呱呱呱"的掌声，会场跟着响起稀稀拉拉的鼓掌。

李东山走上主席台坐下，见会场声音渐渐息了，便干咳两声亮开嗓子说了一番明显带有煽动意味的话。他夸大出租田的好处。如，把田租出去，可以腾出劳动力去打工，一年可以增加上万元的副业收益，甚至更多等等。

李东山话音落下，整个会场立刻哗然，村民更多的是考虑实际问题。

"把田挖了，我们以后干什么去？"有人说。

"爱干什么就干什么去。"武丘顶过去。武丘俨然已是李东山的枪手。

"青龙湾是旱涝保收产量最高的一片优质田，我可不愿挖掉。"又有人说。

"一亩算你产一千斤粮又能挣几个钱？五十元一百斤谷子，还要求粮站的人做爷爷，明明是一等一的谷子，粮站偏就打你二等，你还得对他说声谢，回到家里偷偷骂娘，现在让你坐着收租金反不乐意了？你天生贱命呀。"又是武丘在顶。

"你黄毛小子别没吃过黄连不知苦味，1958年粮荒你还没出生，你不知道饿的滋味，粮食是人的命根子，田是我们庄稼人的命根子。"一个年纪大的老人说。

"他们这些后生哪懂，我们是经历过的人。"李长功悻悻地嘟囔了一句。

"是呀，把老祖宗的田挖了，我这心里头总有说不出的慌。"又一人说道。

"如果我是魔法师我就把你们全变成猪，祖祖辈辈种了几千年的田还嫌不够，种不怕？城里人能开店做生意我们为什么就不能？"又是武丘在骂。

武丘一改往日左右圆滑的嘴脸，谁有异议他就咬谁，村里人只道是他为了巴结李东山，却不知是李东山给他许了诺。这件事他若办好了，说明他有能力，就推荐他为下届村主任陪选。武丘不傻，陪选是冒泡的好机会，是迈向村主任的第一个台阶。

武丘表面上是村长的心腹走狗，实际上武丘正在步步算计着李东山的宝座。人人都以为李东山利用武丘，却不知武丘同样在利用李东山。他利用村主任达到了一个又一个目的，进了村委班子，如愿以偿拿下古亭小卖部。现在他正走在实现他人生最高目标的路上。

"全世界的人都去开店做生意，谁产粮？没有粮食我们都吃什么？"大麻子说。

"说你猪脑你还不服，自古以来有钱能使鬼推磨，人家美国一个人就可以种我们一个村庄的田，你愁没米买，我只愁没钱买。"武丘说。

"等有钱买不着米的时候，你再后悔就来不及了。"李云福说。

"跟我爹一样，死抱着老皇历。"这次是阿混顶了一句。

"你懒，你当然希望把田挖了吃租金。"想不到聋子冷不丁顶了阿混一句。

"你勤劳，你祖祖辈辈挖了几辈子地，你富了吗？"阿混反问聋子。

"我没富，但我饭就有得吃。"聋子嘿嘿一笑说。

"把田租了就没饭吃了？口粮田你还有嘛。"李东山突然发话。

"改革开放，不就是要搞活经济吗，都像你们这样脑子一根筋还怎么改革开放？不就是挖几亩田嘛，天还会塌下来？扯淡！"

李东山分明是在指桑骂槐，借了聋子这个软柿子，辐射刚才有异议的人。

会场立刻鸦雀无声，大家面面相觑，但很快又私下里议论起来。

老队长始终没有发表看法，一来，李东山对自己有看法，二来，古亭小店风波事件后，他已经彻底看清了李东山的嘴脸，所以他更不轻易发表看法。再就是他清楚无论说同意还是不同意，都是白说，凭李东山刚愎自用的性格，这事基本是定下了。不过老队长在想，种田的确赚不了大钱，若是租金高，这事还是可以做的。

"我看啊，种田的确赚不来钱，若是租金高，这事还是可以考虑的。"在一片混乱的议论声中，老队长的声音独树一帜，使整个会场安静下来。

"问题是租金多少？"李有田继续说。

"我同意老队长的意见。"杆子立刻附和道。

"对，租金高我也同意。"又有人附和。

……

"既然大家都同意，那事情就这么定了，把青龙湾的稻田出租给养鳗场养鳗。剩下的就是谈租金问题了。"李东山说。

"租多少钱一亩还没说清楚呢。"大麻子说。

"对呀，他出多少租金，应该有个大概吧。"又一村民问村长。

"钱的事，还没定，大概一亩每年三百元，反正不会让大家吃亏。"李东山说。

"三百元一亩价低了，我不租。"大麻子立刻反对。接着几户人家也跟着反对。

"那你想要多少？"武丘问。

"每亩租金三百元绝对太少。阳平村的条件不如我们青龙湾，租金都三百，我们要比他们高。"阿混跳出来反对，说到租金阿混跳得比谁都高。

"三百元我也不租。"有人附和。

"只三百元，我坚决不租。"大麻子坚定道。

"要知道，这田改塘容易，要想再恢复成良田就难了。上面的肥泥挖了，去哪再弄回来。"大麻子说到了要害处。

"这不是还没定吗，你们急什么急？人还没死就发愁 J 吧不会烂。"李东山大声呵斥。

会场又静了下来。

"管他多少钱我都不挖田，我没本事开店，就靠这田过日子。"聋子突然高声说。

"这不还在讨论吗？你耳朵聋得厉害了我看你。"武丘高声骂道。

"聋又不关你事。"巧英听了心里不顺顶了过去。

"不是干不干我的事，是他要听清楚。"武丘解释。但，武丘的解释无意又戳到聋子的痛处，伤了他的面子。

"我哪没听清楚了？"聋子顶过去。刚才被村长借题捏了软柿子，本就憋了气，看看有老婆撑腰胆也就肥了。

"你以为我真的聋呀？我比你听得还清楚。"聋子继续大声说。他的声音盖过了村长的说话声，使得村长不得不停下来。

"好了好了，你不聋是我聋可以了吧，现在请你听村长讲话可以不？"武丘软了下来。

"我看要选出代表团去谈，不然你一个意见他一个意见，永远也谈不下来。"杆子站起来说。

如今的杆子已经不是以前躲在角落里的一言不敢发的那个杆子，如今已是说话有分量的农民企业家了。

"我同意。"

"我也同意。"

……

会场的人纷纷力挺杆子的意见。

"就选老队长当代表团长，我们信得过。"五妹提议选老队长。

"我老了，有那个心也没那个精力，还是选你家李海龙吧。"老队长说。

"我同意选李海龙。"大麻子说。

"我也同意。"聋子说。

"我也同意。"大老黄、李孝仁等呼啦一大片人纷纷表态同意。

杆子之所以有一呼百应的效应,不仅仅因为他是农民企业家,更是因为捐资建校、铺桥修路,他都是出大股。他兴办的竹制品厂,又为村里许多妇女解决了再就业问题。李家村已经越来越多的人,不自觉地称呼他的真名李海龙。

坐在角落里的林大黑一直没有发言。他想站起来反对选杆子当代表团团长,但他始终没有那样做。如今的他跟一只踩死的蚂蚁一样,没有一丁点的声息。发车皮让他一夜间成了暴发户,又一夜间欠下一屁股的债。从银行贷款十万元搞了四车车皮发往上海,结果血本无归,货主溜之大吉,硬是把他的四个车皮的木头给骗走了。现在的林大黑不仅一身债,连老婆也背叛了他,与他闹分居成了李东山的相好。落到如此地步还拿什么与杆子斗?他的内心一百个不情愿选杆子,一千个不服气杆子,但又作声不得。

迫于这样一片呼声,也迫于杆子的名望,李东山不得不接受村民建议,成立了一个以杆子为首的谈判团。

第二十一章　吃相太丑

约 10 点，一辆黑色的轿车驶进了村部。从前座推门出来的是一位 40 来岁的中年男子，他中等的个儿，中分头，头发往后梳得油黑发亮，宽而扁的鼻梁上架一副咖啡色的太阳眼镜，西服笔挺皮鞋锃亮，他就是即将来此养鳗的老板卢海发。

从车后座下来的除村长李东山之外，还有两个 30 来岁的男了，他们俩都是卢海发的合伙人。

以杆子为首的谈判团，和村委一干人早就等候在村部。村委的一班人听见车声连忙迎了出去。村长李东山向卢海发一一介绍之后，一行人便朝二楼的会议室走去。

等候在村部已久的村民们便一窝蜂地跟了上去，但被村长拦了下来。"你们已经选了代表团，还担心什么？回去吧。"

村民们并没有听李东山的，他们依然聚拢在村部不肯走。

"到时候还要经过家家签字，你们就放心回去吧，聚在这难看，知道吗？"村长李东山再一次地撵他们走。

村民们只是笑笑，你看我我看你的，还是一个也不肯走。

上楼的一伙人，只是互相寒暄，喝了杯茶，不到 20 分钟又下来了。刚才从车上下来的原班人马又钻进了那辆黑色的轿车，村长带卢海发一行人再次去勘察青龙湾，杆子等一行人也上了杆子的车一起奔青龙湾去。

唱主角的走了大家自然没劲，村民先后纷纷散去，最后只剩下阿混和他的两个跟班，阿混带头溜进了村部的食堂。

危秋娥和村妇女主任红芹正在村部食堂忙中餐。

"阿混，你又来混吃了。"危秋娥说。

"许你吃，许他吃，一个小小的村一年要吃掉近十万块的钱，就不许我阿混吃一口吗?"阿混理直气壮地顶过去。

"人家是办正经事,你算哪门子呢?"吴红芹说。

"你说我算哪门子我就是哪门子。"他嬉皮笑脸地挨着吴红芹的身旁蹲下,一双尖眼就顺着吴红芹的领口往下瞄。

"滚开。"吴红芹慌忙站起,并顺手将拔下的一把鸡毛塞进他的后衣领。

"天鹅肉没吃着,吃了把鸡毛也不错。"跟阿混一同溜进食堂的后生笑。

"你敢吃红芹的豆腐,小心她男朋友剁了你。"危秋娥说。

"他敢,一家养女百家求,他求我也求,红芹妹子,你说对吗?"阿混又嬉皮笑脸地挨近她。

"求你个死人头,谁要是让你求了不倒八辈子血霉才怪呢。"吴红芹恨得咬牙切齿骂道。

"呵,照你这么说,我找不到老婆了? 不是吹的,整个李家村没几个比得过我老婆的。"阿混说着一跃便坐在了洗菜的水池上。

"阿混,你老实说,你那老婆是怎么骗来的?"危秋娥打趣地问道。

"我老婆呀,求着我要她呢。"阿混索性吹起了大牛。

"我呸,鬼都不会信,八成是你糟蹋了人家小姑娘是不?"危秋娥笑着说。

"没有的事,不信你问我老婆去,是她求我要的。"阿混说。

"她那样老实,问都不要问,就是问了她也不敢说。"吴红芹说着把拔了粗毛的几只鸡鸭丢进水池里。

"只是可惜了,一朵鲜花插在了牛粪上。"吴红芹接着说。

阿混依然坐在水池上接口说:"牛粪是最好的营养。"

"死下去,我没工夫跟你耍嘴皮。"吴红芹将阿混推开,并拧开水龙头,麻利地冲洗起刚才扔进水池的鸡鸭。

"还没那么快吃饭,你们去外面等,别在这里吵死人。"这时王春生进来把他们几个等饭吃的全推了出去。

"好像娘胎里没吃过似的,非要等着这顿饭。"王春生转回厨房,嘴里骂骂咧咧。

"碰上这样的二赖子,谁也拿他们没办法。"吴红芹说。

"待会在他们的菜里多加撮盐,咸死他们去,看他们以后还来不来吃。"

危秋娥说。

"你多加两撮盐他们也照样吃个精光。"红芹说。

"还是别惹他们了，惹恼了他们只怕大家都吃不成，那时村长怪罪下来，你们可就要吃不了兜着走了。"王春生说。

"说得也是，那是一窝马蜂，还是别捅的好。"吴红芹说。

"我才不怕他们呢。"危秋娥说。

吴红芹和王春生听后情不自禁地交换了一下眼神，并心照不宣地咧嘴笑了笑。心想，你危秋娥是村长的情人当然不怕咯，我们可就不一样了，到时客人吃不成，村长肯定会把我们骂得狗血喷头。

临近 11 点，那辆黑色的轿车和杆子的车都回到村部。一干人又都进了会议室。

谈判正式开始。以杆子为代表的为甲方，以卢海发为代表的为乙方。甲方坚持每亩年租金不低于五百元，每年递增 5%，租金以年付方式，每年 1 月 30 日前付清。使用期限十年。乙方对其他条款均可接受，但对每亩年租金五百元不能接受，乙方坚持每亩年租金三百元。

双方讨价还价，各不退让，首次谈判不欢而散。

"我看还是先吃饭吧，谈不拢就先搁一搁。"村长李东山打破了僵局。

大家看看时间，已经 12 点多了，于是一干人都下楼来到食堂。

李有田以自己不能喝酒为由走了，没与他们共进午餐。杆子也找了个理由走人。

"我就不在这吃了，我厂子里还有很多事。"杆子和村长李东山告别，又和卢海发握手告别。

"再忙也得吃饭，吃了再走。"村长李东山不依。

"我真没空，今天真的有事，还得赶晚上一点半的火车去上海。"杆子说。

"你再忙也得吃饭是不是，喝几杯再走，误不了。"李东山说。

"我真有事，来了外地的客户，我得去陪陪。"杆子说。

"那这样吧，你敬卢总三杯再走总可以吧。"李东山说。

"那行。"杆子走进食堂的饭厅。

拿起酒倒了一杯啤酒，举杯说："卢总，今天我就借花献佛，我先干。"说完一仰头喝干了，接着又斟上一杯举起又一仰脖干了。

"来，干。"杆子举起第三杯，又一仰脖一口闷干。

"今天真的对不起，我厂子里还有外地来的客户，我就不一一敬了，我自罚三杯，你们随意。"杆子又喝完三杯，又说了几句道歉的话，然后摆摆手走了。

杆子不愿意留下吃饭，一来是厂子里确实有事，但更因为自己无意与他们拼酒，无聊又无趣。

以阿混为首的一班村民一见轿车回来便鱼跃般地溜进了饭厅。他们以一副主人的姿态，主动去厨房搬来碗筷齐齐地占了三桌，并急不可待地"噼噼啪啪"地开啤酒，接着是"叮叮当当"的碗筷碰撞声，那种粗鲁，那种目中无人都让卢海发感到吃惊和毛发竖起。

李东山皱紧了眉头，他同样感到厌恶，但他又显得那样的无奈。

"客人还没吃呢，你们就吃得'叨叨'响，跟娘胎里没吃过一样，丢不丢人。"李东山忍无可忍走过去呵斥。

"村长，你还别说，我在娘胎里肯定没吃过这么多好菜，要不然我怎么比你笨，你会当村长，我连组长都当不上。"阿混嬉皮笑脸道。

村长李东山好无奈。想骂又骂不得，他知道像阿混这样没鞋穿的人是自己惹不起的，惹急了他天天去告状那真是得不偿失。

"他们是什么人？"卢海发悄声问李东山。

"都是这个村的无赖，别管他们，我们吃我们的。"李东山说。

"来，我敬卢总一杯。"村长举起酒杯往卢海发手中的酒杯碰去。

卢海发似乎不习惯那种气氛，对阿混那帮人的高声喊叫，以及吃得咯吱响的声音特别反感，他不时地皱起眉头朝那桌望去。

"你们吃相好点行不行，就算娘胎里没吃过也别这样丢人现眼好不好？"村长李东山再次走过去呵斥。

"我们生来就是粗人，粗人就是这个样子。"阿混一边嘿嘿地笑一边继续说，"卢老板你别见笑，我们粗人就是这个样子。"阿混扯着高嗓音说。

李东山咬牙切齿地白了他们一眼，可拿他们一点办法也没有。

几口白酒下肚后，阿混就更混了，他端起半碗白酒晃晃悠悠地朝卢海发走去。"卢老板，我借香拜佛敬你一杯，不过每亩租金三百元我们是不会答应的，你……"

"去去去，你别来这桌捣乱，你自己爱喝多少就喝多少去。"王春生和武丘同时站起来把他强行推回到原处坐下，可他碗中的酒已洒了一半在卢海发的身上。

"我看你们这帮人是越来越不像话了。"村长这回真的发火了。

"村长，你别上火，你不让我敬，我就不敬嘛。"阿混嘿嘿地笑着回到自己的桌上。

"国道旁边的农家饭馆如何？我请客。"卢海发婉转地暗示村长换个地方。

李东山心想，去农家饭馆也好，那是杆子开的饭馆，也好趁机和杆子拉拉关系，一来杆子是这次谈判代表团组长，二来杆子已经是极具影响力的人物。

"换个地方也好，我也受不了他们。"李东山站起来，并气愤地朝那群人瞪了一眼，可又奈何他们不了，他们一没职务让你撤，二没政治欲望求你提升，三、你在关键时候还得求他投你一票。

第二十二章　一见钟情

小车"咔"的一声停在了杆子开的"农家乐饭馆"。李东山的一只脚才刚跨出车门，嗓子就亮开了。

"五妹，帮你招来财神爷了。"李东山喊。

"那好啊，谢谢村长啰。"五妹笑脸相迎。五妹领他们走进一间大包间。

"村长，他们都是养鳗场的老板吗。"五妹一边说一边把菜单递给村长。

"给他吧。"李东山示意五妹把菜单递给养鳗场老板卢海发。

"对，这位是大股东卢老板，你可要设法拴住这个财神爷咯。"李东山说。

"卢老板，怪我有眼不识泰山。"五妹在村长的示意下把菜单递给卢海发。

"等会儿罚你酒。"李东山说。

"海龙呢？"李东山紧接着问。

李东山正问着，杆子已闻声忙从一间包间迎了出来。和大家寒暄一阵后，说："一会我再来敬大家。"

杆子说完回到包间，他自己今天有一桌外地来进货的客人。

"还是你点吧。"卢海发又把菜单推到李东山面前。

"你是客人，今天是你说了算。"李东山还没等卢海发把菜单推到自己面前就坚决地推回去。

"行，恭敬不如从命。"卢海发不再拒绝。他爽快地点完六道菜后再把菜单递给李东山，李东山看了看又补点了七道菜，然后把菜单递给五妹。

第一道菜"脆肠爆春花"，很快就上来了。

"这道菜是这个店的拿手菜，"李东山向卢海发推荐道。

"哎呀，你可能不吃辣吧。"李东山望着红辣椒爆炒的猪大肠突然想起卢海发是闽南人可能不吃辣。

"没关系，我能吃点，闽南闽北都这么多年了，哪还能不吃点辣。"卢海发一边说一边拿起筷子夹了一块放进嘴里"咯吱咯吱"地咬。

"好，果然名不虚传，够脆，够味。"卢海发赞赏道。

卢海发在这儿像是换了个人，先前在村部食堂的那份拘谨已荡然无存。他潇洒地谈吐、爽快地吃喝，吃相几乎不亚于阿混那帮人。

"五妹，来来来，敬敬卢老板，想不到卢老板的酒量这么好。"李东山已喝得脖子红到前胸。

"你今天若能将卢老板弄醉，我以后村部就不开伙食，有客人全带到你这儿来。"李东山开始说酒话，此时的他已把情人危秋娥的话——不许上五妹饭馆吃饭的命令抛到了脑后。

"行。"五妹说着一边麻利地将卢海发的酒杯斟满，一边将自己的酒杯斟满。

"卢老板，来。"五妹冲卢海发举起酒杯。

卢海发望一眼偏矮又胖的五妹，似乎提不起与她斗酒的兴趣。

"我今天不与你喝，只与村长喝。"卢海发懒洋洋地说。

"这样吧，我两杯，你一杯。"五妹可不管他愿不愿意，只见她举起一杯酒"咕咚咕咚"几口就喝个杯底朝天，然后又麻利地倒满一杯又"咕咚咕咚"地喝了个杯底朝天。

"卢老板，该你喝了！"五妹说着强行端起卢海发的那杯酒逼着他喝。

"我说过，我今天只与村长喝。"卢海发推开五妹举着的酒。

"你这样也太丢我们男人的脸了，人家女同志两杯，你一杯，还有什么话说？"李东山已经醉了，说话已经没有分寸。

卢海发看看五妹，还是不太情愿喝。

"你堂堂一条汉子难道还输给一个女人？不就一杯酒吗。"李东山继续说。

"好汉头断也就一个疤嘛，又何况是一杯酒？"李东山醉得不轻。

"喝就喝，来，你两杯，我一杯。"卢海发的情绪彻底被调动了起来，他接过五妹手中的酒一仰脖，紧接着"咕咚"两声就杯底朝天，然后又夺过酒瓶主动倒了三杯……

他们俩就那样一直喝着，卢海发一杯五妹两杯，直喝得天昏地暗。

"五妹，大麻子刚从菜地抓来一条五步蛇，要不要？"王僖月推开包间来问五妹。

"那好啊，马上杀了煮上来。"李东山接过话。

卢海发一边酳酒一边眯着醉眼看王僖月。心下想，山沟里还真有金凤凰。

这是王僖月给卢海发留下的第一印象。

"老板娘，把你厨娘叫来，她人长得漂亮，菜又煮得好吃，我要好好敬她两杯。"卢海发说。

"你饶了她吧，她不会喝酒。"五妹说。

"不给面子？你信不信？我一句话，村长以后绝不会再来。"卢海发拍着胸脯夸海口。

"不是不给面子，是她从来都不与客人喝酒的。"五妹说。心下啐道：色狼，以为你什么东西，不就烂男人一个嘛。

"她喝不喝是她的事，你叫不叫她来那就是你的事。"卢海发的同伴说。

"行，我负责把她叫来，她若真不肯喝，卢老板，你可不能再怪我哦。另外，我还要申明，我们村长大人一年到头可是难得来我这小庙一次哦。"

五妹话里有话，我这个店凭的是价廉物美、靠的是四海八方的过路客。如果是靠他李东山，我的店早倒了。

李东山自然是听出来了，但也只能装聋作哑。

"你去叫她来，以后我天天来。"卢海发挥手示意五妹快快去叫。

"僖月，那个卢老板一定要你去敬酒。"五妹来到厨房对王僖月说。

"我不去，我又不会喝酒。"王僖月说。

"我知道你不会喝酒，只是卢老板非要你去不可。"五妹说。

"我不理他们。"王僖月说。

"你过去对他们说一声不会喝就出来。"五妹说。

"我才不上他们的当呢，一个个都喝成了疯子，我若去了不喝，他们还不拿酒灌我呀。"王僖月说。

"他们说了你喝不喝是一回事，我叫不叫得你进去又是一回事，好姐姐，你就给我一回面子好吗？"五妹央求着。

王僖月望了一眼五妹，说："那好吧，就这一次，下不为例。"

王僖月怯怯地推门而进，满桌人除村长李东山外都一起起哄："来了，来了。"……"卢老大，你得先喝两杯。"

"行，为美人而喝，醉死不悔。"只见卢海发倒一杯，一仰脖就喝个底朝天，再一杯，又一仰脖喝个底朝天。

喝罢，卢海发说："你的菜煮得好吃，我一定要敬你两杯。"

卢海发说话间已经有人给王僖月递上一杯酒。

"我真的不会喝酒。"王僖月拘谨地端着一杯酒，不知如何是好。

"真不会?"卢海发说着已以迅雷不及掩耳的速度把她从头到脚扫瞄了一遍，这是一朵山泉养育出的山茶花，清纯、美丽、优雅。

这是王僖月给卢海发留下的第二印象。

"真的不会!"王僖月推辞。

"那好，我替你喝一半。"卢海发拿过王僖月手中的酒一口便喝去一半，而后又递了回去。

"剩下一半你一定要喝，再不喝就叫村长不付这顿饭钱。"卢海发说完坐下后，身子向后仰，整张背便靠在了椅背上，由于向后靠的力度过大，使得椅子发出"吱呀吱呀"的响声。

王僖月没了退路，再者，她想尽快了结离开。于是，她只得皱紧眉头一口一口强行咽下。

"喝完了。"王僖月将杯倒了个底朝天，然后撒腿就跑，至于其他的人还嚷着要敬她，她可不管了。

望着她离去的背影，卢海发感叹，山间的女子原来也能如此动人，如此让人神往!

原来，王僖月盘了古亭小店后就来到五妹馆店帮工，先是给厨师打下手，后来厨师因待遇问题心生不快，不辞而别，五妹大胆起用王僖月，她认为王僖月会做得更好。

王僖月本来就炒得一手好菜，这些日子又跟厨师学了几招，她不仅很快上手，而且青出于蓝而胜于蓝，她琢磨出了几道名菜，如"脆肠爆春花""鲤鱼跃龙门""相思豆腐"等等。

王僖月自从掌握了厨师这门手艺后，心情开朗了许多，对生活又有了盼头，再加上馆店的伙食好，她本来就天生白皙细嫩的皮肤，变得更加地姣好，那如蒙娜丽莎丰盈的脸庞，如一弯明媚的月，透着幽雅而恬静的风韵。

不可多得的美人！卢海发在心里暗道。

一定要把她弄到手！卢海发下定决心。

卢老板发疯地喝酒，所有人都看出来他受刺激了。李东山感到十分尴尬，搭腔与不搭腔心里都不是个滋味，更让他心里不是滋味的是王僖月这段时间的变化。变得更加动人，更加挠人心，有那种愿意掷千金与她春宵一夜的冲动。

"真'TM'的，这样一朵好花偏就落到了他李有田家！"李东山暗骂道。若她不是李有田的儿媳，我李东山说什么也得搂她一回亲她一口。

其实李东山不爱来这吃饭，不是因为怕了情人危秋娥，而是心里不痛快，老看着甜葡萄吃不上，心里泛滥着酸，真不是滋味。

他们各自想着心事，喝酒的气氛淡了下来。这时杆子提着一瓶啤酒走了进来。

"是不是菜不合胃口？大家好像都不尽兴呀。"杆子说。

"美酒要配美人才有劲，你看看清一色的男人，再好的菜也索然无味了。"卢海发笑了说。

"这乡间僻壤的，卢老板就只能将就了。"杆子说。

杆子完全没有领会卢海发话外之话，因为他不知道王僖月刚才来过，更不知道卢老板对王僖月一见钟情。

李东山自然是明白卢海发的话外话，但他不希望王僖月再出现，自己得不到的，也不希望他人得到。

"要美女陪酒早说呀，下次把妇女主任红芹叫来。"李东山说。

"要不我去叫？"武丘说。

"问问卢老板。"李东山说。

"眼前就有，何必舍近求远。"卢海发说。

"眼前？谁？"杆子有些蒙，心想，不会是说五妹吧？

"刚才僖月来过，喝了一杯酒就跑了，卢老板没有尽兴呢。"武丘说，武丘倒是乐意王僖月来，他想看王春生的表情，想从中抓住把柄做文章。

"她呀，确实不会喝酒，再说了，她来喝酒了，谁煮菜呀。"杆子心里叫苦连忙为王僖月解围。

"下午不是还要讨论田租的事吗？"王春生搭了一句。

　　这话明显是要提醒，现在已经两点多了，该收场了。当然，王春生是下意识地在保护王僖月。

　　在王春生的提醒下，李东山和卢海发都下意识地看了看手腕上的表。

　　"卢老板，你看看还要不要再加些菜？"李东山明为加菜实则提醒卢海发该散席了，已经两点多了。

　　"我饱了，你问他们要不要。"卢海发半眯着眼说。他显然醉意已深。

　　"我们也饱了。"卢海发的两位合伙人齐声说。

　　这时，"龙凤烫"端了上来。卢海发看着打了一个饱嗝，下意识地摸了摸吃得太饱的肚子没有下筷。

　　武丘站起来，为卢海发舀了两块蛇肉和一块鸡肉，再舀了半碗汤。卢海发用筷子在碗里翻了几下就放下了，一块没吃，一只手不停地摸着肚子。

　　武丘又要给李东山舀，李东山摆摆手说吃饱了，吃不下。王春生给卢海发的合伙人各舀了一碗，他们各自喝了几口汤，也没下筷。

　　"都吃饱了是吧？"李东山问。

　　"饱了，饱了，吃不下了。"

　　"那就散了，卢老板你们回村部休息一下，下午继续谈，你看怎么样？"李东山站起来说。

　　"行。"卢海发说。

　　"这样，我打一个通关，把这'龙凤烫'吃了。"杆子看着这样一大碗好菜没吃太浪费了。

　　"下回吧，实在吃不下了！"卢海发又打了一个饱嗝，而后由他的司机搀扶着离开饭馆。

第二十三章　诱饵

午饭后，村民们早已聚集在村部等待，尽管已选出了他们信任的杆子、老队长等十几个代表，但他们仍都聚在村部不愿散去。

直等到下午快 5 点，卢海发终于酒醒露面了。

谈判代表和卢海发一干人都来到村部二楼会议室。谈判桌上依然很僵，各不相让。

"你们还可以把劳力腾出来去搞副业嘛。"卢海发说。

"我们祖祖辈辈都是农民，田地是村民的命根子，大部分都是靠种田，其余什么也不会。"杆子说。

"不会可以学嘛，人是被逼出来的，谁也不是一生下来就会的。"卢海发说。

"他们斗大的字不识一筐，去哪学？学什么？再说了都年过半百的，还怎么学呀。"杆子说。

"你也是农民，可你现在成了农民企业家，说不定以后你们村还会出更多的农民企业家，到时候你们哭着感谢我呢。"卢海发半玩笑地说。

"将来能不能出更多的农民企业家那是后话，我们眼前摆着的这片田是全村最优质的田，每亩年租没有 500 元，村民们是不会把老祖宗的根基挖掉的。"李有田说。

"每亩年租 500 元是全国都没有的价格。"卢海发的合伙人说。

"青龙湾的水质在全国也是数一数二的。"杆子说。

"你也别说 500，我也别说 300，我们双方各退一步，350 元看看行不行，不行就算了。"卢海发说。

"350 元，估计村民不会同意。"杆子说。

"你要知道，被你挖了上层的基土，以后这田就废了，若干年后你不租了，我们可就有苦吃了。"代表齐云德说。

"最多400，多一个子我也不退让了。"卢海发态度坚决。

杆子和李有田交换了一下意见，"好，我们去征求一下村民，最终决定取决于村民。"

杆子下楼，把谈判的情况告诉大家。

"500，少一个子儿我也不租。"阿混第一个跳起来不干。

"田挖了就是祖祖辈辈的事，不租也罢。"大麻子说。

阿金和李长功想说有400也可以，以后每年还有递增，但是没敢说，怕惹众怒。

"坚持要500，没有500免谈。"阿混大声嚷嚷。

有阿混撑腰，不同意的人就更坚定了要500元租金。

"卢老板，你是大老板，你随便拔一根寒毛就能当柱子压死我们，你又何必与我们这些穷人争那一点点利呢，争来争去你多没面子呀。"阿混强行冲上二楼的会议室。

"话不是那么说，我给的价已是目前全国最高的价了，再高我也得考虑我的成本呀。"卢海发一边说一边向阿混丢过一支烟。

"租金是不是全国最高的我不知道，可我知道我们青龙湾的水是最好的水，田是最好的田，旱不着，涝不着，田肥稻产高，谷粒饱满米饭香，将来你养出的鳗也一定是全国最好的鳗，不，是全世界最好的鳗鱼，到时候发大财了……"阿混滔滔不绝眉飞色舞，李东山气得亲自把他推出会议室轰下楼。

"卢老板，你看到了，村民不同意。"杆子说。

"我看是不是改日再谈？"李东山说。

"那也好。"卢海发说。

双方一致同意改日再谈。

之后，卢海发又来了几次，又经历了几次激烈的交锋。直至年底，长达半年的谈判，最终以每亩年租金430元，每年递增5%，期限十年的条款落下帷幕。

紧接着的工作是要将稻田改造成深1米的养鳗塘。要将上百亩的田改造成深1米的塘，可不是一项小工程，全村200多号劳力足足挖了大半年。

养鳗场一开工，卢海发没有忘记他的猎物——王僖月。卢海发当然也不好直接去五妹饭馆挖人的墙角，那样，以后在这个村怕不太好混，他想了想，只能采用高薪的办法，让王僖月自投罗网。

卢海发在村口贴出招女工简报。招工条件：年龄在35岁左右，外貌清楚，饭菜烧得可口，工资月薪300元，条件特别佳者可面议。

月薪300元，这可是当时干部的工资。招工简报一经贴出，符合年龄的纷纷去应聘，连聋子媳妇巧英也抱着试一试的态度跑去应聘。

卢海发坐在简易的办公室里跷着二郎腿等，美滋滋地做着各种猜想。他想，王僖月可能会和他套近乎，可能会对卢海发说，"那天你在'农家乐饭馆'吃过我烧的菜，你还夸我的菜烧得好吃，还敬了我一杯酒"。也许她会精心地打扮一番，也许……他想象着，他在想象中度过了一个下午，在想象中等待了一个下午，可王僖月始终没有出现。他有些丧气，可王僖月的影子却在他的脑海里不断膨胀，他甚至有些意淫，只是等到天黑也不见王僖月来。却等来另一个女人。

"卢老板，我给你带来一个人。"李东山带着危秋娥走进卢海发简易的办公室。

卢海发一看，有些愣。他完全没有思想准备，许多女人会来应聘他有预料到，但由李东山带着危秋娥来，这是他意料之外的。

"她的饭菜烧得不错，我们村食堂来了客人都是她掌勺。"李东山把危秋娥隆重介绍给卢海发。

卢海发上下打量一番，心想，喝的是一样的山泉，她怎么就满脸黄褐斑呢。李东山啊李东山，你也太没标准了，这样的货色你也能看得上？亏你还是村长。卢海发在心里暗笑着李东山。卢海发是情场老手，他一看便知村长与危秋娥有一腿。

"哦，菜烧得不错？"卢海发漫不经心地说。

"不错的，我介绍过来的人肯定是不差的。"李东山说。

卢海发思索着，如果拒绝，势必要得罪村长，而我现在是在他的地盘上，他是地头蛇，俗话说强龙压不过地头蛇，我得给他三分面子。

"这样吧，既然是村长带来的，就试用一个月，如果厨艺合我的口味，就继续留用，而且还可以加工资，如果不合胃口那也没办法，你看行吗？"

卢海发对着李东山说。

"行，就这么定了。"李东山说。

"谢谢卢老板！"危秋娥乐坏了。回家的路上心一路飘，她想着卢海发会夸她的饭菜做得好，甚至那个……她越想越开心，不觉露于表，直到被李东山警告。

为了给李东山一个面子，卢海发尽管有一百个不情愿，他还是多给了一个月机会，可在危秋娥试用的两个月里，卢海发却三餐两顿跑到五妹的饭店吃便饭，有时就煮一碗面，他根本不在工地吃饭。

眼看试用期就要满了，卢海发为了不再出意外，他以吃得来王僖月烧的饭菜为由，主动上门请王僖月去当鳗场厨工。

晚上，卢海发来到王僖月家。

卢海发与李有田说完几句礼节性的话后就开门见山转入正题。

月薪300元，比她目前每月180元要高出120元。王僖月虽为这份高薪水动心，但她考虑到五妹店上没有人手，而不敢爽快答应，但同时又为那份高薪水而动心。

"你看呢？"王僖月问公公。

"还是你自己决定吧，我也不好说。"

李有田同样为那份高薪水而动心，但也和王僖月心情一样，杆子五妹人不错，在自己家庭困难时，他们伸出援手，现在有了好去处一下子撤出来，很不地道。

王僖月迟迟不能决定，最终情感还是偏向了五妹，毕竟在自己最困难的时候，是五妹夫妻拉了她一把。

"嫌工资低？"卢海发无法揣透王僖月的心。在他开出这个价时，他已经打听到王僖月现在每月工资才180元。

"每月再加50元，这可是相当于很多领导的工资了。"卢海发说。

"我不是嫌工资低，我……"王僖月又一次地望向德高望重的李有田。她希望公公李有田给她拿个主意。

"你觉着好你就去吧。"李有田说。

"可是……"王僖月还是下不了狠心答应。

"还有什么问题？"卢海发说。

"五妹店上就我一个厨师，我不能说走就走，要等和她说过，她若能招到厨师我才能答应你，否则工资再高我也不能走。"王僖月最终说。

"嗯，做人要有情有义，就为了你这份有情有义的侠义心肠，我说什么都会把位置留给你，但是，我希望尽量快些来，我的苦衷我就不说了，我只希望你尽快来。"卢海发说。

"嗯，只要他们一找到厨师，我立刻就过去。"王僖月说。

"好，那这样说定了，我们就不打扰了。"卢海发说着站起身告辞。

李有田和王僖月送他们到门外的分岔路口才转身回家。回到家，各自回卧室，李有田没说什么，但马玉英有话，这是女人特有的敏感。

"工资是高，只是……"马玉英欲言又止。

"你有话就直说，别吞吞吐吐的好不好！"李有田不耐烦。

"看你，就是到了80岁也不会改这急性子。"马玉英气恼道。

"天生的，改不了了，这么多年你不都习惯了嘛。"李有田赔笑道。

他这就算是给妻子道歉。马玉英叹一声乜他一眼，也算接受道歉。

"我也就是这心里头觉着不放心。"马玉英凭着一个女人的直觉，预感到危险。

"是对他不放心，还是对僖月不放心？"李有田问。

"当然是对他不放心了。"马玉英说。

"那不就结了，只要篱笆扎得牢，你还担心什么。"李有田说。

"就怕日久生情啊，这女人嘛，都不是铁打的。"马玉英说。

"这么说，你也有过心猿意马的时候？"李有田是玩笑又非玩笑。

"你这都哪跟哪？胡乱扯什么？"马玉英发怒。

"不过是跟你开个玩笑嘛，何必动气。"李有田连忙赔笑脸。

"你若实在不放心，就别让她去。"抽完一斗烟的李有田又突然说。

"不让她去嘛，这也不合适，平白无故地不相信她，这对她不公平，如果这样，她心里会落下记恨的。"马玉英思索一会说道。

李有田听了妻子的话，又一阵沉默。其实马玉英的担忧，他心里同样有，但是，目前的家庭状况，他只能做出这样的选择。

"走一步看一步吧，有问题再回来不干也不迟。"最后马玉英还是决定不阻止王僖月去养鳗场烧饭，毕竟这对王僖月不公平。

第二十四章　好姐妹

第二天，王僖月把卢海发昨晚上她们家要请她去煮饭的事说与五妹，但没说自己有意去，因为她说不出口。最困难的时候，是五妹伸出了援手，现在却要择高枝弃她而去，实在开不了口。

"工资多少？"五妹听了第一句就问薪水多少。王僖月实话实说原原本本和盘托出，五妹一听工资比一个干部工资还高便让王僖月赶快去别去晚了被人给撬走了。

"那你这怎么办？"王僖月说。

"我这再找人呗，活人还能给尿憋死！"五妹爽朗一笑道。

王僖月半天不语。许久低声道："那我等你找到厨师再走吧。"

"干嘛苦瓜脸？这是好事，该高兴才对，工资高，工作又轻松，五妹我替你高兴呢！"五妹见王僖月情绪低反倒安慰起她来。

"我还是不去吧，这样对待你我心里不是滋味。"王僖月闪出泪花。

"怎么啦？怕我怪你不道义？好姐妹就希望彼此都过得好，你有好去处，我高兴还来不及呢，哪里会怪你。"五妹始终笑着说。

"还是不去了，在这挺好的，已经习惯了。"王僖月突然决定不去。

"你放心，我有人选。"五妹说。"谁？"王僖月有些惊讶。"巧英！你看如何？"五妹说。

"巧英？她能行吗？"王僖月怀疑。可能是巧英其他方面都相对弱一些，所以从来没想起巧英炒得一手好菜。

"我看行！"五妹很笃定。

"你不提我倒是没想到，你这一提，我倒是想起来了，她虽然做什么都比别人慢一步，但她那一手'拿抓糍'菜倒是炒得上味。"王僖月又惊又喜。惊的是五妹挖出个人才，喜的是，自己可以安心去养鳗场烧饭。

"今年春社，巧英给我送了些'拿抓糍'，我吃了，感觉是最好吃的一家，我当时心里就想以后若是没有厨师，可以请巧英来煮菜。"五妹和盘托出发现巧英的原委。

春社是李家村的重大节日之一。家家都要做一种米果小吃，本地话叫"拿抓糍"。顾名思义，可以用手抓来吃的小吃。制作工艺比较复杂。

"她做事情磨蹭，这可是开馆店，你可要想清楚哦。"王僖月还是有些不放心地提醒五妹道。

"你带几天她先试试看不行再找人。"五妹说着转过身子，她不想让王僖月看见她难过得快要哭了。

"好。若不行我还是留下来。"王僖月说。

"下午你就帮我把巧英叫来。"五妹态度很坚定地说。

下午，巧英去了五妹饭店，听说让她当厨师，她吓得爬起来就要跑，被五妹和王僖月拉住。

"你们开什么玩笑呢，我炒几个小菜自家人吃还过得去，叫我当饭店厨师，吓都吓死我，绝对不行。"巧英死活不接受。

"你缺的就是自信。"五妹说。

"巧英，五妹第一次叫我做厨师，我也和你一样被吓住了。后来被五妹逼着赶鸭子上架，上着上着，就有些上路了。其实，也没那么吓人，不就是炒菜吗，和家里头做菜也差不多，没那么可怕的，真的。"王僖月在一旁帮忙劝道。

"你是什么人，我是什么人，乌鸦怎么能和凤凰比，不行，叫我打打下手还差不多。"巧英态度坚决。

"什么乌鸦凤凰，你能不能不要那样贬低自己？"王僖月说。

"本来就是，我的肩膀给你扛脚怕你还嫌粗呢。"巧英说。

"你越说越离谱了，我王僖月有那么高贵吗！胡说八道。"王僖月哭笑不得。

"巧英啊，你听我说，你呢和僖月比，的确很多地方比不上，但是，你的那几道菜的确是炒得入味，你看每年做春社，村里人都喜欢吃你做的'拿抓糍'这事可不假吧。"五妹对巧英说。

"李长功都说，巧英做'拿抓糍'的手艺，要是搁在城里要发大财了。"

王僖月插了一句。

"可这是开饭馆，又不是做'拿抓糍'。"巧英还是不接受。

"你来了以后'拿抓糍'就是必上的一道小吃，让凡是来过我们饭店的客人都忘不了我们家乡的这道小吃'拿抓糍'。"五妹说。

"做'拿抓糍'我可以，当厨师我坚决不接受。"巧英说。

王僖月和五妹说了大半天，没想到巧英还是不接受。这也难怪她，巧英先天性说话做事都比人慢一拍，所以她从小就比较自卑，再加上又嫁了弱势的聋子，所以，他们家在村子里是最没有话语权的，只有服从的份儿。从小自卑习惯了的巧英，一下子叫她做厨师，的确有些难为她。

"我还是不去吧。"晚上打烊后王僖月说。

"没事，巧英锻炼锻炼一定能行！"五妹说。

"真让我走？你可别逞强。"王僖月依依不舍。

"走！巧英加上我，没问题。"五妹的眼里突然涌出泪。

王僖月的眼圈也一下子红了，继而闪出泪花。

"只是……"五妹话刚说到嘴边，突然又咽回去。她想让王僖月提防着卢海发，可又担心把王僖月吓着了，毕竟只是自己的感觉而已。再说了只是白天去烧烧饭，又没住那，他一个外乡人想来也没那么胆大。

"只是什么？"王僖月问。

"如果哪天在那干得不开心了，就再回来。"五妹上前拥住王僖月，泪水不觉滚了下来。

"再回来还有我的位置吗？"王僖月笑说。

"有，我这里就是你的娘家，大门永远向你敞开着！"五妹说。

"好！有你真好！不是姐妹胜似姐妹！"王僖月紧紧拥住五妹，感动得泪水一串一串地滚落下来。

第二十五章　好媳妇

王僖月带了巧英十多天，巧英还是不自信当掌勺人，卢海发那边又像催命鬼一样，一天一个催，搞得王僖月急，五妹更急。

"今天你上也得上，不上也得上。"五妹和王僖月决定逼巧英上梁山。

"我不行的，我把菜炒砸了，怎么办？"巧英哭丧着脸。

"炒砸了不怪你，你大胆炒就是，你就当是在自己家里炒菜。"五妹说。

巧英在王僖月和五妹的逼迫下，只得硬着头皮上，她炒的第一道菜是她最拿手的蕨菜。可是，她居然真炒砸了。客人吃着骂道："你家盐巴不要钱买是不？"

原来是蕨菜焯水过了头，太烂，容易吸盐，所以放同样的盐巴却太咸。五妹之所以安排她第一道菜炒蕨菜，是因为炒蕨菜是她的拿手绝活，五妹希望她一炮打响，从而提高她的自信心，因为她缺的就是自信。

五妹看着客人退回的蕨菜哭笑不得，王僖月一样哭笑不得，因为王僖月炒蕨菜还是从她那学来的。蕨菜先用清水煮沸，焯水三分钟捞起滤去水。热锅入油，油达到沸点后，再置入红酒、酱油、盐、辣椒、大蒜等佐料翻炒几下，再把刚刚捞起滤去水的蕨菜倒入锅里爆炒，这样容易让蕨菜入味，克服了蕨菜难入味的特点。

"我说了我不行嘛！"巧英急得要哭。

"你不是不行，你是对自己缺信心造成的。"五妹说。

"要不我还是回掉养鳗场吧。"晚餐打烊后，王僖月再次对五妹说。

"不要，你明天就去报到。你在这她会像个孩子一样依赖你，我相信她能。"五妹说。

"当然，她不能是你，你里里外外一把手，你在这我可以当甩手掌柜。"五妹说。

"我还是不走吧！"王僖月说。

"你就放心去吧，我这小饭馆就几道农家菜而已，不还有我和我妈吗？"五妹说。

王僖月叹了一声，按理真不该走，只是谁让自己丈夫没别的副业呢？眼见村里许多人富裕起来了，自己心里急呢。再说，一家五口人都要吃喝拉撒，还有，那种20世纪70年代的老屋子，村里已经没几户人家住了，自己也想攒点钱把房子盖到国道来，那时自己开家农家饭馆，一辈子吃穿就不用愁了。

"那边催得紧，那我明天先去，你这边实在不行，我辞了再回来。"王僖月说。

"放心吧，以后有空常过来走走。"五妹说。

"会的，在这里不觉就待了两年多，感觉是半个家了。"王僖月说。

"我知道你是为我好，说心里话，这次是我对不起你。"王僖月说。

"是我叫你走的，怎么会对不起我了？"五妹说。

"你为我好才叫我走的。"王僖月说。

"换了你是我，你也会这样做的。我们不是姐妹却胜似姐妹，都希望对方好。"五妹说。

"嗯！"王僖月情不自禁又紧紧拥抱五妹。

"你回吧，别送了。明天我就不过来了。"

王僖月骑上自行车，一路朝老村驶去。才到家，就看见卢海发以及他的合伙人又来了。

"卢老板，真不好意思，又让你们跑一趟！"王僖月连忙道歉。

"是啊，我腿都跑断了，比大厨师还难请啊！"卢海发的合伙人很是不快。

"现在到底什么个情况？如果实在不行，我们也不勉强了。"卢海发说。

"已经说好了，明天就可以去你那了。"王僖月说。

"说好了？明天一定过去？"卢海发似乎不敢相信。

"是啊，明天一定过去。"王僖月说。

"好，说好了就行，那我们就走了。"卢海发说着站起身。

"不再坐一会儿？"李有田和马玉英把他们送到门口。

"不了，场子里还有很多事情，头都是大的。"卢海发说。

"那是咯，做那么大的事业，七七八八的事情，肯定多了去。"李有田一边说一边送卢海发。

"你们回吧。"卢海发说。

"慢走啊，卢老板。"王僖月送到门口说。

"你明天早上最好能早点过去，把厨房的卫生清理一下，太脏了。"卢海发回过头对王僖月说。

"好，我六点就过去。"王僖月说。

"那不送了，慢走。"李有田说完转身回屋。卢海发一行上了车朝鳗场开去。

第二天，王僖月早早地起床去养鳗场做早饭，但没有见到卢海发，听鳗场的工人说，天才放亮就走了，经常这样。王僖月想，做一件事情也真不容易。

"现在你来烧饭是吗？"守鳗场的老潘问。

"是啊，你在这干得还好吗？"王僖月问。

"累倒是不累，就是没觉睡，那些换氧机器一刻也不能没有人。"老潘说。

"你一月工资多少？"老潘突然问王僖月。

"还不知道，先前说了300元，后来又说加50元，到底多少我也没好意思问。"王僖月如实相告。

"你有350元？我才120元呢！"老潘心里立刻就不平衡了。

"等老板回来我找他去！"老潘气呼呼地道。

王僖月立刻感到尴尬，且意识到自己可能给老板捅娄子了。

"我这不还没拿工资吗？具体多少我也不太清楚。"王僖月想圆回来。

"危秋娥是180元。"老潘又说。

"招工帖上不是写了300元吗？危秋娥怎么会才180元呢？"王僖月很是纳闷儿。

"老板说试用期180元。"老潘解释道。

"哦，那估计我也是180元呢。"王僖月说。

"你肯定不止180元。"老潘说。

"为什么？"王僖月不明白。

"老板亲自去请你来的，怎么可能 180 元？"老潘有些怪异地笑。

王僖月感到有些毛骨悚然不敢再说话。她已经意识到自己可能给老板闯祸了。

王僖月回到厨房，开始大扫除。先是把屋顶的蜘蛛网扫了，再一样一样地擦洗，从锅盖到灶台，从椅子到桌子，每一处经过她手的地方，都变得亮堂起来。该擦洗的都擦洗干净后，她开始整理厨房堆放物。先是把灶台前的柴火按顺序堆放平整，再把墙角东倒西歪堆放的工具整理清楚，整个厨房一下就变得宽敞明亮。

10 点她开始煮午餐。

"今天就煮我们三个人的饭。"卢海发的合伙人小丁过来说。

"谁说就煮三个人的？"卢海发突然出现在厨房门口接过话茬儿。

"你怎么这么快就回来了？"小丁闻声转过身子。

"没有找到人，求爷爷的事情难啊！"卢海发说着已经走进厨房。

他一进厨房，便四处打量，脸上渐渐露出笑容。

"怎么样？我不会看错人吧！"卢海发笑着对小丁说。

"感觉厨房都变宽了，坐着吃饭也香。"小丁说。

"她洗了一个上午。"小丁补充说。

"你手怎么了？"卢海发眼尖，一眼看见王僖月的食指被划破了。

王僖月的食指在整理柴火时，被一枚钉子刮了一下，为了止血，王僖月撕下火柴盒上那块着火纸，贴在伤口处。农村人基本都用这办法止血，谁也不知道是从哪里学来的。

"哦，不小心被钉子刮了一下。"王僖月说。

"口子大吗？"卢海发上前似要看她的伤口。

"不大，没关系。"王僖月吓得立刻躲闪，脸上立刻飞出一朵红云。卢海发见王僖月躲闪也立刻退后一步。

"你伤口上贴的是什么？"卢海发又问。

"火柴盒上的。"王僖月说。

"那能行吗？"卢海发说。

"能行，止血管用着呢，我们农村人都用这个止血。"王僖月说。

"真不好意思，第一天来就害你出血。"卢海发说着歉意的话。说完转头对小丁说，"你开我的车去村里卫生员那拿点药水来，不然破伤风就不好了。"

"不要的，我们农村人哪有那么娇贵，做农活磕磕碰碰是常有的事。"王僖月说。

小丁接了钥匙，转身出去。厨房只剩卢海发和王僖月。

王僖月立刻感觉别扭，甚至是紧张。卢海发把王僖月的情绪都看在眼里，他知道这个女人一定没有情感上的历练。

"小丁管伙食，你有什么需要，就叫他去买。"卢海发找了话题。

"哦，好的。"王僖月洗好白菜装进脸盆。然后走向灶台，经过卢海发身边，卢海发仿佛嗅到一股她的体香，他的眼里立刻爬上一抹醉意。

他想冲上去抱住她，想告诉她，自己对她一见钟情，想告诉她这些日子的相思苦……

王僖月背对着他切菜，他望着望着便起身，一步一步朝王僖月靠近……

"卢老板，你回来啦。"老潘突然走了进来。

"嗯，你有事吗?"卢海发明显不高兴，心里骂道，你真会挑时间!

"卢老板，我的工资也太低了。"老潘憋了老半天终于说出来了。

"不少了，就看看机器，也不用干活儿，很轻松的。"卢海发说。

"活儿是不要干，但每天十几个小时守在这里，也磨人。"老潘说。

"那你自己看吧，想干的人还很多。"卢海发冷冷道。

"卢老板，我也不跟王僖月比，我就想叫您每月再加个50元。"老潘说。

"僖月她工资还没发呢，你知道她拿多少?"卢海发说着望了一眼王僖月。王僖月扭过头与卢海发的目光相遇，欲言又止。

"她不是350元吗?"老潘说。

"谁说她350元?"卢海发气恼道。

"她自己说的。"

"怎么可能，招工帖上写得清清楚楚300元。僖月，我有说过350元吗?"卢海发望着王僖月说。

王僖月想和盘托出，那天你去我家说好的每月300元，再加50元，可一看卢海发在朝自己使眼色，便支支吾吾说是自己听错了。

老潘一肚子气走了。卢海发告诉王僖月，前三个月试用期，在她工资表上体现的金额和危秋娥的一样，180元工资，差价由他给。

回家的路上，王僖月有些心事重重。她隐隐感到莫名的害怕。老板多给自己50元不会是对自己图谋不轨吧？王僖月回放着卢海发关心她的瞬间一幕，觉得有点不对劲感到害怕，但立刻又骂起自己来。僖月呀僖月你想哪去了，你第一天上班就弄破了手，他作为老板关心一下也是正常。自己一个农村妇女，人家一个大老板凭什么看上你？别神经质自己给自己找刺，这样高的工资，干上几年也能去国道盖座钢筋水泥洋楼，那时自己开一个路边饭店，一切生活就不用愁了。

回到家，王僖月立刻拿了箩筐要去地里抓猪草。

"下午你不是还要去煮饭吗？"婆婆马玉英见了说。

"下午四点再去，现在还有些时间，我抓筐猪草很快回来。"王僖月说。

"要不你去休息，猪草等傍晚我让老头子去抓。"马玉英心疼媳妇了。

"不要，爸他身体不好，让他多歇着。"王僖月说着已经出了门。马玉英望着她的背影，心想自己的儿子不知道哪辈子修来的福气，摊上这个好媳妇。

第二十六章　不知是计

那天中午，卢海发和村委李东山那帮人又喝得烂醉回到养鳗场。

养鳗场的工作一切走上了正轨，鳗池大部分改造完工，鳗苗也陆续下了池。卢海发前些日子纷乱如麻的脑子一下子便轻松了下来，他回到鳗场一头便躺在了那张简易的工作床上，但他没有睡意，成功的兴奋压过了酒精的兴奋。第一批贷款100万元今天全部到手。他享受着大功告成后的喜悦。他哼起了小曲儿，这个时候他更加想要个女人。女人！啊女人！他把女人当歌词轻轻地哼，又自顾自地笑。

王僖月！他不由自主地想起王僖月。其实在他唱着女人啊女人时，他的脑子里浮现出的女人全都是王僖月。

王僖月虽不是什么黄花姑娘，也不及城里那些妖媚的女人，但她却有着城里女人永不及的风韵，古典清纯。她就像远古时代遗留下的一件珍品，让男人一见便垂涎欲滴，更让卢海发爱得垂涎三尺。自从王僖月被他弄到养鳗场烧饭后，他曾几次试着触摸这件珍品，可都碰得头破血流，但他从来就没有灰心过，他甚至很自信，冥冥中他坚信，总有一天王僖月一定会投进他的怀抱，而且会深深地爱上他。

卢海发之所以有这样的自信，不是来源于他有没有钱，而是凭借他情场的老练。王僖月的情况他早摸得一清二楚。她是一朵没经历过爱情蜂蝶采撷的花朵，13岁迫于无奈招亲，17岁被迫圆房。她的人生没有爱情故事，而人是七情六欲的造物，没有人不渴望一场爱情，王僖月也一样，甚至她比谁都渴望。

对这样的女人该用什么手段，他早一步一步设计好了。卢海发想到这，有意咳嗽了两声，他要引起就在几步开外厨房织毛衣的王僖月的注意，更确切地说是扰乱她的心，搅动她的春水。

　　王僖月坐在厨房织着毛衣，听见卢海发咳嗽，知道他回来了，心里"咚"的一下就紧张起来。卢海发对她虎视眈眈，她已有所察觉，她也曾多次想要辞职，可是，她每一次又都找出劝自己留下来的理由。当然最大的理由就是薪水高，一家老小需要这份薪水，这是残酷的现实。

　　燕子在镇里上学需要钱，一家老小的柴米油盐酱醋需要钱，公公的心脏病越来越严重，医生多次建议最好做手术，可每每被李有田拒绝，他很清楚家里拿不出这笔医疗费。王僖月希望能尽快攒一笔钱给公公做手术换一个人工起搏器。

　　而另一个留下来的理由，是潜意识的，她自己也说不清。她莫名地爱上养鳗场，爱上这份工作，喜欢洗他的衣服，喜欢看他吃得香。

　　这也难怪她，她第一次这么近距离地接触真正意义上的男人难免有时想入非非。在她的意识里，卢海发有思想，有魄力，有担当。而李国根比自己大了11岁，却像个还需要人保护的孩子，之前这个家是公公婆婆担着，现在是自己担着，他除了干点田地里的农活儿外，好像这个世界就与他无关了。

　　卢海发又有意咳嗽了几声，王僖月听着起身走到门口，想去问问是不是中暑了要不要烧点鱼腥草艾叶水喝，可她的心突然跳得慌，情绪也莫名其妙地紧张起来。

　　她在卢海发虚掩的门前站了一会儿又退了回来。她看了看时间，煮饭还早，就又默默地织着毛衣。但脑子却很乱，她想起了与李国根圆房那晚，她害怕得直发抖，李国根根本不懂得顾及她的感受，粗鲁地蹂躏一朵还没有完全绽放的花朵，自己哭了一整夜。她不仅没有享受过爱情，连爱情这字眼还是有了电视机才接触到。

　　她放下毛衣，去田埂上拔来一把鱼腥草洗干净，放在锅里烧。她坐在灶台前烧火，脑海里却无法避免地想起卢海发对她的细微关怀。卢海发每次出差回来都会给她带件小礼物，最令她感动的是上个月她生日，她自己都忘记了，而他居然特意跑到城里给她买来蛋糕和鲜花，给她过了一个她终生难忘的生日。

　　鱼腥草烧好后，她开始下米煮晚饭。这时卢海发终是熬不住酒醉发出了鼾声。

卢海发睡得很沉，直到天黑也没有醒来。王僖月早该回家了，可是她今天没有按点回家。她希望卢海发醒来能吃上一口热饭，也想确认一下他是否中暑生病。毕竟他是一个男人在外打拼，老婆父母都不在身边，而且他也很关照自己，自己也该回报关心一下他。

出于这些原因，王僖月一直等到 8 点多，卢海发终于醒来走出屋子。王僖月听见动静连忙迎了出去。

"你醒啦！"王僖月露出一丝笑容。

"你还没走？"卢海发有些意外。

"哦，看你醉了，怕你醒来没口热饭吃，所以没走。"王僖月说着已经进入厨房，麻利地端上热菜热饭，又为他盛好一碗饭。

"听见你咳嗽，怕是中暑，我煮了鱼腥草，在那。"僖月指了指装鱼腥草的瓷钵。

王僖月做着这一切时，卢海发就静静地盯着她看。他明白，自己这股暖流已经流进了她的山涧，不久她将是一江春水向我流。

"你今天迟回家算你加班吧，多发你 100 元。"卢海发说。

"不要的，卢老板给我的工资已经很高了。"王僖月说。

"那是你值这个价，再说了，你连洗衣服这些本来不属于你的活都干了。这样，每月再加你 100 元工资。"卢海发说。

"这，太高了吧？洗衣服我顺便的，闲着也是闲着。"王僖月说。

卢海发"扑哧"一笑，说："只有闹工资低的，没有怕工资高的，你倒是头一个，新鲜了！"

"我，我是怕……"僖月想说怕工资太高了人家说闲话，但话到嘴边又咽回去了。

"怕人家说闲话，说我和你有一腿？"卢海发说出王僖月咽回去的话。王僖月立刻涨红了脸。

"人家说什么不重要，做好自己才重要。如果做什么都要考虑别人怎么说，那什么事也做不成，甚至无法活！"卢海发说。他显然是抓住机会给王僖月洗脑接种疫苗。

王僖月莫名地叹了口气。"那我就回了，你吃好了碗就把它泡在水里，我明天来洗。"王僖月说。

"不过工资也不是白加的，以后可能偶尔需要住夜，看场子的人饿了需要夜宵。"卢海发冲跨出门的王僖月说。

"住夜?"王僖月果然很吃惊。心想，这个恐怕公婆不会同意，还有自己的母亲恐怕都不会同意。

"有难处?"卢海发问。

"我……回去问问。"王僖月迟疑后说。

"好，回家和他们商量了再回答我。"卢海发说着突然呕吐起来。

"怎么啦?"王僖月连忙回身关切地问道。

王僖月给卢海发倒了杯温开水。卢海发还在吐。

"是中暑了吗?"王僖月问。

"不知道，我们男人哪有那么仔细。"这是卢海发使的计，可王僖月一点没察觉。

王僖月很自然地伸手想去触卢海发的额头，看看有没有发热，可就在手指要触到他的额头时，惊得突然抽回手，她看见卢海发直勾勾盯着她的眼睛里流露出狼对肉的渴望。但已为时太晚，卢海发一把抓住她的手。王僖月条件反射像被火烫了一样，一个猛劲往回抽，由于用劲过大，把卢海发拽了个趔趄。

"你好大的劲!"卢海发尴尬地笑了笑。

王僖月受了惊吓夺门而逃。

"僖月，我爱你!"卢海发追了出去。

王僖月跌跌撞撞地跑回了家，连自行车都丢在了鳗场。

第二十七章　悬崖边缘

　　第二天王僖月没敢去煮早饭，直到半上午她才去了鳗场。她是去拿自行车的，她决定辞职。

　　可王僖月走进厨房，见小丁在笨手笨脚地煮粥。

　　"大姐，你来了就好，瞧我把粥给煮煳了，还得重新煮。"小丁见王僖月来了如见到救星一般。

　　"这是煮中午的还是早晨的？"王僖月问。

　　"早晨的。卢老板他病了，现在还没起床呢，让我给煮碗粥。"小丁说。

　　"病了？"

　　"是啊。"

　　"真病了？"王僖月脱口而出。

　　"这还能有假？"小丁笑，觉得王僖月这话好奇怪。

　　"怎么，这么不相信我们老总？"小丁紧接着说。

　　"不，不是这意思。"王僖月有些尴尬，也觉得自己失言。

　　"许是昨天喝多了，他们男人喝起酒来就不要命！"僖月说着又麻利地干起活来。

　　她想自己不能在这个时候离开，毕竟卢老板对自己不错，工资高，还特别关心自己，还说要让自己的老公李国根来这里守换氧机赚点外快贴补家用，帮助自己早日实现去国道盖新房的愿望。昨天的举止许是喝高了，谁还没个心猿意马的时候？何况他是男人，还是老婆不在身边的男人！自己也别太大惊小怪小题大做。自己就是乡间一妇女，人家可是呼风唤雨的大老板，谁能看上你？！

　　想到这儿的王僖月站在卢海发虚掩着的门前问："卢老板，你好些了吗？"

　　屋里传出咳嗽和混沌的声音说："有点难受。"

"有烧吗?"王僖月又问。"不知道。"卢海发声音很冷。

"我给您再煮些鱼腥草?"王僖月想推门进去看看,但却心有余悸。

"昨天我喝高了,有什么对不住的地方你别放心上!"卢海发答非所问,声音懒懒的有气无力。

"嗯。"王僖月的心一下子又踏实了下来,可伴随而来的是莫名的失落感。

"对了,住夜加班的事,你考虑好了吗?"起床喝粥的时候卢海发又提及要王僖月晚上住在养鳗场的事。

"我……"王僖月还真难住了,说不行吗,还真舍不得这份高薪水工作,说行吗,又有难言之苦,公公婆婆都是死脑筋,他们能同意吗。

"我还没问呢。"王僖月嘴里说的他们指的是她的公公婆婆。

"没事,人各有志不强求,如果你不能接受,就做到这个月底吧,我另找人。"卢海发仿佛一下子对王僖月失去了耐性,沉下脸冷冷地说道。王僖月哪里知道卢海发这是釜底抽薪欲擒故纵,可王僖月是一张白纸,三十六计她一计也不懂。

王僖月木讷在那,她忽然觉得自己不能失去这份工作,过了此村便无此店。好一会儿后,她去向卢海发妥协了,说接受老板的安排。

卢海发乐得要手舞足蹈,但不敢流露出来,他依旧装出一副冷面孔。

"今晚几点要煮点心,我几点过来。"王僖月说。

"算了,今夜放你假吧,明天让人给你收拾一间屋子,总不能半夜让一个小女子跑来跑去,极不安全,出了事我也担待不起。"卢海发沉思了一会儿后说。

住夜的事就这样轻松被卢海发搞定。王僖月不知不觉又向卢海发的陷阱靠近了一步,现在已经是站在悬崖边缘了。

第二十八章　逃不出情场猎手

　　回到家的王僖月，没敢完完全全告诉公公婆婆要住在养鳗场的事，只说偶尔要住夜。即使偶尔要住夜，也立刻遭到公公李有田的强烈反对。李有田是男人，他太了解男人，他立刻要求王僖月辞去工作。

　　王僖月听了也很是不快，说："只是偶尔鳗鱼苗下池，大家都要守夜，再说了人家也没白叫我煮夜宵，又加了工资。"

　　王僖月还是第一次这样忤逆公公李有田，王僖月的话显然是在提醒李有田，现在这一家子都在靠这点工资呢。

　　李有田第一次被儿媳妇顶了杆很不舒服，他站起来想发作，想说明不良后果，甚至想揭穿卢海发很可能不怀好意，但被马玉英给制止了。

　　"不就偶尔住一晚吗，多大的事！何况还有那么多的人，既然僖月已经答应人家了，就先干完这个月，如果不好做，下个月不做就是了。"马玉英一边说一边用眼神制止丈夫。

　　马玉英虽然也不赞成儿媳住夜，但又一想，也就下鳗鱼苗时需要住夜煮夜宵，何况每月工资加了100元，最主要的也没见僖月有什么不对劲的地方，若过于反应，反而会引起流言蜚语，这对王僖月不公平，说实话，现在这个家主要靠王僖月那份工资。所以马玉英极力劝丈夫，夜里还给他做了一通思想工作。

　　一开始也的确是偶尔住夜，能不住夜的时候僖月尽量不住夜，比如有月光的夜晚，她煮完夜点还要回家，周末女儿燕子在家她下半夜也往家里跑。时间一久李有田也放下了心，不再要求王僖月辞职。

　　又一批鳗鱼苗下塘，王僖月得连续一周住夜。下午，王僖月收拾了一些换洗衣物。"妈，这几天我都要住夜，老板说连着几天都要下鱼苗。"王僖月收拾好日用品去厨房和婆婆马玉英打招呼。

"这样啊，那明天燕子回来，你也不回来？"马玉英问。燕子是王僖月与李国根的女儿，在镇里上初一，寄读生，一个星期回来一次。

"我会尽力想办法回来。"王僖月说着匆匆奔往养鳗场去。

卢海发又喝得烂醉，从下午直睡到半夜。半夜醒来的卢海发揉揉惺忪的眼没有立刻起床，而是赖床又躺了一会儿。他翻个身似乎想起了什么，也许想起自己还没吃晚饭，也许想起王僖月就住在养鳗场。他忽然如打了鸡血一样，一个翻身坐起，忽又趴下做了几个俯卧撑，仿佛要恢复体力似的。

他下了床，拉开门出来敲着王僖月的门喊："你睡了吗？"

"还没呢，老板您还没吃晚饭呢！"王僖月和衣躺着听见敲门声立刻开门迎了出来。

"不好意思，我又喝高了，这下肚子有些饿，能帮我泡碗面来吗？"卢海发说。

"泡面伤胃，老板的胃本来就不好，我还留着一些瘦肉，给老板下碗面也很快的。"王僖月说着转身就朝厨房走去。

"也好，就是辛苦你了。"卢海发说。

卢海发回到屋子里继续躺下，但没有睡意，他想今天一定要把这个女人搞定。他猜想王僖月的反应，也许她反抗激烈，也许她半推半就，也许她求之不得，甚至比自己还猴急，也许，也许……他不敢想，还有最坏的一个结局，那就是王僖月告他强奸！

卢海发想着心事，王僖月面下好了。"卢老板，面好了。"王僖月轻轻敲着卢海发的门喊。卢海发没回应，王僖月又喊了两声，还是没有回应，僖月想准是又睡了，正要折回厨房时听见卢海发叫她把面端进他房间。

王僖月答应着就去厨房把面端进卢海发的屋子里。"卢老板，面搁这了，您趁热吃，冷了吃伤胃，你胃本来……"王僖月唠叨着转身欲出屋子，可却被卢海发喊住。"等等。"

"还有事吗？"

"陪我唠唠好吗？"

王僖月木讷在那，心想自己能唠什么呢？一没文化，二没见过世面，正想把自己的想法说出来时，卢海发发问了。

"告诉我，你，有过婚外史吗？"

"婚外史？"王僖月似懂非懂。

"就是你找过除你老公以外的男人吗？"卢海发直截了当地挑逗。

僖月一听立刻涨红着脸说"没有"。说完就转身欲离去。

"你等会再走，我还有话说呢，我又不是老虎能吃了你吗？"卢海发说。

"老板，还有什么事吗？"王僖月只道真有事情。

"当然有啊，没事为什么要你住夜？"卢海发低头去吃面，连眼皮都没抬一下，一改刚才的色狼态。

他用筷子夹起一撮面送进嘴里，然后上下牙齿慢悠悠地开始咀嚼，突然，他嘴里含着面不咀嚼了，紧接着眉心紧皱。王僖月见了心里咯噔一下，是面煮得不好吃吗？就在王僖月这样想时，听见卢海发说。

"你是不是忘记放盐了？"卢海发说这话时很和蔼，抬头笑着。

"我记得放了盐的，要不拿去再加些盐？"

"哦，那可能是我最近出汗多，夜里都是一身汗，所以口味变重了。"卢海发说。

"我拿去再添些盐吧。"王僖月一步上前便要把面端走。

"算了，没关系，凑合着吃。"卢海发想趁机一把抓住她的手，然后顺势拉进怀里抱住，可却突然犹豫，本来是要拉她的手却变成拨开她伸过来端面的手。

卢海发这一举动让王僖月吃了一颗定心丸。这不仅让王僖月放下戒备心，相反，还令王僖月感到愧疚，她觉得自己是以小人之心度君子之腹。

"卢老板，您夜里出的汗是咸的还是淡的？"王僖月立在一旁问。

"哦？汗不都是咸的吗？"卢海发应着，心里在笑。

"不是，汗也有淡的时候，如果是出冷汗那就是淡的。"王僖月说。

"哦？我还第一次知道呢，什么是冷汗？"卢海发漫不经心地回应着，心里直发笑。

"冷汗也就是虚汗，身子骨虚了就会出冷汗，出冷汗反过来又会伤身子，所以如果是冷汗就得及时治。"王僖月说得很认真，完全一片好心。

"哦！原来是这样，那怎么才能知道自己出的汗是咸的还是淡的呢？"卢海发在一根一根地挑着面往嘴里送，心里寻思着如何挑明自己的心思。

"晚上你若再出汗,你拿手指沾一些放嘴里舔一下,若是淡的你明天告诉我,我煲服草药汤你吃,一服就能见效。"王僖月说着为自己能为老板解忧感到舒心。

"这样啊,那真是太谢谢你了呀!"卢海发放下筷子,他已经打定了主意,这是个善良的女人不会有事。

"卢老板不吃了吗?"王僖月见卢海发放下筷子便问道。

"嗳,不吃了,吃饱了。"

"可能没吃饱吧,今天煮得不合您胃口。"王僖月有些遗憾,上前收拾碗筷。就在她端起碗筷转过身的刹那,卢海发一把将她拦腰抱住。

"卢老板,你……"王僖月似乎没反应过来。

"僖月,我爱你很久了!"卢海发说。

"这,不行啊,我有老公呢。"王僖月惊慌地推他,但没有推开,卢海发的双臂抱得更紧,一边用脚把门踢关上再腾出一只手插上门。

"卢老板,这万万不行!"王僖月使出全身力气去掰他紧抱的手,一边连连说着不行不行。

"求你,就当是可怜我!我第一次见到你就深深爱上了你!"卢海发已经不想那个最坏的后果,他只管表白,只管把他的嘴往王僖月的脸上身上拱。

"不行,不行,卢老板……快放开我!"王僖月拼命地挣扎。

"我想了那么久,熬了那么久……今天无论如何都不会放开你的!"卢海发用下巴勾住王僖月的衣领口往下拉,第一颗纽扣便脱出扣眼,那白皙丰满的乳房立刻露了半个出来。

王僖月惊叫,本能地用双手去捂住,而卢海发却趁这个档口迅速将王僖月压在了床上。王僖月反应过来又拼命地反抗,但她的身子被卢海发的身子压住,反抗显得微不足道。

"你别这样,求你了,卢老板!"王僖月渐渐地失去反抗的气力,她只能哀求,可卢海发却越来越亢奋。

"不行,快放开我!这样我会下地狱的!"王僖月死死抓住自己衣服纽扣拼力反抗。

"求你给我一次机会!我天天想你,夜夜想你,连做梦都想着你,甚至回家连和我老婆在一起的时候，我就把她想成你，你就可怜可怜我吧！"他不管王僖月怎样哀求，反倒哀求起王僖月来。

"我不敢，我是有家的人，你也是有家的人，我做了这样的事以后会没脸做人的！"王僖月被卢海发压制着但她仍在反抗。

"我们偷偷地好没人知道的。你身上真香……"卢海发疯狂地亲吻王僖月，他要让王僖月丢盔弃甲。

"我公公婆婆，还有我母亲，他们知道了都会逼我去死的，我会活不下去的！"王僖月在卢海发的强力攻势下突然放弃反抗。她啜泣起来，她的内心是矛盾的，一方面她需要爱，她甚至爱卢海发，一方面她不敢爱，她身上背负着太多的枷锁。

卢海发事后百般安慰，王僖月还是惊恐不安，她从来没有做过这样的事情，甚至从来没有想过会做出这样的事情，尽管是被强暴的她一样自责。

"让人知道了，我就只能去跳河了！"王僖月啜泣着跑出卢海发的屋子。

第二十九章　辞职未果

第二天王僖月没去鳗场上班。她的心情十分复杂，更多的是害怕，她反反复复考虑要不要辞职。

"今天不用去？"马玉英好奇地问。"连着加夜班，所以今天放假。"王僖月说着连忙背过脸去，她第一次说谎怕婆婆看出来。

下午，王僖月骑到半路又折了回去，快到家时她又折回去鳗场。越接近鳗场她的心越慌，连腿都哆嗦起来。还是辞职吧，她想。拿定主意辞职她倒是镇定了，她飞快地朝养鳗场骑去。

"来啦。"卢海发早候着。见王僖月一个上午没来，心里有些后怕。

"嗯。"王僖月不敢看卢海发。她径直去屋子里收拾自己的东西，卢海发立马追了进去，一把抢下她收拾的包裹说："你这是干什么？我就有那么令你讨厌吗？"卢海发很生气。

"我没讨厌你，我只是怕。"王僖月低声说。

"怕什么？这事只有你知我知天知地知！当然，我保证下不为例，昨天是喝醉了，我向你道歉。"卢海发说。卢海发说完又掏出一沓钱塞给王僖月，并说"算我补偿你。"王僖月连忙推回去坚决不要，说："你能保证不再那样我就留下，否则我……只能走。"

卢海发沉默了一会儿说："我就那么令你讨厌？难道还不如你男人？"

"话不是这样说，你比我男人能干一百倍，但你不是我男人，我不能做那事。"王僖月说。

"我们偷偷的，不会有人知道……"卢海发话没说完，王僖月二话不说拿起自己的包裹起身就走。

"行，我保证绝不会再发生那样的事"卢海发连忙保证。可王僖月似乎不相信他的保证，她走出了门去扶自行车，卢海发眼看没有回旋的余地，情急下对王僖月发毒誓："如果我做不到，我出门被车撞死。"

僖月一听卢海发发毒誓，立刻停住，且情不自禁地说："呸呸呸，这个不算数，我不要你发毒誓。你快收回去。"

"你保证不走我就收回毒誓，不然我发更重的毒誓。"卢海发暗暗高兴，他找到了王僖月的软肋。且坚信王僖月是爱自己的。

"别，我留下，但是……"王僖月想说下不为例，但忽然又打住话。

"还不快去准备晚饭，我吃了要赶去城里。"卢海发说。王僖月答应着把收拾的衣物又放回屋子，而后去厨房做晚饭。

这之后卢海发果然没有再骚扰王僖月，不仅如此就是和王僖月说话都是一副冷冰冰的面孔。王僖月渐渐放下戒备心，不再夜夜煮完夜点还往家里赶，尤其卢海发出差不在养鳗场时她就踏踏实实在养鳗场住。她哪里知道卢海发根本不会放过她。卢海发对王僖月一见钟情，哪里受得了美娇娘天天在他眼前晃，可就是吃不着摸不着。人前人后他对王僖月一副冷若冰霜的样子，在没人的时候，他偷看王僖月的样子是那种眼珠子盯进去就拔不出来。

"我就不信，有我搞不定的女人！"卢海发在等待机会，甚至在制造机会再来一次霸王硬上弓。

夜深，王僖月并没有睡，她如往常一样坐在屋子里织毛衣，等着到时间给他们煮夜点。看看时钟快到煮夜点的时间了，她放下正织的毛衣起身打开门想去厨房煮夜点，可门一开卢海发便闪了进来。卢海发一把将王僖月推进屋里。王僖月闻到一股浓浓的酒味，她下意识地预感到不好。

"卢老板，你？"王僖月立刻想推开他，但是已经被他死死压在床上。"卢老板，你答应过我的，你还发过毒誓。"王僖月压低声音说。

"我答应你什么？我只答应爱你，我发的毒誓你不是叫我收回去了吗？"卢海发要起了赖。僖月没办法只能拼命反抗下挣脱逃出去。

"卢老板，你松手，不然我喊了。"王僖月说。"你喊呀，我不怕。"卢海发料定王僖月不敢喊，他早吃定王僖月丢不起那个人。

他见王僖月果然不敢喊，反倒胆大了，他说："要不要我替你喊？"他说着果然喊开了"王僖月，我爱你，你离婚我要娶你"。

"你疯了？"王僖月又惊又怕惊。

"对，我早就疯了，为你而疯!"卢海发说完又扯开嗓门要喊的样子，王僖月吓得连忙去捂他的嘴求饶说："你别喊了，我依你就是!"

　　"要我不喊行，你以后都得乖乖的，不然我就喊。"卢海发开始得寸进尺。王僖月在无奈的同时也有一丝心动。

第三十章　夜色沉沉

当晚卢海发就从城里赶了回来，这次王僖月没有反抗。但这次后她的内心更加恐惧自责。她日日夜夜被恐惧纠缠着。走在街上感觉背如芒刺，好像全村人都知道了一样。在经过贞女牌坊时，母亲喊了她一声，她一紧张从自行车上摔了下来。那天夜里梦见养鳗场的老潘指着她大骂，你偷人了，你偷人了！她尖叫着跑去跳河，醒来早惊出一身大汗。

王僖月哀求卢海发放手，可卢海发的眼神让她害怕。她下意识地意识到养鳗场待不下去了。再待下去不仅那样的事情还会继续发生，而且自己会爱上他，到时后果将不堪设想。可是不在养鳗场打工又能去哪呢？五妹。王僖月自然想到了五妹。一来她俩无话不说，二来她想看看是否还能回五妹的馆店。

才8点多王僖月去找五妹就见巧英已经开始忙中餐，想想自己做厨师的时候都是9点多才开始忙。"巧英你好早啊！"王僖月见了巧英说道。

"我人笨，就早点来，把所有的都提前准备好，到时不会手忙脚乱。"巧英笑着说。

"怎么样，我说你行吧！"王僖月说着心里却暗暗叹气，心想五妹这里是回不来了，人家巧英已经干得好好的。

"五妹呢？"王僖月又问。

"她应该在楼上吧，我帮你叫。"巧英说着就扯开嗓门喊，五妹听说王僖月来了，三步并作两步跑下楼。

简单地寒暄过后五妹找了个借口把王僖月叫到没人的地方，而后开门见山地问："怎么了？脸色这么难看。"

"是吗？可能昨晚没睡好。"王僖月掩饰着努力装得若无其事。但五妹察觉到了，她和王僖月一起长大，王僖月有没有事五妹一眼就能看穿。

"不对，你一定有事，跟我还不好说？"五妹再次开门见山。王僖月犹豫着，不禁叹了一口气。

五妹见王僖月难以启口便大胆猜测："是不是姓卢的欺负你了？"五妹之所以会有如此猜测，是因为五妹见过卢海发看王僖月的眼神，王僖月去养鳗场五妹就一直为王僖月捏着汗。

"你别瞎猜，没有的事。"王僖月否认，但脸却"哗啦"一下涨红了。

"还说不是，脸都红了。他肯定欺负你了，就他第一次看你那眼神我就知道他是黄鼠狼给鸡拜年没安好心，不过……"五妹话未说完便被王僖月打断。

"别说了，我现在也不知道该怎么办？"王僖月这话等于承认了。

尽管五妹有预感，但一经证实还是很诧异。须臾五妹问王僖月爱不爱卢海发。王僖月低头叹气。五妹说："如果爱就继续待下去，如果不爱就离开，再回到我的饭馆来。"

王僖月朝厨房看去，她看见巧英忙里忙外的身影，摇了摇头说："我想在自己家开个小卖部你看如何？"

"这么说，你不爱他。"五妹答非所问。

"我的情况你又不是不知道，我还能爱吗？13岁那年我就已经没有爱的权利了。"王僖月说着鼻头一酸差点落下泪。

一提起这事五妹就埋怨王僖月当年不够勇敢。可王僖月每每总说是自己的命。"命命，你就会说命，你就不能挺起腰杆做一次命的主人吗？"五妹生气地道。

"都已经这样了，你说我还能如何？"王僖月冲五妹苦笑。五妹想劝王僖月大胆地爱一回，但她知道王僖月不是那样的人，尽管她一点也不爱李国根，但也不会越轨。

"既然这样，就还回我馆店干吧。"五妹说。

"人家巧英已经干得好好的，这很伤人！"王僖月说。五妹听了也觉得不应该这样对待巧英，当初要她的时候逼着她上位，现在她干得有些熟手了又不要人家，这的确开不了口，可小小的饭馆又要不了两个厨师。

"要我说，真要开店就去城里开，我们村已有三家小卖部了，你觉得还有钱赚吗？再说你家住街头，人家买东西也不顺道。"五妹直接指出不利因素。不过还有一个原因五妹没好说。

王僖月家还是 20 世纪 70 年代盖的泥土房，粉刷上一层白石灰，白石灰经过岁月的侵蚀，有的变黄，有的脱落露出黄色的土墙。在这样的环境下开店，有几人愿意去买？其实，五妹说的这些不利因素王僖月心里都知道，不然，古亭小卖部被武丘投标走后她就会在自己家里开一个小卖部，正因为考虑到这些不利因素才没有开。今天王僖月往这方面想，那是走投无路。五妹饭馆回不去，养鳗场没办法待。她除了想到在自己家里开小卖部之外别无他法。

"去城里开店，说得轻松，我哪有那个本事，再说了，就是有那个本事我也没那个本钱。"王僖月叹气。

五妹却不以为然，她认为王僖月是天生做生意的料，在五妹饭馆待的那段时间僖月不经意显山露水表现出来了。她给五妹提的几条建议都非常好，比如，"屋要干净，菜要好吃，经济要实惠，你做到这三点，不愁没回头客"。

"你是没发现自己有多能干，至于本钱我借你。要三万五万你只管开口。"五妹拍着胸脯说。可去城里开店王僖月从来没敢想过。

"我可没那么大心气，这万一要是亏了，我拿什么还你。"王僖月表现得冷淡而心里却起了涟漪。

"亏了算我的，赚了算你的，这样你该壮胆了吧。"五妹为了鼓励王僖月去城里一展身手可是豁出去了。

"你疯了不成，就那么看好我？"王僖月虽然没有答应，但是回到家后，五妹的鼓励像有度数的酒，越来越上头。晚上王僖月居然去了李长功家，把五妹的话和盘托出，李长功一听态度和五妹一样，并说钱不够自己有几万积蓄可以借给王僖月用，不要利息。刚被五妹鼓励了一番，现在又得到李长功的鼓励和大力支持，王僖月心底的那个梦又一次跃跃欲试。可睡一觉醒来她又打起了退堂鼓。

因为她的想法首先遭到了婆婆马玉英的反对，马玉英担心王僖月去了城里万一学坏了不要她儿子李国根了那时该怎么办。再加上卢海发那边极力挽留，王僖月又开始反复，不知道该怎么办。

窗外夜色沉沉，王僖月辗转难眠。

第三十一章　不是最后的晚餐

那天鸡鸣三更王僖月被一阵密集的鞭炮声吵醒。这是杜小凤家新房上梁，房子也盖在梅子岭。

王僖月的心一下子像被蜜蜂蜇了一样地痛。她和阿霞、五妹、杜小凤三个人同龄，眼看自己的姐妹都盖起了钢筋水泥洋楼，而自己还住在 20 世纪 70 年代的土墙屋里，不说不美观，由于屋顶的瓦片经过时间的摧残，很多都破损，隔个一两年就要修修补补，不然下起雨来，不是这里漏就是那里漏。就是这样的房子也还是在公公李有田手上盖的，如果靠李国根就是这样的房子也盖不起来。"你那个家只能靠你了。"王僖月想起那晚李长功的话。是啊，只能靠自己！王僖月难免又想起开店。

"要开店就去城里开，城里人多大便都能卖掉。"这是五妹丈夫杆子鼓励王僖月去城里开店说的话。"你才 30 岁出头，你不应该把自己埋在这穷山沟里。"这是师傅李长功的话。

又一阵鞭炮声传来。声声鞭炮声此刻对于王僖月倒像声声号角。"难道我连师傅的思想都赶不上？""你不能再被他们捆住手脚。"五妹的话又一次回荡在耳边。不让李国根去学车已经错过了一次机会，这次不能再错过，可是万一亏了怎么办？王僖月再没了睡意，她的思想激烈斗争着。"要自己做一次命运的主人，不能每次都屈服于命。"王僖月又一次想起五妹的话。天亮时分王僖月决定瞒着公婆去城里开店。

可早饭还没等王僖月开口，李有田发话了。"去试一试也好，不然这个家会一天天弱下去。"原来李有田想了一夜，早上也受到鞭炮声的刺激，他终于接受李长功的建议放王僖月去试试。

王僖月没想到李长功果然做通了公爹李有田的工作。有李有田的支持，马玉英也不再说什么，王僖月终于没了后顾之忧。

去之前她煮了一桌丰盛的菜肴请母亲弟弟一家人，以及师傅李长功，和五妹夫妇，还有李国根的舅舅来家里吃饭。

以往亲戚朋友都特别喜欢吃王僖月烧的饭菜，可这些年大家都忙忙碌碌，王僖月在鳗场也抽不开身，亲戚朋友除过年正月聚会外，其余时间难得聚会。王僖月知道这一走，以后大家怕是更难吃到她煮的饭菜了。

国根的舅舅看着满桌的佳肴笑眯了眼。"今天这是过大年了，不会是有什么喜事吧？有喜事可得说明白，我这个当舅舅的可不能空手哦。"国根的舅舅忽然想着这话说。

"你们不是总说好久没吃到僖月煮的那口好菜吗，今天她有空就把大家叫一块坐坐。"马玉英正端一碟菜出来接口说。她和王僖月一个意思，先不要张罗得人人都知道，先去城里看看再说。

"是好久没吃到僖月烧的饭菜了。"国根的舅舅忍不住先尝了一口炸花生米。马玉英见了连忙招呼他们先开吃。

"老头子，你陪他们先吃，冷了就不好吃了。"马玉英让李有田陪他们先吃。李有田也正有这意思便开了酒——倒酒。

"这么多菜比过去过年都丰盛。"李长功望着已端上的七八碟菜笑着说。

"是啊，我们那时过年能有几斤肉就是好年头了。"舅舅接过话说。

"那时候你家过年有肉已经是中农了，我小时候过年年三十还愁没米下锅呢。"李长功回忆起他的童年。

有一年别人家都在放年夜饭鞭炮，可他的父亲还在借米的路上。还有一年大年二十九，他父亲买了五斤萝卜过年，被地主老财看见了，结果被训了个狗血喷头。地主骂道："萝卜也是你吃的？你只配吃芋头的命。"（那时一斤萝卜顶三斤芋头）

李长功12岁那年给地主家放了一年的牛，年边好不容易领回二斗米，可米还没进家门就被债主要走。他跪着哀求宽限些时日，说他的母亲，正赶上临盆，债主不但没答应，还恶语伤人地骂道：瞧你这鳖样，长大了准又是个欠债鬼！

他14岁那年，一家人实在揭不开锅，大年三十父亲拖家带口，顶着鹅毛大雪去胡书村姑姑家想厚着脸皮蹭顿年夜饭，谁知饭没蹭着，反被奚落一顿。尤其是姑丈，语不高话不糙但句句如刀尖扎人。姑丈慢声细语地说：

"本来是剩了一些面，谁知被狗扒了，你们也真没口福！"

"后来我拿锄头冒着大雪去地里刨鼠洞。刨回一斤多谷子，还顺手逮回一窝肥鼠，一家人就这样过了一个年。"李长功回忆着忍不住闪出泪花。

"喝酒吃菜！都过去了，以后的生活会是芝麻开花节节高，越来越美好！"桌上的人都连忙安抚李长功。

李长功"扑哧"一笑，举起酒杯，第一个要与老队长干杯。

这时候王僖月端上来一盘煎辣椒。其实这是一道农家最最平常的菜，选择六七成熟的灯笼青椒，切成三角块状，用猪油煎熟，有条件的撒上些虾米。

王僖月把这道菜特意放在了弟弟王福贵那个方位。王福贵知道这是姐姐特地为他做的，只因为自己曾经跑到姐姐家求姐姐给他煎一碗辣椒。自那后王僖月就以为弟弟特好那道菜，隔一段时间就会给弟弟送去一盘煎辣椒，每次请弟弟母亲来家里吃饭她也必定做这道菜。

"这是你最喜欢吃的菜。"王僖月放下后顺带说了一句。

没想到王福贵却尴尬地笑了笑，而后说："我哪里是喜欢吃这道菜。"

"你不喜欢吃这道菜？你忘记了？十年前你跑来悄悄求姐姐给你弄一碗煎辣椒吃？"僖月笑着说。

"那不是我喜欢吃煎辣椒，是因为煎辣椒里有油星，我贪的是那点油星子，我当时正与春竹偷偷谈恋爱，春竹说我头发干得像枯草，要吃点油就不会。"王福贵终于说出当年求姐姐煎辣椒的原委。

王福贵说得不错，这道菜有油星。因为这道菜必须用油才能煎，没有油吃的家庭是无法做这道菜的。当时王僖月婆家是分红户，养过年的猪杀了，油一斤也没舍得卖，全熬了存起来作为一年的油星。

"搞了半天是这么回事。"王僖月哭笑不得。

"那你不会叫你姐姐拿些油给你吃。"老队长笑了说。

"那哪里敢，那年头谁家都把油看得比命重。"王福贵说。

"现在政策是真好，别说油，天天都可以大鱼大肉，平时吃的也跟过年一样。"李长功感叹。

"这年头有钱就好过，没钱更难过，不像过去，没钱可以超支，生产队来的口粮照样秤走。"国根的舅舅说。

"没钱不会去赚呀，政策这么好，可惜我老了，不然我会像旺财一样跑城里开店。"李长功说。

李长功这话好像是说给王僖月听的，当时王僖月的古亭店被武丘投标投走了，李长功就鼓励王僖月去城里开店，他认定王僖月天生是做生意的料。

"老伙计，你别说大话。你以为城里开店和你的古亭小店一样呀。"当时李有田不以为然，甚至极力反对。不然王僖月那年有可能就去城里开店了。

"麻雀虽小五脏俱全，小店大店道理是一样的，海龙，你说是不是？"李长功老话重提，他还在批评李有田当年的思想，他对王僖月不去城里开店实在觉得可惜。

李海龙因为体弱多病，瘦得像根竹竿又正好是村里唯一读过初一的秀才，所以得了外号杆子。但自从他赚到钱后，不少村里人自觉地改了口，称呼他的正名李海龙。

杆子很尴尬，嘿嘿地笑着不作答。因为如果回答是，会得罪老队长，若回答不是又得罪李长功，虽然他们俩都不会计较，但杆子还是谁都不想得罪。

"也是也不是。"杆子最后说。

"滑头了！"老队长指着李海龙笑了说。可话音未落，街上传来呼天抢地的哭声，再一细听，居然点着李海龙的名字呢。

刹那，满桌皆惊。嘴里正咀嚼的停止咀嚼，正举筷子夹菜的停止夹菜。杆子第一个站起来，接着五妹和老队长都从座位上站起来。

杆子朝门外走去，五妹和老队长也随后离桌朝门外走去。

原来，是聋子陈金宝在地里干完活，在回家的路上被五步毒蛇咬了，赤脚医生齐云德让赶快送往县城大医院，去迟了怕命不保，这才有了聋子妻子巧英哭天抢地来找杆子帮忙。

杆子一听二话没说跑步上了车，直奔聋子家。

"承包到户后，路就没人修，每条路都长满一人高的茅草，发生这样的事是迟早的事！"李有田深深叹着气感叹道。

李长功也跟着叹了一气。

李长功明白，提及路，老队长是最心痛的。搞集体的时候，一年要修两次路，开春除一次草，"双抢"结束除一次。改革开放后，公家的路无人修，两边的茅草长得比人高，本来一米来宽的拖拉机路变成中间一条小路，本来几尺宽的田间路，变成脚板大的一条杂草缝隙。

"长此以往，怕是又要过没路的日子了！"老队长再次叹气。

"是啊，马路已经不成样子了，天晴还勉强开车，下雨连走路都困难。"王福贵说。

王福贵说的马路是1975年，得到公社批准和支持，冬季农闲，公社派来5个生产队支援，从西边劈山填水开出的一条通往公社的十五华里的泥土马路。这条马路曾经令全村人沸腾过，可如今这条马路被迅速崛起的运输队摧残得体无完肤。两道深深的车轮槽，雨天就成为两条水沟，大块大块的基石裸露在路面，路面坑坑洼洼，雨天东一洼水，西一坑泥，连行走都困难。

"承包到户，也好也不好，好的是大家都富裕起来了，不好的是公家的事情没人管。"李长功说。

"主要是村委班子不管事。"李有田说。

"他只管自己捞好处，哪里管我们大家的死活，这个村长不合格。"李国根的舅舅叹了口气说。

"谁让大家贪小便宜，为了一包烟就卖了手中的票。"李有田说。

"下一届你得站出来管管，你出来说话，很多人还是会听的。"李长功对李有田说。

李有田略有所思后，意味深长道："我不相信改革开放会让历史倒退！"

第三十二章　第四届选举

李家村正在紧锣密鼓地进行第四届村主任的换届选举工作。

候选人还是李东山，另一个是武丘。武丘能当上候选人，这得感谢李东山，是他竭尽全力地推荐。组织上原本是力推李海龙，只因李海龙推辞，再加上武丘是多届村委班子成员，所以武丘捡了个漏。

绰号杆子的李海龙深知村主任这个担子责任重大，怕自己万一做不好，不能给乡亲们谋福利那就不好了。另外，自己现在是小有名气的农民企业家，当陪选这会很没面子。

李东山极力推选武丘为第二候选人，也是有他自己的小九九，主要是为了压制杆子，他害怕杆子与他竞选，今天的杆子已经完全不是搞集体时候的死超支户，而是一个深得民心的农民企业家，就凭大家都自觉地改口称呼他正名李海龙就可见一斑，有的人更是客气的称呼他为李总。

李东山完全没看出来武丘另有目的，而且胆贼肥。

武丘认为这对自己是一次机会。武丘等待这一天已经等得太久了，从进村委到进入候选人，长达八年之久的等待，人生有几个八年？他不想再等了，他觉得自己也等不起了，他暗下决心背水一战。当然，在外人看来武丘这是拿鸡蛋碰石头，输定的事情。但武丘不这么想，他掌握了村长李东山的不少贪污腐败证据，村里人本来就很多人不服他了，只要他把这些秘密泄露给村民，他们定然不会再把票投给他。

选举的头天晚上，李东山被武丘找去喝酒，说是为了感谢他的推荐，其实是为了麻痹他。

那晚李东山在武丘家喝得醉如泥，被武丘连扛带拖弄回家去。

弄走了李东山，武丘和父亲还有妹夫，把养了快一年的两头肥猪拖出来连夜宰杀了。武丘要用这两头猪换村民手中的选票。

"若是不成，这猪不是让人白吃了吗？"武丘父亲心疼地说。

"舍不得孩子套不着狼。"武丘说。

"白吃了不要紧，就怕落下笑话。"武丘老婆不知深浅地嘟囔了一句。其实这话谁心里都明白，只是都害怕说出来。

武丘老婆傻不愣登地说出来，使得武丘暴跳如雷扬起手就给了他老婆一耳光。

"你就知道说丧气话，你就不能说句吉利的话吗？"武丘怒目于她。

其实，一旦选不上村长，不仅仅是大肥猪被人白吃了以及落下笑话的问题，更严重的后果是自己的狼子野心暴露了，以后就无法再在村委里混了，但他太想当村长了，他顾不了那么多了。

武丘是盘算过的，与李东山搏杀也不是一点胜算都没有。李东山连任了三届，性格越发跋扈，不仅得罪了很多人，更不利于他的是他的自私自利。做了三届村长，没有给村里人谋福利，村民早已怨声载道，就自来水这事，老村的人一肚子不满。老村的自来水工程弄了一半停工了，一停就成了问题工程，老村的人至今还在吃井水。更有甚者以权谋私，与其他村的村主任互换利益承包林山，这点早引起村民公愤。

武丘把猪肉切成条块，三斤的，五斤的，弄好后一家子漏夜忙着挨家挨户敲门送，小户人家三斤，大户人家五斤，八只猪腿由武丘亲自送给最具影响力的大家族，并且向他们承诺了自己当选后能给他们的好处。

武丘做完那一切工作时，天也亮了。武丘冲了一个澡，又把脸刮了刮，而后换上干净的衣服，胸有成竹地朝村部走去。

天才蒙蒙亮，镇工作组就出发了，到了李家村，天才刚刚放亮。武丘忙前忙后，十分殷勤地招待工作组，又是递烟又是倒水，即使工作组已经在镇里用过早饭，他依然买来包子、馒头、油条、豆浆等。

镇选举工作组与村工作组紧锣密鼓地碰头后，各组行动起来，直奔自己的小组，挨家挨户跑，把票发到投票人手中，看着他们投完再收回投票。

今天村民没有早早地下地里干活儿去，多数人专门等在家里等选举，也表现得特别认真，不是第一次选举那样，意识模糊，嘻嘻哈哈不当一回事，你说选谁都可以，好像选谁都与他没关系。也不似第二次选举那样，早早地下地上山干活儿去，借着各种理由躲选举，工作组把票送到田间，有的把选票埋进泥土，有的把票撕掉，有的碍于人情拉不下脸，尽管心里十分不情愿，可还是投票给了李东山。也不同于第三次选举，把选票当成物的筹码，一包烟，甚至是一句空头支票，选民就出卖了手中那张神圣的选票。

经历过三届选举的村民，已经深深意识到手中这张选票的分量！这小小的一张选票，不仅是权利，也是利益，是为自己选出父母官的权利，是为自己谋福利的武器。

曾经他们都出卖过这张选票，有人拿它去换一包烟，有人拿它去换一瓶酒，还有人仅换了一句空头支票，才造成李家村今天这个局面。年年上级拨的公益道路水利等建设款项，大部分都被他以招待费的名义报销掉了，整个村庄几乎没有公益设施，古街的路灯坏了一年，直到选举前，为了拉拢民心才叫人修好。村庄的道路已成了村民心中的痛。早年去每个山垄的路，都有一米多宽，可以开拖拉机，可以拉板车，而现在的路被一人高的芦苇侵占，只剩下原来三分之一宽的小路，像芦苇丛中的一条缝隙，给人以村庄荒芜的沧桑感。去镇里的马路是1975年在老队长手上开的，现在被一辆一辆拉木头的货车碾轧得不成路，两道车轮槽深如沟，下雨天就成了两条水沟，连自行车都走不了。村民强烈要求村委拿出部分资金来修路，可李东山就一句话——没钱修。

工作组分成六个小组，每个小组由四名人员组成，两名乡干部，搭配一名村干部和一名村民，组长由乡干部担任。

每个小组提着选票箱，挨家挨户跑，每到一户，都要说明选举规则，在同意的名字下打√，在不同意的名字下打×，可以都打×，但不可以都打√，都打√的作废，都打×的有效，可以弃权，可以另选，也就是对指定的候选人都打×，在空格里写上你要选的人的名字，再在名字下方打√。

解释完选票规则再发票给村民，村民选举完成后投进选票箱。

选举很顺利，没有发生打架斗殴，也没有发生骂街捣毁选票箱事件，不到10点各组都顺利完成回到村部，比预定的时间早了一个来小时。

按照事先规定要等到11点才能开箱唱票。

武丘一家子都来到村部。武丘在楼上给工作组倒茶递烟，其余家人都站在楼下村部等消息。村部除了武丘家人还有许多村民，这些村民也是来关心选举结果的，因为他们希望杆子李海龙能当选村主任。

武丘压抑住跳得越来越快的心，他又是忙烧水，又是忙泡茶，以此来分散自己的紧张。

武丘提着水壶来到厨房，李东山冷不丁出现在他面前。他用冷箭一样的眼神盯着武丘，武丘不敢看李东山，只顾低头接水。

李东山大声干咳一声，然后低声道："出来一下，我有话问你。"

武丘心里明白李东山要问什么，但武丘早就豁出去了。武丘放下水壶，随李东山从食堂后门出去，再向前走，绕过厕所，走到田间。

李东山停下脚步，回转身就扬起手要捆武丘，却被武丘挡了。

"听说你漏夜杀猪收买选票？"李东山点燃一支烟问。

"没有的事，别听人瞎说。"武丘迟疑片刻拍胸否认。

李东山盯着武丘看了好一会儿，心想，好你个武丘！明明做了还这么理直气壮！

李东山深深吸了一口烟，再长长地吐出，接着说："真没想到，我李东山养了一条会咬主人脚的狗！"

李东山说完又狠狠盯着武丘看，看了几秒转身离去。可走了几步忽又回头骂道："就凭你？哈哈哈……只怕给你件皇袍穿起来都没人样！"

李东山把没抽完的烟丢在地上，然后用脚尖踩着旋转了两圈，哈哈笑着扬长而去。

那动作意味着什么，武丘很清楚，但他不害怕，因为他早想好了退路。不成功就离开李家村去城里开店，即使不离开，他李东山也未必敢对自己怎么样，因为他李东山有太多不可告人的秘密被武丘攥在手里。

"想不到在最关键的时候，背地里捅我刀子的人是我最信任的人！"李东山走了几步远又折回去恨恨地骂道。

"以后我就要仰仗你老人家了。"李东山这句话是嘲笑武丘。

武丘先是无地自容，甚至一度后悔。后一想，反正都得罪了，该做的做了，不该做的也做了，想收也收不回来了，既然如此，那还不如一不做二不休，再说了，我又怕他李东山什么呢？他的小辫子一条一条地拽在我手里，真正该怕的，是他才对。

武丘想到这儿便仰起头冷笑道："皇帝也有改朝换代的嘛，总不可能你一坐就坐到死吧。"武丘彻底地露出了真面目。那一个"死"字暴露了他对李东山早就心存怨恨和不满。

"你!"李东山一听他骂出个"死"字来,一口气怒上来差点没吐血。

"你个王八蛋,平时我没少给你好处吧?"李东山咬牙切齿道。

"顶多也就喝一口你吃剩下的汤,我给你的好处也许还超过你给我的那口剩汤呢。"武丘声音很低,但语气分量很重。

李东山几乎控制不住愤怒的情绪,几步上前一把拽住武丘的衣领,恶狠狠道:"没良心的王八蛋。"

武丘毕竟还是有些虚李东山,到底虚在哪里,他自己也说不清,也许是这么多年,他对李东山低三下四已成为习惯,李东山的虎威不知不觉地渗透进了他的灵魂和骨髓。

武丘立刻缓和道:"谁不想当村长?这是可以理解的嘛,你想当我也想当当嘛。"

"想当你跟我说呀。"李东山说。

"我跟你说,你能把村长让给我吗?这不是青天白日做大梦嘛。"武丘冷笑了说。

李东山想想也是,再想想自己有不少把柄落在他手里,还是克制为好,否则会出大事。想到这他便松开手,语气也缓和下来。

"你想当,我理解你,我们俩无论谁上都一样,如果我上,我还罩着你,如果你上,你自己好自为之,要告诉你一句,村长也不是那么好当的。"

李东山这番话是话中有话,那意思是你有能力当村长吗?

李东山说完转身朝村部走去,他一边走一边点燃一支烟,心里想着,以后如何整这个没良心的王八蛋。

李东山回到村部二楼,脸色很不好看,心中有不祥预感。

时钟敲响了11点。11点整,准时开箱验票唱票。

听说要开箱了,等候在村部的村民也都涌上二楼。武丘一家人也涌了上去。工作组见状把涌上来的村民拦在门外,说:

"你们都到楼下去等,这里有你们选出的村民代表监督票,你们就放心下去等。"

可是涌上来的村民你看看我,我看看你,谁也不愿走。

"都下去等吧，你们挤在这我们不好工作。"组长也开口驱赶他们。一部分村民还是不愿意离开。

"你们挤在这会妨碍他们工作呀，都下去吧。"齐云德走过来说。齐云德是村民选举出来的村民监督组组长。

大家只得纷纷转身下楼，只有武丘老婆怎么也不肯走。

40分钟后，投票结果出炉，共计264张票，李海龙181票，李东山55票，武丘23票，弃权0票，作废5票。

唱完票，镇工作组组长宣布选举结果，李海龙有效票数过半数，当选为李家村第四届村民委员会主任，即村长。这是村民自发选举出来的村长。

武丘老婆一听选举结果当场晕了过去。武丘黑着脸把老婆护送回家，没了声音。

这个结果对武丘和李东山来说都是意外的，而对村民来说则是意料之中的。

李海龙早就是李家村人心中的村长，逢年过节，李海龙必定去看望村里的五保老人，谁家遇到了天灾人祸，他李海龙必定会伸出援助之手。就说聋子，那年被蛇咬了截去一条腿，看病的钱也是他李海龙垫的，后来又把聋子安排在竹制品厂里看门，聋子的女儿考上大学交不起学费，李海龙二话没说，又给垫付了。

李海龙当选，李东山还是感到意外，因为之前没有一点点的风声。

李东山从第一届选举就开始担心的事情终于发生了，杆子，这个李家村唯一的秀才，终于当选夺了他的彩头。

回到家，他痛悔自己大意失荆州，痛恨武丘背后捅他刀子，其实这与武丘没多大关系，即使没有武丘那一出戏，他也注定要落选，因为村民的选举意识已经提高，谁能为他们谋利益他们就选谁。

第三十三章　百废待兴

　　李海龙当选为李家村第四届村民委员会主任，他没有过多的惊喜，有的是百废待兴的压力。老村的自来水成了老大难，水利和村公共服务设施是王小二过年一年不如一年。由于水渠到处倒塌，造成水土流失，每年的六七月旱季来临时，田间严重缺水，村民为了抢水，时有发生斗殴，有的彻夜睡在田间守水，黄伙生和李子兴本是表亲，因为抢水反目为仇，断绝了亲戚关系，大麻子为了抢水打伤了老孙的头，被拘留十五天，聋子家因为老实，田地只能看着旱荒。要做这些事情都需要钱，而村里唯一的收入就是所剩无几的林山承包金，大部分分给了农民。每年的林山承包金收入不过五万，还不够付一年的招待费，按以往，一年招待费过十万。最头痛的是老村的自来水和去镇里的路。从青龙山引水，估计不少于一百万元；通往镇里的路，已经十年未大修过，早被半个村人家的货车碾得坑坑洼洼，根本不成路了，现在连骑自行车都困难，可要修建这条路，李海龙初估计了一下至少要三百万元。李海龙想着这些，头都大了一圈。

　　"人家当上村长欢天喜地，你当了村长却愁眉苦脸。"李海龙的爱人五妹笑他。

　　"头大呀，这是个烂摊子，难收拾呀。"李海龙说。

　　"国家不是年年有拨钱吗，水利兴修，自来水工程，我听阿霞说过，国家每年拨很多钱的。"五妹说。阿霞的丈夫原来是村委的会计，后来因得罪了李东山被下了。

　　"到处还欠着债呢。一期自来水工程都是陈老板垫付的，李东山也够狠的一分也没给人，我才上任，他就上门讨要来。"李海龙对妻子诉苦。

　　"后人不管前人事，他欠下的你凭什么替还。"五妹说。

　　"那怎么行，村委是延续的，再说了，我们自己也做生意，将心比心，都不容易。"李海龙说。

"得，我不听你说这些，不管有多难，你这个村长得给我当下去。"五妹噘着嘴说。

李海龙明白，五妹这是要扬眉吐气，搞集体的时候自己家是死超支户，她跟着自己受了太多的委屈。

"这可是你说的哈，以后我不着家你别后悔就好。"李海龙笑了说。

"嘿，我后得什么悔？你这村长又不是我要你当的，是大伙要你当的。"五妹说。

"是啊，难就难在是大伙要我当的。不然我还真不想当这个没米的苦村长。"李海龙意味深长道。

"人家李东山当村长天天吃香喝辣，口袋还贼鼓，你呀，才几天，尽听你左一个难，右一个苦。"五妹不高兴道。

"当官不为民做主，不如回家种红薯，要为民做主，就要吃得苦中苦。难与不难，马上你就会知道了。"李海龙说。

"实在不好当，我们不干了。"须臾五妹突然劝丈夫不干。

"不干就要伤了大半个村人的心，你晚上睡得着吗？没事，即使不选我当村长，我也想为村里做点事，毕竟我是这个村的第一个秀才，雁过留声，人过留名嘛。"杆子说完下了楼，开车去村部。

尽管村里的经济状况是一摊烂摊子，但李海龙还是决定挑起这副担子。

李海龙在就职大会上承诺要为村民办三件大事。第一件就是解决老村的饮水问题。

整个星光镇已经没有吃井水的村子，唯独李家村的老村还在挑井水喝。而井水早在1986年就化验出含铅超标，不宜饮用，可至今老村的人依然在饮用井水。上级拨下的"饮水工程"工程款不知去向，但账目上却有明晃晃的"饮水工程"开支。村民多次向镇里反映过此事，李东山每次都列出很多理由，最主要的理由是垫付于新村自来水工程项目，第二个理由是村民不肯交自筹资金。所以每次村民的反映都不了了之。

第二件，就是修一条通往镇上的水泥路。李海龙明白修这样一条路会困难重重，最大的困难就是缺钱，但困难再大他也决心修。几百年来李家村都受制于路，因为无路，没有姑娘愿意嫁到李家村，因为无路，李家村无孩子下山读书，成为全镇的文盲村。路，是多少代李家村人的期盼和梦想。

早在 1975 年，在老队长的带领下，修建了一条黄泥土马路。这条马路曾经是村庄的翅膀，令村庄沸腾过。可实行家庭承包制后，大家都自扫门前雪，都只管走路用路而不管修路。由于多年未维修，路面的基石大块大块地裸露，车轮把路面压成两道深深的槽，雨后路面积水成洼，严重路段，车辆无法行驶，人也无法走过去，只能走田埂绕过去，骑车的人一不小心就会被裸露在外的石块掀翻在地。

第三件事，取消村部食堂，杜绝客人一个陪客一桌，甚至陪客几桌的大吃大喝的不良风气。

杜绝大吃大喝这条一出，村民个个拍手称快。

这么多年来，每次村里一有风吹草动的事，就开伙食，一开伙食就是好几桌，而且喝得烂醉，一个人口不到 300 的小村，一年的招待费居然超过了 10 万元，且逐年递增，递增的速度真是令人拍案而起。到李东山离任的这个年头，招待费已经逾 15 万元。而做公益事业的资金却年年递减，整条老街连一盏灯都没有，难怪有村民在水口树下偷着点香诅咒村委班子，这也是村民此次换届坚决不选李东山的缘故。

解决老村的饮用水问题是件头疼的事情。现在的老村已不是从前的李家村，一部分人跑到国道附近盖新房，一部分人居住在过去的古建筑屋里，还有一部分村民把房子建筑在村头村尾地势开阔的地带。这样一来，李家村居民零散，东一家西一家，这无疑要增加成本。但杆子说，再难也得把这事做了，老村代表一页历史，只要有一户人家不愿意离开老村，我们就不能丢下他，更何况现在大多数人还是选择居住在老村。

关于自筹资金是按户摊派还是按人口摊派，村委开会讨论了几轮，最后杆子拍板按人口摊派。

杆子承诺自来水工程自己家捐 1 万元，修路捐 10 万元。其他人，除特困户和五保户外，按人口摊派。自来水工程每个人口摊派 200 元，家庭经济条件好的鼓励多出。修路费用，也按人口摊派，每个人口摊派 500 元，有货车的家庭每人摊派 1000 元。

筹资大会上，当村委把"饮水工程"和"修路工程"的摊派方案公布后，李东山第一个发难。

那晚，李东山坐在会议厅的一角，心里无限不是滋味。他从一开始就提防的李海龙，最终他还是不可阻挡地夺了他的位子。李东山当然是不甘心的，他在外散布说，杆子之所以取消村部食堂，并不是为村里节约招待费，而是因为他自己家开了饭店，目的是为自家拉生意。李海龙得知后立马表态道：第一，透明村部招待费；第二，控制不超过5万元；第三，绝不上自家饭店，上自家馆店的一律自己出，不列入村部招待费。

李东山一计不成再生一计。他要利用筹资这事，对李海龙发难，以达到搅黄这两件事的目的。他不想看到一直烂在自己手里的事情，他杆子给做成了，这以后他李东山在李家村就更没脸面了。

李东山算了一下，家庭人口在七口以上的占全村的半数，尤其是杆子的死对头林大黑，已经从集体时代的吃口少劳力多发展为吃口多劳力少的现状。他决定从这里撕开口子，向杆子发难。

只见他慢悠悠地站起来，清了清嗓子，而后说："我现在虽然不是村长了，但我还是要说两句：第一，我认为摊派任务太重；第二，按人口摊派不合理，应该按劳力摊派比较合理，按人口摊派，有的还在吃奶，吃奶的孩子没走路，他凭什么要摊派？"

李东山话音一落，人口多劳力少的李发财和林大黑，立刻跳出来附和，强烈反对按人口摊派，其余人口多劳力少的家庭也纷纷跳出来反对。

会场立刻出现混乱局面，这种局面在李海龙意料之中。李海龙生活在农村，很清楚农民意识，农民的公益意识相对薄弱，看问题只看自己脚底下的三寸利益，离脚三尺外的地方是不愿意看的。所以，要做好农村工作，自己要带头牺牲自己的利益，才能说服大家。

李发财和林大黑嚷嚷完后，只见李海龙不慌不忙地站起来说：

"劳动力多人口少的，认为按人口摊派合理，劳动力少人口多的认为按劳动力摊派合理，说白了这个所谓的合理不过是算自己吃不吃亏的问题。

"都是乡里乡亲的，有必要算得如此精吗？又有办法算得那么精吗？"李海龙一席话，会场鸦雀无声。

"我是帮理不帮亲，吃奶的孩子又不会开车，凭什么要摊派修路费？"李东山继续拱火。

"是啊，吃奶的孩子连路都不会走，摊派修路费这太不合理了！"李耿辉说。他的老婆正哺乳一对双胞胎，这个摊派方案无疑对他最不利。

"吃奶的孩子不会长大吗？长大了也不要走路吗？"王丁开顶了过去。因为按人口摊派对他最有利，再加上他与李耿辉本来就不合。

李耿辉一听火了，与王丁开立刻干起嘴架。

"都不要吵了，大家听我说。"李海龙喊道。

"这条路，关系到我们村子子孙孙的问题。我们村曾经因为没有路而落下了文盲村的称号，我这一代人就只有我上过初中，你们觉得我文化高是吗？告诉你，我走出这个村，就会被列入文盲队伍。"

李海龙停顿了一下继续说："就说林大黑吧，刚改革开放的时候，他就知道去发车皮，这说明什么？"杆子把目光扫向黑压压的一片村民，等待他们的回答。

整个会场无一人回答，相反却出奇地静。

李海龙提高嗓门继续说："这说明他有经济头脑，但可惜，因为他没文化，吃了合同的亏，上了人家的套被人算计了，钱没赚到还落得一身债。这样的教训难道还不够吗？……现在国家有硬化道路政策，县里镇里也答应拨些款子给我们，我们班子还准备到省里跑些款子来，而你们自己要吃水，要走路，是直接的受益人，却斤斤计较不愿意出，这说得过去吗？我个人已经不在老村住，照样出资5万元，两个工程共出资25万元，我为了什么？就因为我是李家村的子孙，我有义务为李家村做点事情！"李海龙的目光再次扫过台下。

台下鸦雀无声。

突然，光棍李水生站起来说："我捐出我的全部积蓄修路。"

之后李长功也站起来说："我也把积蓄全捐给修路。"

"你们是五保户，原则上不摊派钱。"李海龙重复道。

"我吃五保，国家管我吃管我穿，我还要积蓄做什么。让我捐吧，就当是为下辈子行善积德吧。"李长功说。

"李长功说的话也是我想说的，唉，假如我年轻的时候有人领着修路，我也不会娶不上媳妇，打一辈子光棍！"李水生说着闪出了泪花。

李水生年轻的时候，还没有现在的这条泥土马路，上公社得翻几座山，去的时候是下山下山再下山，下到腿发抖，回来的时候是上山上山再上山，上到腿发酸。他谈了一个姑娘，父母一听是李家村的，死活不同意，硬生生拆散了他们。李水生为了挽回这份爱情铤而走险，以为和姑娘生米煮成熟饭，她父母不答应也得答应，他万万没料到，姑娘的父母一怒之下把他告上法庭，他锒铛入狱被判了七年。

"你们看看，两位老人，他们并没有后代需要到山下读书，也不需要到山下做生意什么的，但是他们都能如此慷慨解囊，你们还有什么好说的？"王春生站起来说。

全场再次鸦雀无声。

"我家人口在村里是最多的，我同意按人口摊派。"林大黑突然站起来大声说。

"我林大黑以前瞧不起杆子，现在我最佩服的人就是杆子！你说怎么摊派就怎么摊派，我都没意见！"林大黑这一举动可是石破天惊一笑泯恩仇。两个曾经的冤家死对头，居然站在了同一战线，把个李东山打得措手不及。

会场再次鸦雀无声，接着响起了热烈的掌声。

"他都同意了，我也没意见。"李发财紧跟在林大黑后面表态。

其余几家人口多的，看见领头的都熄火了，也不好再说什么，都跟着表态同意村委的意见。

李东山一看这情形，便灰溜溜地离开了会场。

第三十四章　钉子户

农闲，村委班子的工作重点放在自来水工程和修路自筹资金收缴上。因为杆子带头捐了 11 万元，所以收缴工作还算顺利，只有武丘一家钉子户死活不肯缴。

"只剩武丘一家死活不缴。"王春生向杆子汇报。

"多跑几趟，多做工作。"杆子说。

"我们都快跑吐血了，都记不清跑多少趟了。"王春生说。

"是啊，我有一天跑过六趟，那两个老人家态度比石头还硬，还动不动拿死来威胁我们。"妇女主任红芹说。

"我亲自去一趟吧。"杆子思索了一下，便带着村委班子亲自登门。

"要钱没有，要命你们就拿去，来，杀了我们吧。"武丘爹把杆子一帮人挡在门外。任由杆子怎么说道理老两口就是油盐不进。

杆子明白老两口的心结，他们心疼那两头猪被人给白吃了，还落下笑柄，他们想以自来水和修路费的自筹资金来弥补损失。

"人我们不能杀，但他家还有二头猪是可以杀的，我们强行杀他家的猪来抵缴。"在无功而返的路上王春生提议。

"不行，这是强盗行为，是违法的。"村长李海龙说。

"那怎么办？我现在都怕去，一去两个老人就威胁要吃老鼠药。"王春生说。

"昨天我去他们家还没开口，他们就嚷着要吃老鼠药。"杜云德说。

"要不就算了，逼急了老人家若真寻了短……"王春生说。

"不行，开了这个头以后的工作就很难开展。"李海龙坚决不同意。

"是啊，有一就有二，以后再要收什么钱，恐怕都学他家做老赖了。"妇女主任红芹说。

"这是武丘支的招数，自己跑城里了，把两个老人挡在前面，以为拿他没办法。"李海龙说。

"从今天起我们不找老人要，只找武丘要去。"李海龙沉思后说。

"你别提武丘了，我那天去城里顺便去了武丘店上，他把球踢给他父母，连一杯水都不叫我喝，直接赶我出去。"王春生说。

"我也顺便去过，遭遇和春生一样，被他赶出来了。"红芹说。

自武丘贿选村长失败后，自知赔了夫人又折兵，丢人丢大了，无颜再待在李家村，便连夜跑城里盘了个饮食店，之后再没回李家村。

"你们笨，他赶你们走你们就走？明天起，你们五个就坐到他店上去，不给水喝自己倒，不给凳子坐自己拿。不给钱就不回来，见顾客就诉说你们的来意，看他武丘还要不要面子，要不要做生意。"李海龙说。

"这个办法好！"同行的几个人都笑了起来，说这个办法好。

"唉，这也是没办法的办法，乡里乡亲的，不是万般无奈也不会出此下策。"李海龙叹道。

李海龙的办法果然管用。武丘顶了半天就顶不住了，他气急败坏地把自筹款交了。

武丘的爹娘听说儿子被逼交了募集款更是心痛到摇刺一样，老两口一商量便拿了老鼠药跑到李海龙家去又哭又骂又撒泼。

五妹一看气不打一处来，心想我还窝气呢，老公一甩手就捐了11万元出去，11万元在城里可以买两套房子呢！没得好，还要受这窝囊气。

五妹气得跳起来，挑着他们家的痛处戳，说："二老心疼那两头猪被他们白吃了是吧？但是，您二老可要凭良心呀，我们家可是没吃你们家的猪肉哦，而且我还投了你儿子一票哦。实话告诉你，我家老公压根就没想要当村长，即使现在，只要村民大伙同意你儿子当，我老公立马让出来。"

五妹顿了顿，继续说："你说这当村长有什么好？我老公不当村长的时候，一心一意做自家的生意，现在倒好了，贴人力还要贴财力。就说老村的自来水，我家又不住老村，可我们家一样出了1万元！修路我们家又出了10万元，一共出了11万元呀！这11万元是风刮来的吗？就是风刮来的也要起得早去捡呀！你们说是不是？"五妹大声问围观的村民。

围观的人立刻叽叽喳喳替五妹打抱不平，有的公开指责两位老人不像老人，为老不尊，甚至有人骂他们吃大便老的。

武丘父母自知理亏，在众人指指戳戳下停止了撒泼，从地上爬起来欲灰溜溜地离去，可却被五妹拦住继续数落。

"您二老凭良心说说，做自来水和修路是为全村的子子孙孙造福，我家出了11万元，没功劳也有苦劳吧？您二老跑我家又哭又闹，这还有天理吗？"五妹突然哭了起来大骂道。

五妹也有一肚子的委屈，她要借这个机会好好数落数落，倒倒苦水。

"好啦，得饶人处且饶人。"李海龙看两位老人已经狼狈不堪，心软了便过去拉开五妹，让两位老人回家去。

待两位老人走后，杆子对五妹竖起大拇指说："一物降一物，老婆，你厉害！今天若没你出马，我可对付不了哦。"

"哼，我还没有数落你呢，别人做村长，都大把大把的钱往家里捞，成片成片的山自己包，三天两头吃香喝辣。你倒好，却大把大把的钱往外贴，贴了钱还招人骂，你这是做的什么狗屁村长啊！"五妹气不过数落起丈夫来。

"我们不能和人比，人比人气死人，老婆大人！"李海龙赔笑道。

"不比也行，但我把话撂这，你可不能老拿家里钱往村里贴，下不为例。"五妹说。

"现在村里困难，百废待兴，我这个带头大哥不身先士卒怎么行！"李海龙又赔笑道。

"村里困不困难我管不了，反正不允许你再贴钱，否则，我跟你急。"五妹认真了。

"你权当行善积德嘛。"杆子依然赔笑道。

"那也不行，公是公，私是私，老贴钱这不是个办法！"五妹说。

"老婆说得对，我也在想这个问题！"李海龙进入沉思。

其实杆子又何尝想贴钱？只是箭在弦上不得不发。村里除自己一家企业外，无第二家企业，集体林也只剩下窟岭和狮子坳这两片，加上鱼塘承包等，每年收入不过10万元，而小小一个村的开支，你再怎么勒紧口袋用，一年开支不下30万元，每天都有你想不到的开支，洪灾、旱灾、禽流、公益，等等，以及各项检查，就为应付各项检查的广告标语牌这一项开支就令人咋舌，每年居然要上万元！真是不当家不知柴米油盐贵啊！

其实妻子不数落，李海龙也在考虑这个问题，自己老往外垫钱也不是长久之计。自家的每一分钱都是血汗钱，来之不易。想想刚开车那会，早上6点多出发，到看不见路才回家，天寒酷暑，一天都不舍得休息，累得有时候眼睛都冒黑星，也正是那会落下了腰椎间盘突出的病根。后来办了竹木业厂，更是不容易，第一次出口新加坡那批货，因为没有考虑到那里的气候潮湿，再加上技术不成熟，结果全部发霉长虫，辗转退回国内后，已经彻底成了废品，这次惨痛的教训几乎把自己击倒，好在有政府和农村信用社的支持，才渡过难关，有了今天的局面。

杆子思考着，必须发展村集体经济，改变一有困难就伸手向上级部门要的坏习惯。就目前情况，每个村的村集体经济都是一张白纸，每个村都削尖了脑袋，巧立名目，甚至不惜报假工程，找上级各有关部门要款子，每个村就像一个不劳动就知道哭着找父母要奶吃的孩子，长期下去不是办法。

李海龙敏锐的目光，瞄向了老村。老村是一座保留古迹比较完整的古村落，古塔、祠堂、雕梁画栋的大院，精美的雕砖艺术；古建筑群，错落有致，远望，如一幅水墨丹青画；长长短短的石街古巷，纵横交错；深深浅浅的小巷，曲径通幽，随处都遗留着古迹的美。更有虎跳岭的瀑布，落差200多米，春天水源丰沛的时候，真有"飞流直下三千尺"的气势。

这是建设度假村和旅游的绝好地方，可以试着招商引资，一旦开发成功前途一片光明。

李海龙想到这里站起来就走，却被五妹喊住。"你饭还没吃呢，又要去哪？"

"去村部开个小会。"

"今天你哪也不能去，省里跑资金才回来，你的身子不是铁打的，给我好好歇着！"五妹心疼老公。

为了自来水和修路项目款，来往省城好几十趟，还没见着关键人物！

李海龙只得坐下来，不一会他居然斜躺沙发上睡着了，五妹心疼地轻轻为他披上毛毯。

心里叹道："看把你累的。"

第三十五章　出师不利

晚饭后，王偄月把家中里里外外都收拾了一遍，她就要去城里闯荡，以后就没有时间再照顾这个家了。干完家务，李国根已经熟睡，她走到这个男人的床边俯视了许久，而后默然离开。

第二天，天色未亮，她怀着忐忑又释然的心，悄悄起床，拿了行李，出了门，迅速淹没在黎明前的黑夜中。大约半小时后她上了顺道班车。临近县城时她的心跳开始加速，她想象着种种状况，但就是没有想到会是这样的状况。

中午 11 点她在县城汽车站下了车。一下车，她顾不上吃饭就一路打听哪里有店面租，她把三条主街跑了个遍没一家要盘店面。可以说是一店难求，倒是有两家要转让，可转让费高得令王偄月望而生畏。

直到天黑她胡乱吃了碗面便去了火车站。火车站人山人海，她以前开古亭小卖部的时候上城里拿过货，知道车站的情况，人山人海。有人的地方才有生意，她去的目的有两个，一是想看看那里是否有店面出租，二是决定今晚就在车站候车室的长椅上对付一夜，这样可以省下住宿费。

夜晚的车站，灯火通明，旅客挤满候车室，她没有票根本进不去。她只能在车站的广场转悠，广场亦挤满了黑压压的旅客。左边一排都是炒馆店，她数了数有六家，马路对面是各种摊点，但多数是水饺摊和面摊。王偄月溜达了一圈，发现每一家都忙不赢。她站在一家面摊旁观察，大约一小时工夫就卖出了二十来碗。

若实在找不到店面，就也开个面食摊。王偄月正想着有人撞了一下她，她下意识地警惕起来，拎紧包包左右环顾。过了一会儿那个撞她的女人靠近她悄悄提醒道："刚才有人想扒你，所以我撞你。"

"哦，谢谢阿姨！"王偄月很是感激。

"乡下来的吧?"那女人"扑哧"一声笑着问。

"你怎么知道我是乡下来的?"王僖月有些惊讶。

"听你的口音,还有城里人不会喊比自己年轻的女子阿姨,会把人喊老的,只有乡下人老少都管喊阿姨。"那女人说着笑道,她并不生气。

"这样啊,我不知道,我们乡下人喊阿姨是尊重的意思。"王僖月连忙解释。

"不用解释,我知道,我也是从乡下来的。"那女人说。

"哦?你也是从乡下来的?"王僖月又惊又喜下意识地与她拉近了距离。

"你是不是星光镇的?"那女人从口音判断出王僖月来自星光镇。

"你怎么知道?难道你……"王僖月更惊喜。

"是的,我也是星光镇的。"那女人笑笑说。

"可你一点家乡口音都没有。"王僖月说。

"是啊,我来好多年了,16 岁就来了。"那女人说。

"那赚到钱了吗?"王僖月脱口而问。

"怎么说呢,你说赚到也没赚到,你说没赚到又赚到了,毕竟开了自家的旅馆。"那女人说。

"哦?你开旅馆?"王僖月又一阵惊喜。心想自己正要找旅馆却有人撞上来,根本没去想她是为旅店拉皮条的,甚至不知道有这行业。

"几个人合股的,就在前面不远的蓝天旅馆。"那女人说。王僖月犹豫了一下忍不住问道:"多少钱一晚上?""不贵,五元通铺,十元双人。"那女人装得漫不经心,并不急着招揽她这份生意的样子。

"通铺是什么意思?"王僖月迟疑片刻问道。"就是五六个人一间大通铺。"那女人说。"如果有贵重物品或者身上带有钱最好住双人间,安全。"那女人又立刻补充道。

王僖月沉思想了想说:"我住双人的。"

于是王僖月跟着女人走了。"其实我也没什么贵重东西,更没什么钱,只是我怕吵。"王僖月一边走一边解释。人生地不熟她怕财露。老人言,财不外露,外露必遭凶。自己虽然不是腰缠万贯,但也是带了 5000 元资金,相当于她十个月的工资。

"明白。你的选择是对的,通铺不仅人杂,也十分不卫生。"那女人说。

"看你细皮嫩肉的，生活条件应该不错，怎么还出来打工？"女人试探性地问。

"你怎么知道我是来城里打工的？"王僖月又惊讶，自己并未说过来打工之类的话。

"不是来打工的就是来开店做生意的，无外乎这两种。"女人说。

"我不是来打工的，我想来找个店开。"王僖月犹豫后选择说出自己的来意。她潜意识地希望这个同乡能帮她找到店面。

"我说呢，看你这气质就是老板娘。"女人立刻恭维道。

"哪里，是你说得好。"王僖月说。

"对了，找到店面了吗？"

"还没呢。跑了一天，五四路、解放路、五一九路，都跑了个遍，没一个空店。"王僖月把今天的状况说与她听。

"城里生意好做，一店难求。到了过年过节，尤其国庆节，便大都能卖掉。要不然，五四路一个店面的转让费都要好几万。"那女人说。

"是啊，五四路有一家挂牌转让，我问了，他说转让费要五万，吓死人。"王僖月说。

"是三岔路口的那家吧？"

"好像是。你怎么知道？"王僖月说。

"那店东家黑心，专门吃转让费，出租一两年后就开始百般刁难，不断加店租让老板不堪重负，不得不退店跑路，东家就开始招租收转让费。"那女人说。"你刚来，不知道城里人坏，你若真想租店，明天我帮你打听打听，带你转转，我已经是半个城里人，他们不敢宰我，你不同，一听你这乡巴佬的口音，良心坏的就起宰心。"那女人带王僖月来到蓝天旅馆住下后，临走丢了一番暖心窝子的话，使得王僖月感动又庆幸。

"你回吧，记住我的话，在外要多长几个心眼，不要那么轻易相信人。比如，你这么轻易就跟我走，万一我是坏人你怎么办？！"这是王僖月送她至门外，那女人又一番掏心窝的话，使得王僖月一个劲地说自己福气好，遇上老乡遇上好人。

第三十六章　防不胜防

第二天那女人果然带王僖月转了一天，转到解放路和五四路交汇的芙蓉巷，看到一家副食品小卖部粘贴着一张大红纸，红纸上写着醒目的四个大字"本店转让"。王僖月上过三年级，她认得这几个字，她的心怦然跳得厉害。

"你别开口，我来问。你乡下口音重。别人一旦识破你是刚从乡下来的，容易起歪心坑你。"陈芳芳说。昨晚临别那女人自报姓名叫陈芳芳。

"老板，这店要转让？"陈芳芳上前问。"嗯"老板从鼻孔里"嗯"了一声，表现出一副不屑的嘴脸，陈芳芳一点都不在意，依旧满脸笑容。

王僖月打量了一下周围的环境，虽然是转角，店面也不大，但是个金三角，周围一带居民进进出出的必经之地。俗话说："不怕店小，就怕不是金三角，拥有金三角，吃饱全家老小。"

"转让费多少？"陈芳芳又问。

"一万。"老板说。

"太贵了，这又不是主街。"陈芳芳说。

"可这是金三角，没看到这进进出出的人，与主街差不了多少。"老板说。

"还行，便宜一点嘛。"陈芳芳说。

"7000元。"老板想了想说。

"这是最便宜的了。"老板补充道。

"你看呢？"陈芳芳小声问王僖月。

"问他每月租金多少。"王僖月沉思后说。

"月租金1500元。"老板说。

"是你想租还是她想租？"老板紧接着问。

"是……"王僖月想说是我，可立刻被陈芳芳拦住。

"我们是姐妹，都一样。"

"想要就要抓紧，这金三角的店，是皇帝女儿不愁嫁。"老板丢下话不再理会。

"好，等我和姐姐商量一下。"陈芳芳将王僖月拉到一旁嘀咕。使劲煽风点火劝王僖月盘下这个店，说转让费说不定一个月就能回来。一年赚个一二十万没问题。只是王僖月听了这些话反而犹豫了。心想，老板为什么要转让掉一只能下金蛋的鸡呢？

"这个店这么赚钱，他为什么要盘掉？"王僖月突然反问陈芳芳。陈芳芳一时语顿。"是啊，他为什么要盘掉呢？也许他家里出了什么事，也许……"陈芳芳勉强解释。

"老板，我姐姐问你这么好的口子，为什么要盘掉？"陈芳芳不得不去问老板。

"如果不是我老婆去上海开店了我是不舍得的，老婆在上海没办法呀，我若舍不得这店，就怕几年后老婆是别人的了，我不能捡着芝麻丢了西瓜对吧！"店老板说。

"那是那是，老婆更重要，再说了，上海发展前景更大，如果我是你连夜都跑去了。"陈芳芳说。

"那没办法呀，总不能把店里的东西都扔了。"老板说。

"店里的货怎么盘？"王僖月问。王僖月已经顾不了自己的乡土音。

"按成本，亏一点也行，只是不要让我亏太多，亏太多我心痛。"老板说。这时老板拿来了个杯子分别给王僖月和陈芳芳倒了水。

"我理解，这是当然的。"王僖月说。

"看得出，你是个心不狠的人。如果你真想盘，转让费我亏 2000 元，5000 元给你。"老板对王僖月说。

"老板，你也是个不狠的人。那这事情就这样定了，你看呢？"陈芳芳居然替王僖月拍板。搞得王僖月很尴尬。

"那你们就交定金吧，交了定金这店就是你的，我就把转让的牌子撤了。"老板说。

"交多少定金？"陈芳芳问。

"交 2000 元吧。五天之内不来我重新招盘，定金不返还。"老板说。

"行，我们五天内一定来！"陈芳芳说着就催着王僖月付定金，可王僖月却拖着迟迟没掏出钱，她冥冥中总觉得哪里不对，但又说不出来。

"姐，这店早一天盘下来，早一天赚钱。"陈芳芳在一旁劝道。

"总觉着太急了。"王僖月冥冥中有不安的成分。

"容我再想想吧。"王僖月做出令陈芳芳意料之外的决定，陈芳芳气呼呼地甩袖而去。骂王僖月优柔寡断将一事无成。

到了晚上陈芳芳主动去找王僖月道歉。"我仔细想了想，姐姐是对的，我们偷偷蹲几天，看看生意是不是如老板说得那么好，如果是我们就盘，如果不是妹妹再帮你找别处。"

王僖月其实并没有责怪陈芳芳，反倒觉得陈芳芳骂得好，自己在爱情上何尝不是优柔寡断，当年韩力辉鼓励自己勇敢地打破封建包办婚姻枷锁，自己就是迟迟不敢向前迈一步，如果当年自己果断一点勇敢一点，也不至于嫁给李国根，一朵鲜花插在了牛粪上。

王僖月很高兴陈芳芳不怪自己，还请她吃了夜宵。王僖月怎么也没想到陈芳芳其实就是个骗子，她根本不是蓝天旅馆的股东，而是干着拉皮条吃回扣的行当。她领王僖月去看的店面是在政府征收改造扩建拆迁范围的店。正经营的潘老板是半年前被陈芳芳骗来接手的，本以为亏定了恨透了陈芳芳，那晚陈芳芳突然出现在他面前，他真想揍她，当老板得知陈芳芳的来意时便把她当姑奶奶喊。

有陈芳芳给潘老板通风报信，王僖月的一切防患措施都是徒劳的，王僖月偷偷蹲了三天，潘老板的生意好得令王僖月热血沸腾。

王僖月开过副食品店，她知道利润是可以对半赚的，如果每天平均营业额能达到 1000 元，那每个月利润会上 15000 元，扣除开支和店租，净利润轻轻松松可达万元。自己在养鳗场打工，工资算很高了，一年也不到万元。

在敲定店里的剩余存货一律按五折盘后，王僖月决定盘下这个副食品食杂店，尽管冥冥中有说不上来的不安。

第三十七章　栽跟斗

　　僖月估算了一下，盘下这个店需要 3 万元左右，她悄悄回了一趟李家村，找五妹借了 2 万元，义无反顾回城盘下了小店。

　　王僖月盘下小店后，满心欢喜，因为生意确实还不错。她想老天爷总算照顾自己一回了，让我捡了个大便宜！一会又云里雾里，感觉自己在做梦，前几天还在给人打工，一转眼就成了老板娘，难道天上真有馅饼掉？而且正好砸在我王僖月头上？老人们常说天上不会掉馅饼，就是掉了也未必就刚好砸到你。想到这王僖月又有些忐忑，可问题在哪呢？她又说不出来。

　　好在生意的确不错，使得她的心安了下来。

　　王僖月陶醉在欣喜中，她想着一年搞得好赚个十几万没问题。但很快美梦就碎了。

　　她从店东家那得知这个地段在城市道路改建规划内，很快就要被拆迁，也可能就下个月。更可恶的，潘老板在盘店的头一天进了很多假烟，盘的时候因为太多货一时疏忽没发现。

　　僖月得知事情原委几乎晕倒，知道自己被陈芳芳狠狠坑了。气愤之下跑去蓝天旅馆找陈芳芳讨说法，得到的信息是她根本不叫陈芳芳，她叫张利芳，张利芳是不是她的真名，旅馆老板和工作人员也不清楚，她更不是蓝天旅馆的股东，只是拉来客人就给她 20% 回扣而已。

　　王僖月欲哭无泪只能认栽。

　　王僖月盘下的店，才开了一个半月就被拆了，转让费 5000 元硬亏了，再加上假烟，王僖月盘算了一下，亏了一万多，心痛得几个晚上没合一下眼。

　　店面被拆了，一时又找不到合适的店面，剩下的货，王僖月每天就在街头巷尾摆地摊，晚上就去火车站卖香烟。去火车站卖，一是那里旅客多，一个晚上可以卖个百来元钱。另一个原因，她希望能在火车站找到陈芳芳，毕竟陈芳芳都在这一带活动。

那晚天空突然下起了雨，王僖月也挤在候车室的屋檐下，一个熟悉的身影在人群中朝前挤去。是她，陈芳芳！

王僖月立刻朝前挤，可陈芳芳似乎早发现了王僖月。她不顾一切朝前挤，不惜推倒左右，眼见距离越拉越大，僖月只得大声喊"陈芳芳"。

陈芳芳没有回头，她以更快更急迫的速度往前挤。

"陈芳芳，你别跑！你这个骗子！"王僖月一边挤一边大喊，无奈自己身上挂着卖香烟的木制牌很快就被她甩远了，等挤到候车室屋檐的最尾端时，陈芳芳早已不知去向。

王僖月叹着气往回走刚转过身就听见一个熟悉的声音："大姐，你？"

是养鳗场的小丁。他家里盖房子回了一趟家乡，现正要回养鳗场。"大姐，你怎么在这卖烟？你不是在开店吗？"小丁问。

"别提了，运气不好，遇上坏人，被人给坑了。"王僖月把事情说了个大概。

"原来是这样，要不再回去吧？趁养鳗场尚未新招人。"小丁说。

"谢谢，我这样子哪还有脸回去。"王僖月苦笑。

"这样子怎么啦？靠勤劳吃饭不丢人，说实话，原来我倒是有点……"小丁打住后面"有点瞧不起你"的话。"现在我佩服你，你一个女人，遇到这么大的事还能挺得住。"小丁说。

"我的事你回去别告诉任何人行吗？"王僖月说。

"包括卢老板？"小丁说。王僖月点头。

"其实卢老板他……"小丁想说卢老板很爱你，但立刻觉得不妥，他清楚王僖月不是那条路上的人，她就是因为这原因才走的。"我们大家都想念你烧的可口的饭菜。"小丁改口道。

"我不会回去的，你们找别人吧。"王僖月说。

"找了几个都不满意，你走了我们才知道你的好。"小丁说。

"你若回去，我建议老板给你加工资。"小丁进候车室时丢下话。

"我不是为了要加工资，其实工资不低了，谢谢你们的照顾！我也不为别的，现在我才活明白，我是为了一个梦。"王僖月说。

自从古亭小卖部的事被武丘搅黄后，一直是她心中的痛，她总想着什么时候再开个店。可在村里开是行不通了，村里这样的小卖部已经有三家，要实现这个梦就只有上城里开。来城里这些日子虽然吃了不少苦，但她心里却越来越豁亮。她清楚地意识到自己走这一步路是对的。

小丁回到养鳗场，忍不住把王僖月的事情告诉了卢海发。卢海发冷笑："她很快会回来哭着跪着求我的。"卢海发嘴上逞能这么说，其实他心里有底，王僖月不会回来求他。在与王僖月接触的一年多里，他隐约看到了王僖月倔的一面。倒是卢海发趁出差刻意去了火车站，找到王僖月求她再回养鳗场，但遭到了更坚定的拒绝。

第三十八章　路是走出来的

　　店面太贵王僖月租不起，王僖月开始在老街里寻找居民屋，她想把农村那一套庭院店铺的办法搬到城里来，最开始的想法只是自己有个安身和存放货物的地方，她做过生意知道年底货物都会涨价，年前要存一些货，要存货必须找一处能存一些货的地方，为了房租便宜，她只能找闲置的老屋，那样的房子最便宜。

　　功夫不负有心人，在汽车站的背后老县衙街有一处古民房，两层楼，房子很大，里面只住着一个老人。这里转个弯出去一百米就是汽车站。王僖月认为那里非常适合做乡下小店的批发生意。她自己就在乡下开过小店，也来城里进过几次货，知道乡下人来进货一要便宜，二要交通方便。这里不是主街，也非店面，有房租便宜优势，自然就有价格优势，地理位置交通方便，是王僖月看过的最佳之地。就是不知道人家肯不肯出租。

　　王僖月试着与房主聊了聊，说出自己的用意想租他的一楼开店。没想到房主说出王僖月的意外惊喜。

　　原来住在里面的老人并非房东，他是帮助亲戚看房子的。房子主人是他的外甥，他在农科研究所工作，父母已经都不在了。这房子没人住很容易烂掉，尤其古建筑物，多为木质结构。这才让自己的乡下舅舅来看房子，每月还得给舅舅伙食补贴。而老人又不适应城里的生活，他早就想回到自己的乡下去，到处都是熟悉的，也可以与家人团聚。

　　老人得知王僖月的用意，马上去了电话亭让王僖月给自己的外甥打电话。电话那边自然是一口答应，租金随便她给，王僖月考虑要花一笔钱装修，所以提出前两年每月300元，第三年每月500元。对方满口答应，毕竟对他来说这也是一举两得的好事，省得每月还得支付舅舅看房子的费用。王僖月也意外捡了个便宜，双方各得其所，皆大欢喜。

　　王僖月又向闺密五妹借了 2 万元用于装修和进货。僖月给未来的店确定了八字方针：价廉物美，诚信经商。店名就取"诚信平价食品批发"。

　　八字方针很快为王僖月招揽来生意，附近居民一传十十传百，不少人都抱着试一试的心态慕名而去，可一去便成了王僖月的回头客，甚至做起了免费宣传员。有时会有一波一波的退休老人，仿佛去旅游或者去锻炼一样，邀伙坐市内公交车来到王僖月的店买副食品。除此之外，她专门雇了人到各乡镇赶圩，以极其微薄的利润卖货，其目的主要是宣传招引各乡镇的大大小小的店铺去诚信平价副食品批发店进货。

　　王僖月的一系列举措果然奏效，生意一天比一天好。原先在汽车站正对面永康副食品批发店进货的老客户，得知汽车站背面有个价廉物美的副食品店后，便纷纷跑到王僖月的诚信平价副食品批发店进货，成了王僖月的老客户。

　　又一个夜晚来临，王僖月打烊后的第一件工作就是盘点。今天她的日营业额达到 5 万元，这是她开店五个月以来的最好成绩，即使按最低利润 5% 计算，今天她一天就赚了 2000 多元，何况有些商品的利润远远不止 5%，比如烟，尤其紧俏牌子，利润可达 40%，甚至更高。不过今天令僖月兴奋的还不只是营业额又创了新高，而且她今天迎来一个稀客，万兴楼酒店老板。万兴楼酒店是这个城市最大最气派的酒店，也是县城唯一一家四星级酒店。

　　王僖月早就听人说能拿下这家酒店的生意一年按 5% 的利润计算，也可以赚到 10 万元。这样的大客户王僖月连想都不敢想，可今天万兴楼酒店的经理主动找上门来了。尽管他开出的价，有些商品几乎没利润，但王僖月也决定做这笔生意，哪怕亏一点王僖月都会做，因为王僖月很清楚，万兴楼是这个城市的名片，做万兴楼的生意相当于一张无形的宣传单，能为她招徕其他酒店的生意。

　　晚上盘完点，王僖月的心情久久难以平静，她抚摸着那些钱，脸上绽放出笑容。此时此刻她不免又想起了两个人。一个是他的师傅李长功，另一个是她的闺密五妹。自己能勇敢地跨出这一步，走上这条路，全靠他的师傅李长功的鼓励。古亭小店被武丘夺走后，李长功就劝过王僖月去城里开店。那时候王僖月还没有胆量来城里开店，她去了五妹店里打工。后来又因养鳗场工资高去了养鳗场当烧饭婆。在养鳗场烧饭的那些日子，每一次遇上李长功他都要叨叨僖月，说："如果我是你我早去城里开店了，再高的工资都顶不上做生意。"李长功叨叨得多了，去城里开店就像一颗种子不知不觉种进了僖月的心里。一旦被某件事情触发，这粒种子就会迎着春风，破土而出。

如果说李长功的话语是僖月心中的种子，那么闺密五妹的支持就好比给了种子泥土。说实话，没有五妹的经济支持，王僖月也是没胆量来城里开店的。"你只管去，钱不够我借你，多我不敢说，三万五万我随时拿得出。"这是五妹给王僖月吃的第一颗定心丸。

王僖月锁上抽屉想着五妹的好，下楼去给五妹打电话。另外决定先还了五妹的钱，毕竟做生意的人钱再多都是不够用，有进不完的货。

她拿起电话拨了过去，电话那头"嘟嘟嘟"地响了几下就传来五妹的声音。王僖月忍不住对五妹报喜。五妹为王僖月走出了困境而非常欣慰。

放下电话后，僖月的脑海里一直萦绕着一桩事情，就是城里房子卖爆火的事情。她从房子想到店面，房子在涨价，店面也一定会跟着涨价，可现在店面还没涨价，这是一个机会。自己租的第一个店面被拆，是因为改造城市拓新街，听说那里店面没人敢预定，有个老客户多次跟王僖月建议过，说去那里买个店面，将来一定涨价。

想着这事，王僖月让在店里帮工的侄女小菊把那老客户的电话找出来。

第三十九章　路难行

　　杆子带着王春生一夜奔波来到省城，又遇上预算科周处长临时有会议，杆子一等就等到了下午 5 点多，才被唤了进去。杆子连忙向周处长汇报村里修路的情况，可汇报才开了个头就被周处长打断。

　　接着周处长摆摆手说："你们可以走了。"

　　杆子惊愕，大着胆子说："处长，我的汇报还没……"杆子的最后一个"完"字还未吐出就又被处长打断。

　　"我知道你没汇报完，可是下文不用汇报我也知道，像你们这种情况的村在我国农村目前是普遍现象，或者说非常多，别说是村，有好多乡政府都存在你们这种情况，山路崎岖盘旋，明明县城近在咫尺，却因山路崎岖盘旋，班车要开上几个钟头才能到达目的地。甚至连贫困县都存在你们这种情况，这不是省一级财政资金有能力解决的。"周处长道出原委。

　　杆子一听千辛万苦托人找到的关系居然连一星子钱都搞不到，心一急便"扑通"一下跪下。杆子在来前就想好了就是磕头下跪也要弄到一点钱回去。

　　"你这是干什么？"周处长一看杆子给自己下跪有些生气。

　　"原因都和你说明白了，只能自己回去想办法，我帮不了你。"周处长起身去拉他。

　　"我们该想的办法都想了，乡亲们该捐资的也都捐了，实在没别的办法我才到您这来的，恳求处长多多少少给安排一点，哪怕几千也好。"杆子有不给钱就不起来的势头。

　　"你先起来说话，不然我叫保安来拖你出去。"

　　杆子见周处长真动怒了只得站起来。

　　"你坐。"周处长指着一把椅子让杆子坐。

"我跟你说，财政的钱不是我说了算，也不是谁说了算，要按预算有关法律法规走，再说了农村面积广大，农村路的问题是宏观问题，宏观问题只有国家力量才能解决，你明白吗？"

"国家力量能解决？那要去找哪个单位？"杆子一听国家可以解决立马又来劲了。

"国家力量指的是国家政策，国家要有这个项目的政策，就有专项拨款，比如现在正在进行的'农村广播电视村村通项目'，国家就有专项拨款，专款专用。"周处长向杆子耐心解释道。

"我们村也没拿到这笔资金。"杆子说。

"这项资金是统一拨到县市一级，由县市级统筹规划分三个阶段逐步实现村村通建设，到'十一五'期间，要全面实现农村广播电视村村通。"

"原来是这样，什么时候中央来个政策，实现农村道路村村通那该多好。"杆子憧憬着脸上情不自禁露出笑容。

"会有那一天的，面包牛奶都会有的，历史是前进的，但需要时间。"周处长说完让叫下一位。

杆子从周处长办公室出来，才发现自己烧得厉害。王春生建议他去医院看看，杆子嫌麻烦，说在县医院看病都那么费劲，省医院还不知道要折腾成怎样，好人都会被折腾出病来。杆子开车找了家药店买了感冒药和退烧药又要了杯开水就在药店服了药。

服完药杆子叫王春生上车回去。王春生问回哪去，杆子说："当然是回李家村呀，难不成你还有另外的去处？"

"就回去？不找个旅馆住一夜？"王春生有些诧异。

"省城旅馆贵，能省就省，再说了村里这些时间事情比较多。"杆子说。

"再多事情也不急于一个晚上，你还发着烧呢。"王春生提醒道。他非常担心杆子的安全。王春生自己也是司机，虽然开的是货车，但道理是一样的。不能疲劳驾驶，身体发烧发热时更忌讳开车。而杆子这两个忌讳都摊上了。昨天晚上开了一晚的车，一眼都没合，今天又在极度担忧中等了一天，现在还发着烧。

"怕旅馆贵要省钱，旅馆费我私人出。"王春生说。

"怎么可能让你私人出，其实也不完全是旅馆费的问题。我这不是想早点回去处理胡季寿的事情嘛，他卷款跑了，我得负全责。"

"这也不能全怪你，同意预支是经过村委会全体同意的。"王春生说。

"虽然是经过村委会全体同意的，其实大家是给我面子，毕竟他是我同学。"杆子说着又剧烈地咳嗽起来。

"不管怎样，你无论如何不能在这种状况下再熬夜开车。"王春生斩钉截铁道。

"我开慢点。"杆子犹豫后还是决定连夜回村。

车子在朝着回去的路上慢慢前行，杆子时不时剧烈地咳嗽。王春生的心越悬越紧，他的脑海里浮现出一幕一幕的车祸惨状。

"停车!"在小车快要驶出省城时王春生忽然大叫一声。

杆子不明白发生了什么，条件反射一个急刹车。"你一惊一乍干什么?"杆子大声问道。

"我肚子疼得厉害，我要找个地方拉稀。"王春生捂着肚子一副十分痛苦的样子。

杆子只得找个车位靠边停下。王春生匆忙下了车，但并没有去拉稀，而是闪进一家商店，交了电话费，给五妹打去电话。他把杆子的情况一一告诉了五妹，要五妹出面劝杆子住一夜别连夜疲劳驾驶。

五妹一听这种情况急得要哭，并大声喊道："叫他接电话。"

话音落下王春生哭笑不得，说："我的姑奶奶，你以为我是用他的大哥大给你打电话呀，我是骗他闹肚子要上厕所跑人家店里给你打的。"

王春生说出原委，五妹也哭笑不得。五妹放下电话，立刻就拨杆子的大哥大，可电话那头就是无人接，五妹冲着电话喊："老公，你快接电话呀!"

五妹一波接一波地打过去，电话那头始终无人接，五妹急得抓狂，按王春生刚才拨打的电话打过去，店主说打电话的人走了。

五妹又一次拨打过去，对方关机了。五妹颓然跌坐，不知道如何是好。一会五妹打通了王僖月的电话，把刚才的事情说了一遍，并请僖月拨打一下杆子的电话试试杆子是否会接。王僖月立刻拨打了杆子的大哥大，对方也是关机。王僖月只能把情况反馈给五妹，然后安慰五妹兴许是没电了，让她别急，有王春生在，不会出什么事。

王春生打完电话回到原地，见驾驶座上无人，把头伸进去看，发现杆子躺在后座睡沉了。王春生脱下衣服给他盖上，想到该给五妹报告一下情况，可却找不到他的大哥大。再细一看，公文包里的材料都散落了出来，他觉得奇怪，但没多想，继续找杆子的大哥大。王春在前座位没找到大哥大，不觉向后座熟睡的杆子看去，并下车猫进后座位摸杆子的口袋，也不见有大哥大。王春生顿感不妙，连喊了几声杆子都没反应，只得摇醒杆子。

杆子醒来也找不到大哥大，这才确定是自己忘记关门应该是遭贼了。

原来，王春生走后，杆子的确感到腰酸背疼，又加上吃了退烧和感冒药，只感到一阵困意袭来，他便下车到后座想躺一会儿，可却睡着了，而且睡得很沉，以致五妹打来的电话铃声愣是没吵醒他，倒是引起一路人的注意。那人伸头一看，我的妈，一部大哥大在驾驶座位上使劲地响，而躺在后座的人已睡成死猪。那人叫了两声没见回应，环顾四周又不见他有同伴，便起了歹心，顺手牵羊把大哥大拿走，又把公文包翻了个底朝天。

王春生知道五妹没打通杆子的电话会急坏了，就只能把自己刚才是去给五妹偷打电话的事情和盘托出，让杆子去店里给五妹回个话，不然一家人晚上都会担心。杆子哭笑不得，也只能去王春生刚才打电话的地方给家里打去电话报平安。电话那头五妹语气强硬地要杆子住一晚，说住宿费她出，如果不住夜，回来五妹坚决不再让他当村长。杆子一来吃了药退了烧出了一身汗，感觉身子有些虚，腿走路都有些软，再加上五妹的强硬态度，只得决定住一宿，明天一大早开车回去。

杆子和王春生在汽车站找了一家小旅馆住下。登记完毕后杆子让王春生先上去，他想和那个刚刚也在柜台登记的江西人聊聊。

"和他聊什么？又不认识。"王春生觉得杆子有些莫名其妙。杆子笑了笑悄声说："这是两个有贵气的人。"

王春生回头朝那两个江西人望去，就两个普普通通的人，无论是穿着还是相貌都普通得无法再普通，王春生看不出哪里有半点贵气可言。

"你从哪里看出他们有贵气？"王春生悄声问杆子。他哪里想到杆子的目光远。杆子刚刚看到他们两个登记的地址是江西省上栗县，这是中国的鞭炮之乡。杆子顿然有了一个想法，想引进鞭炮生产项目作为发展村经济。

这个时候他们也登记好了，正准备上楼去。只见杆子立刻把热脸贴上去，递上烟与他们打招呼。

"你们是江西省上栗县的？"杆子一边递上烟一边问。

那两人诧异道："你怎么知道我们是江西省上栗县的。"

"刚才你登记的时候我看了一眼。"杆子说。

那两人面面相觑后都表现出警惕的神情。

"哦，别误会，我自我介绍一下，我是 M 县星光镇李家村的村长，姓李，叫李海龙。"杆子一边说一边拿出名片递过去。

对方接过名片一看，还是企业老总便立刻热情洋溢地伸出手："误会误会，失敬失敬！"

"没关系，遇上你们我很荣幸。"杆子说。

"我早听说过，上栗县是鞭炮之乡，贞观年间（627—649）被敕封为爆竹祖师的李畋就出生在江西省上栗县对吧？"杆子顺便道出自己对他们热情的原因。

"没错，上栗县金山镇，我们就是金山镇人。"那个年长一点的说。

"现在金山镇几乎家家都有爆竹厂，个个都是师傅。"年轻一点的抢过话说道。

杆子若有所思，提议："这样，相逢是一种缘分，我请你们吃夜宵，你们给我说说金山镇的事情可以吗？"杆子敏锐的嗅觉在他们身上嗅到了商机，便找机会要与他们进一步攀聊。两人略略犹豫了一下然后即欣然同意。

第四十章　被"双规"

　　杆子下午 3 点多从省城回到村部，一到村部就看见阿混、林大黑等几人在村部跷着二郎腿高声谈论，见了村长杆子也不打招呼。

　　红芹见村长回来立马给他使眼神，让他借一步说话。"镇里来电话，说让你回来立刻去镇里开会。"红芹小声说。

　　"哦，我这就去。"杆子说，他压根还没往那方面想。说完问红芹那几人在村部是怎么个意思？二郎腿跷得那么高。红芹不方便说，只是叹着气。

　　"你说，是不是出了什么事情？"杆子见红芹欲言又止，预感到在他走的这几天村里一定出事情了。

　　"他们……上县政府告状了。"红芹小声说。"告什么？"杆子一时间还没想到工程款那档子事情。

　　原来，城里房子行情火爆，不仅地产开发商白天黑夜地猛火力地盖房子卖，而且新的房地产商纷纷崛起，卖电器的，搞服装的，开酒店的等等，一哄而上一大批房地厂商像高山一样屹立在中国的大江南北。随之而来的是钢筋水泥一天一个价"噌噌"地往上涨，而修路工程是去年发的标，可去年从下半年雨水不断，下到开春接着继续下，眼见半年后水泥涨了 30%，可还在继续涨价。中标人是外村人，叫胡季寿，巧合的是，他是杆子初中同学。他拨拉着算盘珠子一算，要亏血本，可放弃不干又得赔违约金。他想来想去拍拍屁股跑人是最好的办法，可又一想，自己多多少少又投了一些成本下去，想想很不甘心，便利用自己与村长杆子是初中同学的关系，凭他的三寸不烂之舌，再加上哭穷叫苦。杆子心软，知道他家这两年遭大难，母亲去世后接着老婆得肺痨病，不能干活还得好吃好喝养着，便动了菩萨心违规提前预支部分工程款给他工人发工资，谁知这货卷了预付工程款跑了。

李东山立刻抓住机会，撺掇着林大黑还有阿混纠结村里不明真相的一共几十个人去镇里告杆子。一告杆子修路承包工程是暗箱操作，二告杆子与承包人是同谋，甚至说是杆子指使胡季寿卷款跑的，目的是要把自家捐出去的钱变相捞回来，三告杆子制止村部开伙食大吃大喝，表面上是廉政，实质是变相腐败肥他自家的饭馆。这一点最能挑起阿混的火。以前村部平均一个月要开一两次伙食，阿混每回饭饱酒足，喝得面红脖子赤，一边剔着牙一边哼着小曲一颠一颠地在街上晃悠，自从杆子当了村长，取消村部开伙食后，阿混就再没这样的特惠享受了。所以，李东山利用这一点很轻松地将阿混这个刺头给挑拨得一蹦三尺高。

有了林大黑和阿混这两个刺儿头挑头，再加上李东山把他自己当村主任时候的腐败手段编织在杆子头上，那细节有手有脚，让人不信都不行。何况他们又都是农民，没有多少分析能力，所以李东山轻轻松松就达到了目的，几十个不明真相的村民在群情激昂下跟着林大黑和阿混奔县政府监察局告状去了。

县监察局局长亲自接待的林大黑一伙人，仔细聆听了事件细节，尤其是暗箱操作的细节很逼真，局长又一看有满满三页纸的签名摁手印，便觉得案情重大，然后立刻立案。

"先喝口水再走吧。"红芹很同情杆子受冤枉。她是从阿混口中套出的他们上县政府告状了，她预感到不祥。

"确实渴了，给我拿些水来。"杆子一边继续下楼一边吩咐，到了楼下从小车里拿出空空的保温杯等红芹拿水来灌满。

红芹很快拿来水，杆子接过往自己保温杯里灌。"对了，给五妹说一声我从省里回来了。"杆子急急地又钻进小车。

"还是你自己回家看看五妹吧。"红芹说。

杆子沉默，而后说："我身正不怕影子歪，你们不要怕。"

晚上五妹不见杆子回来，得知杆子是被"双规"了，急得连夜就要赶去找镇领导说理。但被赶来看望的李有田劝下了。李有田说："这大晚上的你去了也找不到人，再说了，你去说理总得拿出说服人家的证据，不然人家当你无理取闹妨碍公务。"

五妹想想非常有道理。她连夜把村里在五妹饭馆吃饭的凭据全部打印出来，足有一万多，可一分也没要村委支付，都是杆子自己出。杆子在上任村主任大会上就说过在他饭馆吃的全由他自己出。他上任两年多来说到做到。

五妹在村部打印完一些凭据后，越想越气，便打开广播对全村喊话。"大家听着，听说不少人签名告杆子，我倒要问问，你们的良心都被狗吃了吗？杆子一心想为村里人谋福利，你们倒告上了，那某些人都为自己谋利益你们却不敢告，是瞎了眼还是欺软怕硬？你们都听好了，诬告是要坐牢的，我五妹也不是好欺负的，到时候我一个一个跟你们算账。"

原来红芹把从阿混那得知的有半个村的人签字摁了手印告杆子的事告诉了五妹，五妹是个火爆脾气忍不住的人，她越想越气不过，自己家里贴了那么多钱到头来是这个结果，实在气不过的五妹采用这样极端的方法泄愤。

广播播送完后，很快就有陆陆续续的村民来到杆子家向五妹表示他们家没有参与告状，尤其受过杆子恩惠的人连忙跑来表示他们绝对不会昧着良心干那事。

李有田仔细分析，不应该有半个村的人告杆子，杆子平时待人谦虚平和，上任两年多来为村里做了不少好事，老村的自来水问题解决了，路灯问题解决了，平时听到的也都是好口碑。

"会不会他们作假？"李有田说。

"作假？有可能，我想应该不至于有那么多人告我老公。"五妹说。

"我怎么没想到，不然多套套阿混，或许能套出更多。"红芹说。

"不要怕，明天人若还未回来，我以我的党龄去向组织反映真实情况。"李有田说。

"关键时候还是你老哥靠得住。"杆子父亲含泪说。五妹也是一番千恩万谢。"我们也会做证，工程承包确实没有暗箱操作。"王春生说。

五妹听了他们几人的话，心里暖和了许多，也冷静了许多，等大家都走后，五妹给闺密王僖月打去了电话，在电话里好一通大骂李东山和林大黑不是人，并且扬言要去告李东山吃了自来水和水利工程款。

王僖月得知五妹家出了这样的事情，恨不得连夜跑来看望她。"身正不怕影子歪，肯定不会有事的。"王僖月只能在电话那头一个劲地安慰五妹。

"万一，万一他有个三长两短……"五妹啜泣着不敢说下去。

"你别自己吓唬自己，你要相信他。"王僖月说。

"我当然相信他，他是我老公，可我就是怕万一！"五妹说。

"是福不是祸，是祸躲不过，事已至此你得先挺住，我明天去看你。"王僖月说。

"你不要来，我明天先去镇里与他们理论，再去县里与他们理论。"五妹说。

"那我等你消息，你来县里我陪你去。"王僖月说。

五妹放下电话，强迫自己去睡觉。

第四十一章　清者自清

一大早，杆子家就聚拢了一大帮人，这些人有的是亲戚，有的是受过杆子资助的人，还有一些是杆子竹器厂的工人，听说五妹要去镇里评理，都赶来要去助威。

李金雄匆匆赶来阻止。李金雄是南京部队志愿军退伍军人，在南京找了媳妇，退伍后留在南京在一家电器厂工作，分田到户后他返乡创业搞养鸡专业户，第四届当选为副村民委员会主任。

"五妹，到里屋说话。"李金雄不管五妹同不同意一把拉她进屋。

"你知不知道带这么多人去有可能会产生不良后果？"李金雄问。

"就许他李东山拉山头告状，就不许我带人申冤？"五妹不以为然。

"五妹你糊涂啊！这两件事不能混为一谈，性质不同。"李金雄说。

"有什么不同？那古代还准老百姓拦轿喊冤，难不成新社会反倒不准喊冤？"五妹依旧不以为然。

"你说得也没错，但，我就怕适得其反，万一说你干扰司法，聚众闹事，人家再给村长扣个黑社会的帽子，该怎么办？"李金雄说出自己的担忧。

"笑话，我一个农村妇女能干扰司法？再说了他们去只是为杆子的清廉做个证，又不是去打架，怎么能是聚众闹事。"五妹还是把李金雄的好意驳了回去。

"你说得也都有道理，可我这心就是觉着不踏实。"李金雄说。

五妹推开他，带着十几个人上路去星光镇找镇党委书记说理。可走出一里地后被赶来的李有田给劝了回去。

原来李金雄见自己劝不了五妹，但又怕五妹这样做会适得其反帮倒忙，便跑去找李有田说这事，李有田一听也觉得五妹这样做欠考虑，所以上了李金雄的小车，一路追去。

"他的话你不信，难道我的话你也不信？"李有田苦口婆心说。

"其实你也上了李东山的当，他突然三天两头往李金雄那跑，就是要转移你的目标，让你们误会李金雄，达到挑拨村委班子的目的，好从这里打开缺口。"李有田道破李东山的阴谋，也说破五妹的心病。

五妹听了对李金雄投去一抹歉意的目光。

"村长是清白的，那就放心让他们查，最好查个天翻地覆，把陈年老账都翻出来查。"李金雄说。

"我相信共产党绝不会冤枉这样一个好人、好村干部的！你放心准没事，过不了多久他准出来。"李有田安慰五妹。

"可他的身体不好，万一要在里面待个一年半载，毕竟工程款是提前付的。"五妹说。

李有田听了也不由得叹了口气，这事情确实欠考虑。但为了安抚五妹，李有田硬着头皮说："这事情说大可大，说小可小，只要杆子没有从中捞好处就大不到哪里去。"

"我相信他绝对没捞好处。"五妹说。

"我也相信，但是我们相信没有用，关键是要找到胡季寿这个王八羔子。"一起跟车来的王春生说。

"对了，有胡季寿的消息吗？"李金雄问。

"还没有，不知道纪检会那边有没有，他们也在找。"王春生说。

"要不春生你跑趟城里，从你小舅子那打听点消息？"李金雄说。

"我小舅子昨天刚打过电话，说关键是找到胡季寿证明村长的清白。"王春生说。可上哪里找呢？大家一听都发愁。

"他有个妹妹在广东打工后来就嫁在那边，会不会躲到广东去了？"王春生说。

"有很大可能，我立刻把这消息反映给组织。"李金雄说。

"我愿意出路费，春生你能不能去一趟广东？"五妹说。

"不可，这事情只能反映给组织，我们私下里去，就是见着他也无权抓他回来，反而会打草惊蛇，这以后他会更谨慎，要再找到他就更难了。"李金雄说。

"言之有理！不愧是当过兵见过世面的人。"李有田对李金雄投去一抹赞许的目光。

五妹望一眼李金雄，有些羞愧地说："李总，恕五妹无知，刚才还误会您，把您的好心当成驴肝肺，五妹打自己一巴掌算是给您赔罪！"五妹说着还真掴了自己一耳光。

"五妹，你这是干什么，我李金雄就那么点度量？再说了不看佛面还得看僧面，我刚回村里办企业时，杆子大哥没少支持我，今天他落难了，我能袖手旁观吗？什么我想转正当村长，那都是不怀好意的人瞎扯淡。我要真想当，杆子大哥怕是甩都来不及。"李金雄借着机会吐出委屈。

"对不起，是我听信了谣言，说真正的幕后指使人是你，说你一边劝杆子提前支付工程款，一边又把信息泄露出去，都是你在后面捣鬼。"五妹终于说出对李金雄的误会。

"你怎么就不想想，我这样做对我有什么好处？我这么做人，以后人人都看清我是个小人，今后我还怎么在村里待下去？"李金雄哭笑不得。

"看你平时还挺聪明，怎么这事上就犯傻了呢！"王春生说。

"好了，误会说清楚就好，当务之急是找到胡季寿。"李有田话音落下，小车进了村部，"嘁"的一声停下，几个人急急登上二楼进了李金雄的办公室。

李金雄顾不得倒茶招呼，他拿起电话就打到镇纪检书记那，报告了胡季寿有个妹妹在广东的事。而电话那头却传来更好的消息。胡季寿已经在广东被抓获，现在正在押解的路上。

五妹听了既高兴又担心，她担心胡季寿的良心被狗吃了，到时胡乱咬人，那就更是跳进黄河都洗不清了。

第四十二章　意料之外

　　五妹一夜没睡好，一大早就去敲阿霞家的门，阿霞的哥哥现在在县监察局工作，五妹想托阿霞给问问胡季寿的情况。

　　五妹没好意思用力敲，毕竟还不到 6 点钟。五妹轻轻敲了两下等了一会见没动静，便想回去一会再来，可就在这时门开了。

　　"我就猜着可能是你。"阿霞开的门。"被我搅了梦吧！我也是实在没辙，不然不会这么早来敲门。"五妹连忙解释。"没事，我也正好醒了，快进来。"阿霞把五妹拉进屋子。"坐。"阿霞麻利地拖一把椅子让五妹坐。

　　"是想打听胡季寿的情况吧。"阿霞开门见山。"是的，一夜没睡着，担心他黑了良心。"五妹叹着气说。

　　"唉！怎么跟你说呢！"阿霞不知道该不该把实际情况告诉五妹。

　　"这么说那王八蛋真黑心了？"五妹一听阿霞话中有话，立刻想到是胡季寿真咬杆子了。"这王八蛋，我去揭他的皮，他当时是怎么求杆子的，说一家五口有三个是病人，求杆子拉他一把，让他把这个工程顺利完工，儿子的病也有救了。"五妹风风火火地一边骂着一边转身就走。

　　"哎呀，我说你怎么还是这个急性子，我说了他黑心吗？"阿霞上前一步拉住五妹。"他没黑心？那你刚才的话是什么意思？"五妹的脸上不禁又扬起一丝希望。"只要他不黑心就好办！其他的都不重要。"五妹接着说。

　　阿霞接着又暗暗叹了一口气，但还是被五妹察觉了。

　　"到底出了什么事情？你快告诉我。"五妹急得要哭。

　　"发生这样的意外，也不知道是好事还是坏事。"阿霞犹豫着，不知道该不该告诉五妹，她怕五妹承受不住这个打击。

　　"什么意外？不会是杆子他……"五妹脑袋哄一下就想歪了，他以为杆子承受不住冤枉自杀了。五妹想到这只觉眼前一黑，身子摇晃一下差点栽倒，幸亏被阿霞扶住。

"杆子没事，是胡季寿死了。"阿霞说。

"死了？怎么死的？"五妹一听杆子是安全的也就心安了许多。"吓死我，我还以为杆子他受不了委屈做傻事呢"，五妹轻轻拍着自己还跳得厉害的心脏，以此让刚才受惊的心平静下来。

原来胡季寿利用上厕所的时候跳车逃跑，结果被当场摔死。五妹一听顿觉前路茫茫，她腿一软感觉站立不住，她摸着椅子缓缓坐下。

"你要挺住，一时半会估计……"阿霞想说杆子一时半会回不来，但没说出口。

五妹不语，她神情呆滞。回家的路上她一路思考着该怎么帮帮杆子。回到家后，五妹整个人都傻呆呆的样子，公婆问她她也一句话不说。她不能把这样的消息告诉两位老人，他们年纪大了万一承受不住打击病倒了，就是雪上加霜了。

"胡季寿抓到了没有？"杆子父亲沉不住气，追着五妹问。杆子母亲见五妹那神情猜到事情不妙，便立刻去燃一炷香跪在神龛前，口中快速地念念有词。

"抓到了。"五妹说。

"他没乱咬人吧？"杆子父亲接着问。这也是搁在杆子父亲心中的担忧。说实话，他昨夜也是一夜未合眼，一方面高兴抓到了胡季寿，另一方面又担心胡季寿不道义，为了减轻罪责胡乱咬杆子。

"没。"五妹说。"没就好！"杆子父亲重重地吁了一口气。

五妹一个人在屋子里踱来踱去，可就是想不出办法来帮杆子。最后她打开保险柜，把几张银行卡全部带上，然后匆匆出门上国道等车。

第四十三章　找县委书记

　　五妹来到县政府，还不到上班时间，政府大门口静悄悄的。五妹左思右想还是去找了电话亭给王僖月打去电话。说实话，一口气顶上来五妹壮着胆子就冲到县政府来了，可是真到了县政府还是有些胆怯，毕竟一辈子都窝在山沟里连镇里都少去的人。虽然开饭馆多少见过一些世面，杆子当上村长后也跟着多少长了一点见识，但，那都是小巫见大巫的一点皮毛，甚至皮毛都算不上，而今天要见的是县委书记，在过去来讲就是县令。

　　她等得越久就越紧张，她开始考虑见了县委书记该怎么说？像戏里那样冲上去"扑通"一下跪下，然后大声喊冤？或者拦住县委书记的车，高呼冤枉？

　　"我看这样不妥。"赶来的王僖月说。

　　"你在大庭广众下高呼喊冤，会给政府造成很坏的影响，就等于告纪检的状，而事实上你不是这意思，你是想说杆子那事很冤。"王僖月说出理由。

　　士别三日当刮目相看，王僖月不枉在城里打拼了多年，长见识了。

　　五妹一听心想幸亏王僖月来了，不然怕是会把事情搞得更糟。可五妹又一想，不喊冤一大早不就白来了吗？不等五妹说出心里话，王僖月已看出来了。

　　"找书记还是要找的，但不喊冤，毕竟我们也有错，不该提前付工程款。我们找书记只把杆子这些年来资助贫困户和修路铺桥等各项赞助的凭据给书记看，让他明白杆子不可能为那点钱做傻事，杆子只是心肠软，一时失去原则犯了错，希望组织从宽处理。"王僖月这番话让五妹醍醐灌顶，且佩服得五体投地。

　　"你真是我的蛔虫，我就是这个意思，你看我把家里存折全带来了，既然是杆子犯规了，那30万元我赔，就是不要再关他了，他那么要面子，再关下去我怕他承受不住。"五妹说到这不禁鼻子一酸，眼眶就涌出了泪水。

"钱不够我那有。"王僖月握住五妹的手。"这么说你也赞成我这么做?"五妹问。"当然赞成，钱生不带来死不带去，能让他早一天回家就是最好的。"王僖月说。

五妹和王僖月商量着，不觉就到了8点。来上班的人开始越来越多，五妹和王僖月死盯着，有一辆气派的小轿车驶进了县政府，她们猜着应该是县委书记。两人对视一眼立刻朝政府大门走去，只是立刻被门卫拦住了。

"你们找谁?"门卫问。

"我们……"五妹想说我们找县委书记，但被王僖月抢先一步说:"我们找亲戚。"

王僖月在城里做了几年生意，知道若说出找单位顶头上司，门卫不会轻易让你进去，何况是找县委书记，根本不会让你进去。

"你亲戚叫什么名字?"门卫好像发现了什么端倪，用锐利的眼神来回扫视她们，而后冷冷地问道。

"叫徐建国。"王僖月说出阿霞哥哥的名字。"你们和他什么关系?"门卫再次冷冷地盘问道。"姑表亲，他姑姑……"五妹连忙解释，但话才说一半，门卫已经丢出一个登记本翻开，指着登记本让她们填登记。

王僖月和五妹异口同声地说"谢谢"，然后王僖月立刻拿起笔填了登记，然后进到政府大院。填好登记，王僖月又顺嘴问门卫徐建国在哪栋楼上班。门卫问:"哪个部门的?""监察局。"王僖月回道。门卫说朝前走最后一栋。

"我们真要去找徐建国?"出了门卫室五妹不解地问。

"我觉得还是先去找他给我们出出主意，不然这么大个政府院子，书记在哪栋楼上班都不知道。"王僖月说。五妹沉思了一下表示同意。

来上班的人进入人流高潮，有骑着自行车进政府大院的，也有走路走进政府大院的，王僖月和五妹一时间有些茫然地盯着一个个穿梭进政府大院又分别去了不同的楼里上班的人群。

"徐建国。"王僖月突然发现一溜烟拐进右边去停自行车的徐建国。

"建国。"王僖月和五妹不约而同朝徐建国追过去。

徐建国听见有人喊他，连忙扭头。"是你们啊。"话音落下，神情立刻严峻起来，并且一把把五妹拉到比停放自行车更偏僻的地方说话。

"你们咋跑这来了？"徐建国问。"我想找书记替杆子喊冤。"五妹抢先说。徐建国一听再次把她们引到更僻静的角落，而后正色道："胡闹！"

"赶快回去，幸亏遇上我，你们找县委书记，就等于变相告监察局，这不是帮倒忙吗！"徐建国十分严肃道。

"那就让这么一直关下去？他身体不好……"五妹忍不住喉头一紧泪水落了下来。

"谁说会一直关下去？"徐建国说。

五妹和王僖月一听眼睛瞬间放出光。"不会一直关下去？"五妹问。

"还算那小子有良心，他死前交代了杆子丝毫没有私心，是他利用杆子心肠软欺骗了他。"徐建国捡最要紧的先说。

"那他没事了？可以回家了？"听到这突如其来的好消息五妹差点没激动得哭出来。

"事还是有的，毕竟违反了组织原则，回去是肯定的，只待时间。"徐建国说。

"只要能回去，其他的都不重要。"五妹抹去泪水说。

"放心，他是农民企业家，又是慈善家，县委书记很重视，这也是我们办案人员一逮到胡季寿就连夜审，不然死无对证还真麻烦。"徐建国说着也深深吐了一口气。

"也算苍天有眼，好人有好报。"徐建国说完再次让五妹回去等好消息，说不定今天就能回去。

五妹听了含着喜泪往家赶去报信，这些日子双方父母也都吃不好睡不香，尤其杆子娘都快要撑不住了。

第四十四章　五妹大闹村委

五妹出了政府大院就赶往汽车站等车，王僖月回到店里第一时间给五妹父母打去电话报喜好让两位老人早一刻放下心来。

五妹赶到家没过多会就接到徐建国的电话，说李海龙没事了，下午就可以回家。

果然，下午李海龙由星光镇政府派车，监察局副局长和镇书记亲自送回了村部。回了村部第一件关心的事情就是修路，第二件关心的事情是这次去省城遇到的两个江西做鞭炮的师傅，他想要是能办一个烟花爆竹厂，既能给村委增加收入，又能让村民在闲暇时间搞副业增加收入。

五妹一看他吃了这么大冤枉亏还不吸取教训，连家都不回一下车就上村部，气得她暴跳起来。

"修路修路，你命都差点搭进去了，还要管啊！"五妹气冲冲地走进村委，推开会议室门大声嚷嚷。

"你怎么来了？"李海龙看到五妹发这么大火有点吃惊。

"我要你别再管这事，打报告辞职。"五妹说。

村委班子都愣愣地看着，感到尴尬。

"你出去，我们正在开会，别胡闹，有事回家说。"李海龙站起来去劝五妹，一边拉她走。

"我不走，除非你答应辞职。"五妹使劲挣脱。

"路修好了我可以辞职，现在不行，我不能前功尽弃，修路这事我不仅要管，而且要管到底！"李海龙摆明态度。

"我不准你再管，连这个村主任也别当！当什么鬼，人家当村长吃香喝辣，成片成片的山自己包，而你呢，捞不回来也就算了，往外贴也算了，还要驮冤枉债蹲号子，害得一家人都不得安心，妈妈为了你急得整夜整夜地跪着烧香，膝盖跪肿了也不肯起来还要继续跪，爸他天天去路上等，一个人痴痴地望着你回来的方向。"五妹说不下去，哽咽起来。

杆子不语，他何尝不知道这段时间一家人多么担心他，可是他现在是骑在马上的人，不跑也得跑，何况修一条路通往山外是他毕生的梦想。想当年要不是没有路自己不会辍学，自己会继续升学，说不定能考上大学。

"要不这样，村长你刚回来是该先回去看看你爹妈，再去自己的厂子转转，会议改时间吧，也不急于一时。"李金雄站起来解围。杆子看五妹耍横也只能先退一步，回家去好好做她的工作。

"你希望我们的后代还没有路，像我们一样没有文化吗?"晚饭桌上杆子又与五妹扯上这个话题。

"我们的孩子都在城里读书，修不修路与他们有关系吗!"五妹说。

"看看，你这就不讲道理了吧，这是他们生养的地方，这里的发展能说与他们没关系吗?"杆子说。

"你不会想我们的孩子长大了还回到这里来吧?"五妹说。

"若考不上大学不回这里还能去哪里?"杆子说。

"那就让别人去修，反正我不会再让你管这事，你一定要管我们就离婚!"五妹甩出狠话，摔门进了卧室。

杆子望向父亲，父亲低头默默抽烟，表情严峻，他又望向母亲，母亲沉默了一会儿叹着气说:"修路虽是行善积德的事，可你也得考虑这个家，这个家上有老下有小，你要是有个三长两短，你让我们怎么办?"母亲说完抹了一把泪，她余悸未消。

杆子再次望向父亲，他希望得到父亲的支持。父亲始终沉默。突然杆子的弟弟跳了起来。"借这次机会甩了这烂摊子也好。"可话音落下杆子父亲连连叹着气。

杆子知道父亲是个很看重面子的人，尽管搞大集体生产队的时候自己家年年超支，也从来不接受别人的可怜施舍。有一次母亲接受了老李家孩子穿小了退下的两件旧衣服给李海龙穿，父亲知道后大动肝火，逼着母亲还回去。父亲给自己取名李海龙，就是希望他有一天能成为一条龙。这也是父亲坚决送自己下山读书的原因。当选上村长的那天，他嘴上没说什么，但杆子看得出来父亲十分欣慰。

"实在挑不起这担子，不挑也罢，毕竟面子金贵不过命。"杆子父亲最后无奈地扔出这句话。

"自从你当了村长以来人瘦多了！"杆子父亲叹着气回屋，他最终也妥协了与儿媳妇五妹站在一条线上。毕竟心疼儿子。

偌大的客厅，只剩下李海龙一个人在思考。这的确是个甩烂摊子的机会，可是，修一条通往山外的路不仅仅是自己的愿景，更是整个李家村世世代代人的愿景。李家村因为没有路，多少孩子耽误了读书而成为文盲，尤其一代一代的青年后生娶媳妇难。或被迫娶残疾姑娘，或去山下当上门女婿，小小的村庄光棍就好几十个，以致兄弟同妻，哥哥去世弟弟娶嫂子。爷爷在世的时候，时常与自己唠叨的话此刻更加清晰地跳了出来。"你长大了要想办法逃出这没有路的地方，你爷爷和你父亲是没这本事了，你可得长出息。"爷爷弥留之际不能说话，但他使劲瞪着眼望着自己，李海龙猜想爷爷是想让他记住爷爷的话，要飞出山沟沟。

"爷爷之所以要自己长出息飞出山沟沟，是因为爷爷内心埋着一桩没有开放的爱情。爷爷20岁时，爱上了本村的一个叫芳春的姑娘，他们偷偷眉目传情，后来爷爷的母亲要给爷爷提亲，爷爷说一辈子不娶，最后爷爷说出自己心有所属。爷爷的母亲，也就是我的祖奶奶问出是谁家的姑娘后便托媒人上门说媒，结果遭到拒绝。姑娘父母说哪怕老死闺中也不会让自己的女儿嫁在连路都没有的山沟沟。

"有一次，姑娘的舅舅家办喜事，姑娘或许是与我爷爷心有灵犀一点通，她借故说人不舒服便一人在家没去。爷爷逮着机会，晚上跑到姑娘家往姑娘的木窗扔石子，姑娘猜到有可能是爷爷，打开窗子果然看见爷爷提了一篮子梨，眼巴巴地望着窗子。

"这一次，姑娘和爷爷有了一次开闸泄洪的交谈，姑娘说老死闺中也不嫁他郎，爷爷说除却巫山不是云，非芳姑娘不娶。这之后，爷爷和芳姑娘经常夜里偷相会，后来事情败露，芳姑娘被绑上轿做了山下米老板的三姨太。爷爷娶了根本不爱的奶奶。"

吃过早饭李海龙还是去了村部，他根本就丢不下修路，可以说他整个心都投进去了。李金雄、王春生等村委八大员不敢怠慢，准时纷纷到场。

"不管有多困难，路还是要修！"这是杆子昨天夜里思考后的决定。

"我同意，不管多困难路还是要修。"村副主任李金雄说。

"眼下最大的困难就是钱！"杆子说。话音落下，五妹又闯了进去接过话茬说。"眼下最大的困难是我，我不同意你再当这个村长。"五妹上去就拉李海龙回家。

"你这是干什么！"李海龙挣脱五妹并推开她。

"干什么你不清楚吗？昨晚已经和你说清楚，你要继续当这个村主任，我们就离婚。"五妹被几个人拉开摁在一把靠背椅上坐下。

"嫂子，你先别激动，听我说，村长是受了不少委屈，但是经历过这次事件，村民的眼睛会更加明亮的，不知道嫂子有没有发现，喊村长绰号的人几乎都改口了，或喊村长，或说李海龙。我相信，那少数唯恐不乱的人以后会更加没市场，这也算坏事变好事吧。"李金雄虽是劝五妹的话，但更是一番大实话。

"是啊，真金不怕火炼，让他们彻底闭上臭嘴也算是一件好事。"王春生和妇女主任红芹都帮忙劝五妹。

"你们说什么都没有用，这回我是铁了心，坚决不让他再当这个狗屁村主任，我自己家还一大摊子的事呢。"五妹铁了心油盐不进。

见李金雄和大家都劝不动五妹，李海龙只得站起来自己上阵。他走到五妹身边，要给五妹打感情牌，可五妹把头撇过一边，气鼓鼓地不理会李海龙。

"你先回去，有事情回去再说。"李海龙扯了一下五妹的袖子。

"我不回去，你不辞去这个村主任我就天天这样来捣乱，看你怎么办。"五妹说。李海龙见五妹这么不给自己面子，不觉有些生气。

"我叫你回去，立刻给我回去。"李海龙冲五妹吼道。

在五妹的记忆中，自从和他结婚以来，他还是第一次在众人面前吼自己。五妹望着李海龙，李海龙宣布去李金雄办公室继续开会。

五妹一时傻眼了，望着他们鱼贯离开要继续开会商议修路，五妹一时没辙，突然朝外跑去，一边跑一边大喊道："我现在就跳楼，我死了你爱干什么干什么去。"

这一喊可是把大家吓坏了，个个都拔腿跑去拉五妹，李海龙冲在最前面，一把抱住五妹。

"五妹，你别这样好吗？"李海龙恳求着。"不是我要这样，是我这颗心再也承受不了，你不明白吗？"五妹哭诉道。

"我明白，你不想看我那么累，你都是为我好，只是，你看这事情不能半途而废吧，总得让我做完这件事，要不然我死不会瞑目啊！"李海龙对五妹推心置腹。

"我不管，我只要我的丈夫平平安安。"五妹哭着说。

"要不你先送嫂子回去。"李金雄冲李海龙使眼神。

"继续开会，红芹你看着她。"李海龙料定自己一旦坚定了五妹还是会支持他的。

第四十五章　求爹爹告奶奶

五妹好像变了个人，油盐不进，说死也不让丈夫李海龙再任村主任，谁来劝都没有用，还以死相逼要李海龙辞职。

李海龙没了辙，他了解五妹的脾气，烈性子，若是强来怕她真会做傻事，他可不能没有五妹，为五妹的生命考虑，李海龙只得走一步看一步，先答应辞职。一纸辞职书递到镇里，镇党委书记和镇妇女主任亲自到李家村找五妹做工作。并答应为了支持李海龙的工作，拨款十万修路经费。

在各路人马的轮番攻势下，五妹才消停作罢，答应让李海龙做完这一届。

五妹的问题解决了，可资金的问题又怎么解决，本来就差了上百万元的缺口，胡季寿这一刀使得本来就困窘的资金情况更是雪上加霜，建筑水泥的价钱也还在"嚕嚕"地往上涨。

"要不实行第二次村民集资。"王春生提议。李金雄说估计难度大。如果没发生胡季寿这档子事，我们大家一起做做工作，估计还行得通，发生了这件事他们不骂我们就不错了。

"大家说得对，这件事我们的确犯了错误，主要责任在我，如果实在凑不到资金，这笔缺口由我个人承担。"李海龙说。

"我们都签了字，要承担我们大家一起承担。"李金龙说。

"我想再去省里跑跑，久久为功，铁棒磨成针，我们才跑三五趟，哪有那么容易就搞到资金。"李海龙建议再去省里跑跑。

"这不失为一条路，另外我想去广东转转，找找我的老首长，他退到地方被安排在省公安厅任法制科处长，让他给推荐几个企业老板，看看能不能筹集到一点资金。"李金雄说出自己想了好几天的想法。

李金雄话一出口，大家都眼睛一亮说这主意好。尤其李海龙，仿佛抓到了救命稻草，精神头一下子立了起来，连背都坐直了。

"你有这关系怎么不早说。"李海龙说。

"我也没把握，这是实在没法子了，这些天我搜肠刮肚忽然想到了这个法子。"李金雄说。

"不管成不成，这不失为一条路。"李海龙说。"和你首长打过招呼了吗?"李海龙接着问。

"通了电话，当开玩笑提了一嘴。"李金雄说。"他怎么说?"李海龙问。"他答应得很爽快。"李金雄说。

"那就说去就去，春生明天你去买票。"李海龙不等李金雄回答便吩咐王春生去买票。

"过几天吧，你才回来，先好好休息让嫂子给你补补身子，身体是革命的本钱。"李金雄说。

"我身体没问题，资金没着落我一天安稳觉都睡不好。"李海龙说。

"那也得等几天，我厂子里还有些事情要处理。"李金雄一是的确厂子里有事，二是想用这样的理由让李海龙休息几天，毕竟在那样的地方待了快半个月，身心备受打击，必须调理一下。

"好，那你先处理厂子里的事情，我明天和春生再跑一趟省城。"李海龙思索片刻做出决定。

"你就不能好好陪嫂子休息两天吗?"李金雄叹道。

"等老了什么事情也不干了的时候，再好好陪她。现在不是陪她的时候，场里还有一大堆的事情等我处理，就这样，没别的事情就散会吧。"

李海龙从出来一刻也没休息过，第四天就去了省城。当他又一次来到财政厅预算科，周处长一眼便认出了他。"你怎么又来了!"

"我想来问问，我上次递交的材料是否有不规范的地方，想请周处长给指出来。"李海龙其实是要问周处长是否看过他上次留下的材料，但是不敢直接问，只得变着法子问。

"你的材料我看过，目前不符合拨款，还有比你们村更困难的。"周处长说着就叫了下一位进来。

"周处长，我们村的情况又发生了变化，现在是雪上加霜……"李海龙不想失去这个机会，他没有立刻离去而是连忙解释。周处长没有回答而是示意他的手下送客。

李海龙下了楼，王春生看到一脸暗色便知道又白跑一趟。李海龙坐进车一言不发，王春生自然什么也不好问。

两人默默坐了一会儿后，王春生说："要不回去吧。"

"去交通厅碰碰运气。"李海龙思索了一下说。

来到交通厅，李海龙想这回直接闯厅长办公室，不找科长，可连厅长的门都摸不着，还因没事先预约好强闯而被警卫扭去保卫科盘查了一顿。

李海龙只能老老实实地去找公路拨款预算职能办公室。一看门口排了二十几个人。李海龙只得也排队，趁排队时间他与排在自己前一位的人聊天，先是问他们是哪里的，进而问他们的路段情况。在了解了他们的情况后，才知道周处长没有骗他，相比之下，李家村是比上不足比下有余，至少李家村摆脱了盘旋山路，有了一条泥土马路。这得感谢老队长李有田，是他跑断了腿打了无数次报告，得到公社的支持，1975 年冬季农闲公社调集了五个生产队来支援，劈山填水，愣是从西边开出了一条通往公社的泥土马路。

李海龙知道自己这种情况目前在省里还排不上号，贫困山区的乡镇路段都比自己村差。李海龙只得退了出来，但是又两手空空他实在不甘心，他试着去了自己厂子里的老客户姚鑫武那坐坐。

姚鑫武已经是个成功的企业家，他的产业已由最初的家纺店发展为房地产、餐饮、医药多种经营的大公司。李海龙想凭着曾经也算帮助过他的这层关系，看看能不能讨得一点捐助。姚鑫武是白手起家，他第一次来李海龙厂里进货是分文未带，最后李海龙还是赊给了他一批货物。

姚鑫武很热情地接待了李海龙，谈起当年白手起家很是感谢李海龙的信任，可当李海龙道出来意后，他便寻了理由离开了，等再回来的人却成了他的秘书。秘书告诉李海龙老总突然有急事要处理，说是不是改日再来。

这分明是逐客令，李海龙只得站起来说："不打扰了，替我谢谢姚总的好茶。"

王春生看不下去，他不忍心看李海龙到处碰壁。"你怎么说也是有头有脸的人。"王春生说。

"只要能拉到赞助，我给他跪下喊他爷爷又如何！"李海龙说。

　　"不行，我还是要再找他。你把车子开出去，让他以为我们走了。"李海龙说。王春生只能照做。果然姚鑫武的秘书从窗户探出头看见李海龙的车子走了，立刻去汇报给姚鑫武，姚鑫武这才回到自己的办公室。他没想到李海龙来了个回马枪。

　　"修桥铺路是刻碑立传的功德，您老今天就把我当成一个叫花子，多多少少打发一点。"李海龙说。

　　"你也是生意之人，知道做生意赚点钱很不容易，何况这样那样的赞助项目太多了，我自己家乡都还顾不过来，哪里有办法管到千里之外的外乡人去。"姚总道出了苦衷。李海龙是理解他的苦衷的，因为自己也经历着和他一样的苦衷。

　　"这些我都理解，姚总看看这样行不行，我村里有几亩鱼塘，零租金承包给你一年。"李海龙说。

　　李海龙话音落下，姚总"扑哧"一声笑了，说："我这么大的老总去占农民几亩鱼塘的便宜，传出去我这脸往哪搁！"

　　李海龙何尝不知道他姚总不敢去贪农民这点小便宜，恰恰相反他算准了姚总不会接受，这只是李海龙要感动姚总的一个策略。

　　"这样吧，我母亲是吃斋念佛之人，就以我母亲的名义，我私人给赞助2万元，多我也没有，你知道家大业大开支大，何况要经过董事会一致同意。"姚总总算松了口，李海龙总算没白跑这一趟。

第四十六章　柳暗花明

从省城回来后，李海龙马不停蹄地与李金雄赶往广东。广东一行比想象的收获大，李金雄的老领导首长帮牵头的几个老板都很慷慨，你10万元他8万元，轻轻松松就凑足了50万元。

只是随着时间一天天划过，李海龙发现事情有些不对，几个老板答应的钱却迟迟不见兑现，打电话催，对方每次都说过几天，可就是无限期地拖延。

"实在不行，我们再跑一趟广东。"王春生说。

"金雄，你看呢？"李海龙问李金雄。

李金雄迟疑片刻，说："他们不想给，只怕去了也没用。"

"没错，去了他们一样可以打哈哈拖延。"李海龙说。

"实在不行我再给首长打个电话，让他给催催。"李金雄说。

"若能这样那最好不过，就怕你首长也是打哈哈。"李海龙说。

李海龙话音落下，李金雄立刻拨打他首长的电话，但对方挂了，之后始终没拨打过来。

广东一行一分钱没募集到，跑一趟广东反而开销了1000多元差旅费，李金雄很是自责。"唉，偷鸡不成反蚀把米。"李金雄自责道。

"我不这样认为，我倒是有个想法。那里茶叶市场特别火爆，我们不妨进一批茶叶去卖，自己去赚钱。"李海龙说。

"远水解不了近渴，眼下我们付不了工程款，包工头一天一个催钱，说再不给他工程款他也没钱垫付了，只能停工。"李金雄说。

"绝不能停工，现在停工，无法赶在明年汛期前完工，癞子头经不起雨季，那时我们损失更大。"李海龙说。

"实在不行，先拿我厂子里的生产资金周转一下。"李海龙在办公室不停地来回踱步，实在想不出办法，想来想去又只能动用自己家里的资金。

"不行，别说五妹不同意，我们也不忍心，过两个月就是你产品的旺季，说什么也不能动用，实在不行，我先借点钱出来吊一吊命，别让包工头停工。"李金雄说。

"你的钱是鸡生蛋蛋生鸡，我也不忍心动你的资金。"李海龙说。

"我没做生意，我的钱存在银行也没多少利息，不如就借给村里急用吧。"王春生低头想了一会决定把自己的钱借给村里急用。

"这倒是个应急办法，只是你老婆阿霞会同意吗？"李海龙问。

"应该没问题，她这人这点好，喜欢我上进。"王春生说。

"你放心，钱一定会还你，利息比银行高。"李海龙说。

"如果是这样，我们可以向私人借钱，由我们两个人担保，应该不成问题。"李金雄望着李海龙说。

"这不失为一个应急办法。"李海龙略有所思。

"那就这么定了，指望谁都不如指望自己，由我们俩担保，向私人借钱。"李海龙最后拍板。

这个方案一出，村民纷纷把自家存款从银行取出来借给村委，很快筹集到第一批工程款30多万元，仅旺财一家就借出10万元。

向村民借钱是没有办法的办法，借容易，但终归是要还的。李海龙思考着今后如何发展村经济，广东的茶叶火爆，李家村的气候地里也适合种出好茶，可是种茶到产茶最短也得三年，到达到盛产期要更长，这个项目作为长期规划是可以的，可目前是火烧眉毛，眼看又要付第二期工程款。创办烟花爆竹厂收效倒是快，但是审批太严格，上次去省城跑款子顺便跑到公安厅打听了一下，一个村要办烟花爆竹厂比登天还难。李海龙想得头疼。

"村长，你看我为了这个工程全城的水泥厂都让我欠了个遍，水泥厂的老板已经放出话，再不付款过年谁都别想好过。"李海龙想起包工头的话。李海龙明白这话也是说给李海龙听的，潜台词是如果水泥厂让他过不好年，他自然要让李海龙过不好年。

当然，李海龙并不怕威胁，他最担心的是停工，工程不能拖过年，过完年雨水多，下完春雨来谷雨，谷雨过后龙抬头，一路都是雨，癞子工程更经不起雨水浸泡，他想着如何想办法先付一点。

"该想的办法都想了，该做的也都做了。"副村主任李金雄说。

"镇里答应的 10 万元到账了吗?"李海龙问。

"昨天会计去信用社看过，还没到账。"李金雄说。

"抽个时间你去书记镇长那坐坐，我都跑得不好意思再跑了。他们一看见我就躲，都被我找烦了。"李海龙说。

"广东那边也厚着脸皮催催，死马当活马医。"李海龙接着说。

"好，我挨个打电话催。"李金雄走到办公桌前拉开抽屉拿出电话本，正要拨座机时他的大哥大响了，是他首长打来的。

李金雄示意大家别说话，接着对着电话那头的老首长说："给首长行礼!"李金雄说着还真两腿"啪"一声并拢站得笔直行了一个远程军礼。

"还好吗?"电话那头的首长问。

李金雄叹了一口气说："我个人是还好，就是村里……"李金雄想趁机说村里修路资金紧张的事情，但却被首长打断。

"他们答应就这几天给。"首长说。

"首长，他们不会又玩拖延战术吧?"李金雄是又喜又担心。

"不会了，我被提拔为副厅长了。"首长说。

"祝贺祝贺! 这么大的喜事我要亲自去祝贺!"李金雄激动得满脸涨红发热，跟喝了酒似的。

"行啊，你小子来时，别的不要带，土鸡蛋给带点，我家平平喜欢吃。"首长说。

"没问题，这自然不必交代。"李金雄说。

"就这样，收到款子给我回个信，挂了。"首长没等李金雄说谢谢便挂了。

"首长，您真是观音菩萨，帮了我们村大忙，我代表全村给您敬礼!"尽管对方已经挂了电话，李金雄还是对着大哥大话筒表达了一通感激的话。

放下手机李金雄依旧兴奋不已。

"走，去找王子光。"李海龙立刻站起来说。

王子光是村里的会计，李海龙和李金雄来到王子光家，得知他下地里挖地瓜去了，立刻又赶到地里，让他马上去镇信用社查看是否有资金打进来。

王子光带着喜悦一路骑车赶回村部。这夜，李海龙睡了一个安稳觉。

第四十七章　怕什么来什么

　　转过年，眼看"零赶"项目就要竣工试通，整个李家村欢欣鼓舞，最开心的人当然是李海龙，修一条通往山外的路，是他从小就怀着的梦想。可谁也没料到，这年从年底到第二年6月，天就像破了一样，小雨下完下大雨，大雨过后下长雨，难得有一天晴天，端午过后暴雨连着下了半个月，一场百年不遇的洪灾不可避免地爆发了。

　　山上到处都是瀑布，大瀑布小瀑布夹着泥石枯枝树叶，浩浩荡荡地向山下冲来，田间沟壑连成一片，形成汪洋大海，眼见千辛万苦众多人付出了心血的"零赶"工程付诸东流，李海龙望着不觉眼前一阵眩晕一头栽倒，且流了一脸鼻血，一同查看灾情的人见状立刻慌了手脚。

　　"快送医院。"李金雄情急之下脱口而出。只是话一出口身边的人都面面相觑。怎么送？几乎整条路都被淹没在水中，车根本开不了。

　　"先送回家观察一下，不行就扎担架走老路。"李金雄只能决定先护送李海龙回家。

　　"老路都20来年没人走了，怕是茅草杂木都把路给堵了。"王春生说。自从1975年有了西边的黄泥土马路后就再没人走过老路。

　　"堵了劈也要劈出一条路来。"李金雄说。

　　"我没事。"醒过来的李海龙坐起来说。

　　"都晕倒了，还说没事！"李金雄说。

　　"云德、春生你们两个负责送村长回去。这儿有我。"李金雄吩咐。

　　"跟你说了我没事，刚才可能是急火攻心。"李海龙坚决不肯回去。

　　"就冲流这么多鼻血你也该回去上村卫生所处理一下。"李金雄说。

　　"我流鼻血也不是一天两天了，拿团纸塞一塞就好了，别大惊小怪。"李海龙说。

"村长，你经常流鼻血吗？"赤脚医生齐云德立刻警觉起来。

"也不是经常流，最近有过两次。"李海龙说着就朝山上高地爬去。

"村长，危险，小心塌方。"李金雄和王春生追在后面喊。

"村长，你去医院看过了吗？这种情况最好要去医院检查一下。"齐云德冲着李海龙喊。齐云德虽然是赤脚医生出身，但还是经过正规医院培训过的，凭他多年的经验，他有一种不祥的预感。

李海龙似没听见齐云德的话一样，他站在高地想一个问题。如果把坑头那个小山包挖开一个缺口，那么洪水会向东边流去，这样可以缓解路段被淹压力。

"金雄，据天气预报，还有一周的雨，明天水位还会上涨，这刚修好的路怕是经不起这样泡。"李海龙对跟着他爬上山的李金雄说。

"天灾人祸，我们能有什么办法。"李金雄说。

"毛主席说过人定胜天！"李海龙说。

李金雄还没明白李海龙的话，他不解地望着李海龙。只见李海龙抬起手指着挡住洪水向东流的那个名叫坑头的小山包说：

"我想用推土机，把坑头挖开一个缺口，水就会向东流去，这样可以减轻路面被水泡的压力。"

话音落下李金雄怔怔地望着李海龙，心想他不是脑子有病吧？水向东流的确可以减轻路段被水浸泡的压力，可是水向东流没有出口，只能流到谷底然后水位慢慢升高，关键是李海龙的厂房在那一带，这样一来他的厂子有被淹没的危险。

"那你想过没有，你的厂子有进水的危险。"李金雄提醒道。

"我的厂子地势高，估计等水位淹到我的厂子，这雨也该停了。"李海龙说。

"万一雨不停呢？你厂子里的设备锅炉可是经不起水泡的，这个险可不能冒。何况这样的天气只怕也没人肯去挖。"李金雄说。

"春生，你去通知赖福寿，让他把挖土机开来。"李海龙看着千辛万苦新修好的"零赶"项目被泡在水里，一想到很有可能整条路都在洪水中化为乌有，他就心急如焚，不顾一切，要在坑头豁开一个口子让洪水东泄。

"这是当前唯一的办法。"李海龙见王春生也不赞成便解释道。

"厂子被淹掉毕竟是未知数，而眼前路被毁是正在发生的事，我不能够眼睁睁地看着倾注了来自各方人士的心血毁于一旦。"李海龙继续劝解。

可就是没一个人去执行，每个人心中都清楚把小河的水往东引，李海龙的竹器厂被淹掉的可能性很大。

"你们不去我自己去总行吧。"李海龙说着下了山往村里去。他后面跟着李金雄和村委的人，他们都你一言我一语地劝着他。

"怕是嫂子也不会同意你这么干的。"李金雄说。

"别让她知道。"李海龙说。

"纸包不住火，再说了，在开挖前厂子里总要做些应对的准备吧？嫂子她岂能不知道？"王春生说。

"顾不了那么多。"李海龙是油盐不进，他来到福寿家问福寿出不出工，去挖坑头。福寿说只要有工钱他就出工，李海龙说一天50元。福寿听了立刻去开挖土机，只是出了门被王春生使眼神拉到一边悄悄嘀咕了几句，便立刻改变了主意。

福寿装模作样地对挖土机捣鼓了一阵后，回到客厅对李海龙说，真对不起，关键时候机器坏了，开不了。

村里除了这台挖土机再没第二台，李海龙没辙只得作罢。

第四十八章　喜事变丧事

夜里，李海龙高烧到 42 摄氏度。半夜五妹跑去敲赤脚医生齐云德的门。齐云德开了感冒药和退烧药，又守着挂瓶。第二瓶还没挂完，李海龙听说下塘村村民小组发生了泥石流，他拔了瓶就走，五妹和齐云德拦都拦不住。

"你瓶还没挂完呢。"五妹追出去。

"没事，我没那么娇气，过去感冒喝点鱼腥草就好了。"李海龙一边说一边拉开小车门要钻进去，被五妹一把拽住衣服。

"你到底图什么？连命都不要！"五妹很生气。

"什么也不图，在其位谋其政，下塘组发生了泥石流，我怎能不去。"李海龙说。

"发生泥石流这是天灾人祸，你去了能阻挡吗？"五妹说。

"话不能这么说，作为村主任，这种时刻我必须在现场指挥，把灾害降到最低。"李海龙一边说一边掰五妹拽他衣服的手。

"可你正发着烧，算我求你，把瓶挂完吃点热稀饭再去也耽搁不了多少时间！"五妹哀求他。

"还有十分钟就能挂完，也不差这十分钟。"赤脚医生齐云德在一旁帮五妹的腔。

"这样的时刻别说十分钟，哪怕一分钟我也待不住。"李海龙硬生生掰开五妹拽住他的手，强硬地钻进小车朝下塘村村民小组飞驰而去。

"那就让云德跟你一起去，把没挂完的带去挂。"五妹没办法，只好提出让赤脚医生云德跟去，心想万一出个症状也好照应着。

"对了，差点把你给忘了。你回卫生室多带些救伤的药去，别耽搁，我先走一步，没办法等你。"李海龙把头探出车窗外吩咐赤脚医生。

李海龙走后，齐云德连忙收拾药箱赶回村卫生所拿包扎伤口的纱布和药水。走时叮嘱五妹，等洪灾过后一定要让李海龙去医院做个全面的检查。

中午时分，李海龙回到家，脸色通红，不停地咳嗽，五妹摸一把他的头，滚烫滚烫的，她立刻要去叫齐云德来打点滴，可却被李海龙阻止。

"把感冒药拿来，齐云德还在下塘组，那里随时都有受伤人员需要他。"李海龙说。

"有人受伤吗?"五妹拿来齐云德开的感冒药，倒来温开水问道。

"好在山边那几户人家昨晚被提前安排在了村委办公楼，不然要出大事。"李海龙吃完药感觉很困，就想去躺会儿，五妹让吃了饭再躺，李海龙说不饿先躺会儿，说完就和着衣服躺在沙发上。

他母亲过来摸一把他的额头，说："太烫了"，然后连忙去拧了块湿毛巾搭在他额头。这时五妹端了饭菜进来要他吃几口。

"你们吃吧，我不饿，我就是困。"李海龙没胃口只感到昏昏沉沉想睡觉。

"不饿也得吃，人是铁饭是钢，早饭还没吃，哪里不饿?是忙昏头饿过头了。"五妹硬是拉他起来吃饭。

"强撑吃几口吧。"李海龙父亲见状说。

李海龙没办法只得硬着头皮，问五妹是否有稀饭，他喝些稀饭。五妹连忙去厨房把早上的稀饭端来。只是没扒拉几口，妇女主任红芹跌跌撞撞地跑来报告，云峰组的六子媳妇难产，他打电话求助山下。

云峰组是李家村离村部最远的一个组，也是海拔最高的一个组。改革开放后大多数人都搬到山下李家村来了，只有几户人家一是舍不得山里的山货和山里的高山茶，二是能力较差的贫困户还住在路不通的高山上。

"赶紧送医院。"李海龙丢下饭碗就走。

"可路不通啊，到处都塌方。"红芹说。

"去县医院过梅子岭走国道应该能通。"李海龙说。

"我说的是云峰下来的路怕不通。"红芹解释。

李海龙迟疑片刻，立刻组织了六名青壮年小队，由王春生带队，带上刀铁锹等开路工具奔赴云峰。李海龙这是要打通生命线!

去云峰山的路不算很远，也就五里地左右，可一路上都受阻。有的地段塌方，有的地段被折断的树堵住去路，再加上滔滔的水顺着黄泥土路往下流，形成一条小瀑布，他们每前进一步都十分地困难。李海龙派去的小队中午时分出发，到下午3点多才把人抬下来。还没等送到县医院人就走了。一尸两命，人就那样没了，六子承受不住打击，夜里上吊自杀了。

这事件对李海龙的触动更大。路，不仅是要致富先修路，关键时候，路等于生命。假如六子媳妇没有住在云峰山，假如没有发生暴雨塌方受阻，她就不会死，六子也不会自杀。恰恰相反，是喜添贵子福临门的大喜事，高兴还来不及。

因为路，喜事变成丧事。李海龙久久不能平静。

第四十九章　第五届选举

洪水过后李家村迎来第五届村民委员会选举。李海龙没有悬念地近乎满票通过。

李海龙当选为第五届村主任，李家村的村民个个脸上洋溢着笑容，只是五妹唉声叹气一脸愁容。她不希望丈夫李海龙再当这个村主任。上次"双规"事件给五妹留下了太深的阴影，她得出一个经验，公家的事情少管，管好了没多谢，管出问题来了你得扛，一句话是吃力不讨好的事情。

"老公，我求你了。你别当这个村主任了，我们像以前一样只管好自家的生意。"夜里五妹苦苦劝丈夫。

其实李海龙又何尝想当这届村主任，他当选第四届的时候，就想好了，等把自来水工程做好、路修好自己就退下。这样既实现了自己为村里修一条马路的愿望，又不辜负村民们自愿选举他当村主任的厚爱。谁料到一场百年不遇的洪水，把即将完工的"零赶"工程毁得七零八碎，这让他很为难，自己若此时甩手不干，只怕"零赶"工程就要成为烂尾工程，自己于心何忍！即使不当村长自己的心也是会时刻挂着"零赶"工程的。与其这样不如再当一届。

"我现在甩手走人，怕是修路的事要成为烂尾工程，这会令我寝食不安。"李海龙说。

"死了胡屠夫不吃混毛猪，这个世界上少了谁地球不都一样转动吗？毛主席那么英明厉害，他走了我们国家不一样发展吗？"五妹说。

"看你，把话扯哪去了。事情没做好我就这么灰溜溜地当逃兵，以后我们在这个村里还抬得起头吗？树活一层皮，人活一张脸。这样有损祖宗以及后代人颜面的事情我做不出来。"李海龙说。

"你是非要当这个村主任是吗？"五妹语气开始上火。

"不是非要当，是不得不当，等路修好我可以考虑提前退。"李海龙退了一步。

"我信你个鬼，修了此路想修彼路，有没完没了的路可以修，我还不知道你！你想做的事情恐怕还不止修路。"五妹说。

李海龙听了"扑哧"一笑，而后说："知我李海龙者吾妻也！"

五妹说得没错，李海龙除了修路外，他的心底还藏着一个愿望，就是打造金蟾林的文化。

当初"零赶"若直插金蟾林取直线走可以省下十来万元，李海龙力排众议要绕道而走，就是为了保住金蟾林，好日后打造金蟾林的文化。

金蟾林在离村庄不到一里地的地方，是村庄的水口。这里有一片古樟树，其中一棵直径要三人合围、树龄逾千年。夏天一走入这里像走进空调房，一下子能感觉到一股凉气袭来。这些都还不是主要的，最主要的是这里的另一景观赋予的千年文化蕴含故事。

这里除了古树外还有一奇观，怪石林立，周围的山都无石头，仅此几百平方米的树林里藏着大大小小的怪石。为何称其为怪石？怎么个怪法？树龄树冠最大的那棵樟树下有一块成人一样高的青石，形状酷似一只坐姿的青蛙，嘴的方向朝邻村，屁股坐朝李家村，下颚被敲去一块，敲下的碎石还散落在原地，村里人喊它金蟾石，这也是金蟾林名字的来由。

金蟾石的周围布满一圈大大小小的怪石，形态都酷似青蛙，有的像静静的坐姿，有的像猫在草丛窥视什么，有的像紧紧贴着地面趴着随时准备起跳。几根大小不一的青藤从树梢垂下，落在金蟾的背上，青藤的须牢牢抓在青石上。

传说，古时候从李家村出去的人，非宦即贵，做官的官运亨通，经商的财源滚滚。后来有个叫李贾义的人进京做官，出去时发下誓言，不高官厚禄誓不回乡。不觉十年过去了他依旧仕途不得志，那日收到家中来信，母亲病重告危。他想回去又碍于碌碌无为没脸回去，情急之下便去找了卜卦的瞎子，卜卦瞎子说回去容易，你是要带官回去还是不带官回去呢？李贾义听说还可以带官回去，立马说当然是带官回来。卜卦瞎子说那就去破了你们村庄的水口风水，你就可以如愿以偿。李贾义想到了金蟾。早年就有卜卦人说他属蛇与金蟾相克，水口的金蟾嘴巴又对准他们家的房子，所以不利于他们家风水。再想想自己多年不得志，越想越信了卜卦。他决定破了金蟾的风水。于是他加急书信回家让夫人按照他的话去做，他夫人便把金蟾给破坏了。夫人收到丈夫的信连夜和仆人趁着夜色悄悄摸到金蟾林几刀下去，把从树梢上垂挂下来缠在金蟾石上的碗口粗的青藤斩断，又把金蟾的下颚敲掉一块。据传青藤斩断后涌出了鲜血，夫人一行人吓得魂不附体。不久丈夫果然回来了，不过是躺在棺材里被抬着回来的，这便是所谓的带官（棺）回来。夫人这才知道上了卜卦的当，可一切都晚了。据说发生这事件后，村里人明白了一个道理，李家村人漂泊在外非官即富，靠的不是金蟾的保佑，而是奋发图强的结果。这正是家谱所言，读书者要用功，为农者必及时播种，为工贾者要业术精专。

"你一定要当我也拦不了，但是你得答应我一件事情，否则我坚决反对你再当这个村主任。"五妹也只能退步。

"说，什么事情？"李海龙问。

"去医院做一次身体检查。"五妹说。

自从赤脚医生齐云德给五妹提了个醒让李海龙去医院检查一下身体，五妹就时刻提这件事，可是李海龙每天都忙忙碌碌不得空去检查。

"你别听齐云德的，农村人好好的去检查什么，又不是城里人，好好的七检查八检查，反而死得快。农村人盲吃盲过，不觉一辈子就过去了，你看老阿婆她检查过吗？90多岁了还能上地里摘菜。"李海龙说。

"你别跟我搅，你去不去？不去就别怪我天天去村部跟你闹！"五妹说。五妹觉得齐云德说得对，早检查可以把小病扼杀在摇篮中。

"去，行了吧！"李海龙不得不让步。

"明天就去。"五妹说。

"明天我还有……"李海龙的话被五妹打断。

"就明天，没得商量，否则我跟你闹！"五妹下死命令，李海龙不得不同意。只是话音刚落下大哥大便响起来。

是王僖月打来的。她通过一个老客户的介绍认识了来自新加坡的房地产商。因为此人也姓李，王僖月想介绍给李海龙，看看此人能否看在同姓李的分儿上捐点修路款子。

"明天我请客，怎么还能由你请客。"李海龙说。

"只是这信息靠得住吗?"李海龙有些怀疑这个信息的真实性,毕竟是通过客户获得的信息,这万一被骗了丢脸是小事,村里可经不起折腾。

"放心,我这个客户是老革命,当过我们县的副县长,他是从他在统战部工作的儿子那得来的信息,我想他的信息应该靠得住。"王僖月说明信息来源。

李海龙一听是这样一个身份的老客户,自然是靠谱的,不由得连声说谢谢。

五妹听了说:"那正好明天进城把体检的事儿一起办了。"可李海龙说有重要事情只能改日体检,因为去医院会把好人折腾成病人,光这里排队那里排队就够呛,早上还得饿肚子。

"改日吧,我答应你了就一定会去。"

五妹没办法也只能改日。

第五十章　预言

李海龙一行如约而至，在王僖月的安排下，李海龙见到了来自新加坡的房地产商李嗣同。王僖月做东请的客。

"真不好意思还让你请客。"临别李海龙很是过意不去。

"说什么呢，你为村里修路操碎了心，快把半个家当搭进去了，我做这一点算什么。"王僖月说。

"你已经做得很多了，我代表全村人谢谢你！"李海龙对王僖月说。

"是啊，大姐是巾帼不让须眉，我李金雄自愧不如啊！"李金雄说。

"金雄弟，快别这样说，你也是李家村好样的。"王僖月说。

"是啊，将来不久李家村这副担子就要落在你的肩上了。"李海龙拍拍副驾驶座上李金雄的肩膀说。

李海龙说着已经打开了小车并发动，小车立刻发出启动的声响。王僖月与他们挥手告别。

彼此告别后，李海龙一脚踩下，小车一个前冲向前驶去。

"想不到僖月变化这么大。"短暂的沉默后坐在后排的王春生很是感慨。

"士别三日当刮目相看啊！"李海龙说。

"其实那年投标古亭小卖部，我就发现了她的潜质，但没想到她发展得这么快。"李海龙继续说。

"古人云，树挪死，人挪活，看来人是要出来闯荡的。"李金雄说。

"也不完全对，像阿混这样的人怎么挪也是个死，他老婆把他接到厦门找了一家鞋厂干，干了不到一个月跑回来了，说鞋厂气味臭，干了要烂鼻子。"王春生说。

"这个人是没救了，年纪轻轻整天游手好闲，连自己的儿子都要老父亲老母亲给他养。"李海龙说。

"现在一天到晚到处抓蝴蝶做标本。"王春生说。

"还别说，那些蝴蝶标本还真漂亮，前些天他拦住我要我抽空去看他新抓的一只蝴蝶，说是像嫦娥奔月一样非常漂亮，说他从未见过如此漂亮的蝴蝶。"李金雄说。

"我去看过，的确非常漂亮，整个花纹和形体，乍一看还真像仙气飘飘的嫦娥奔月。你知道他给取什么名字吗？"王春生说。

"我哪知道，我没空去看。"李金雄说。

"取名'老婆'。"王春生话音落下三人都忍不住笑。

"他说他将来要开蝴蝶馆，让全世界的人来参观蝴蝶的美。"王春生继续说。

"这个想法倒是不错，他那些蝴蝶是不是在金蟾林抓的？"李海龙问。

金蟾林是李家村的水口，那里有一小片古树林，还有大大小小的形态像青蛙的怪石，可能因为那里植被丰富，那里的蝴蝶特别多，多到令村里人恐惧，且编出一些鬼故事。说是客死他乡的短命鬼不得进村只能停留在水口外，那些蝴蝶是他们的鬼魂。

"好像是，只有那里蝴蝶最多。"王春生说。

"若是我们村将来旅游业开发起来了，他倒是可以在金蟾林开个蝴蝶馆。"李海龙说。

"他呀扶不起的阿斗，除了吃，其他的都别指望他。"王春生说。

"那也不一定，找到对口的，说不定又能出一个让你刮目相看的人。"李海龙说。

"他呀，就是送一棵摇钱树给他，他也懒得摇的人。真不知道阎王是怎么搞的，会让这样的人为男人，太丢我们男人的脸了。"王春生说。

"小鬼也有走神犯错误的时候，一不留神把壶把给安错人了，他原本是做太太的。"李金雄来了一句玩笑话，惹得三人都"咯咯咯"地笑。

忽然李海龙像是被笑呛了一下，他剧烈地咳嗽起来，使得他不得不把车靠边停下来，然后一手捂住嘴巴咳。

咳着咳着他感到鼻孔流出温暖的液体，凭他的经验他知道自己又流鼻血了，把捂住嘴巴的手拿到眼前一看，果然是殷红殷红的血。

副驾驶座位的李金雄也看见了。他惊慌地喊了一声"村长"，而后便不知所措。

李海龙不慌不忙，在驾驶座中间放水杯的位置有一盒抽纸，他冷静地抽出一张撕下一角卷成圆形想做成塞鼻来塞住鼻子，可在他低头做这些动作时，鼻血流得更厉害，一滴一滴往下滴，李金雄看到立刻喊道："快把头抬起来。"

然后替李海龙做他还没做完的纸塞。做好后把纸塞轻轻塞进李海龙的鼻孔，并让他继续尽力把头抬高到向后仰。还轻轻拍他的额头。这是农村人止鼻血的一贯方法。

"村长，去医院看看吧。"王春生建议。

"看什么，准是刚才吃热了。"李海龙仰着头说。

"你别说话，说话会拉动鼻子触动流鼻血。"李金雄说。

车内一时静默了下来，不一会李海龙的脖子忍受不了一直仰着，他把头慢慢恢复正常直立，只是这样他立刻感觉到鼻血流得更厉害。

眼见纸塞完全被殷红的血浸透，他内心也有些慌。"春生，你来开车，我去后座躺着。"李海龙说。

李金雄见了又为他制作了一个纸鼻塞，一边做一边要求李海龙去医院看看。

"三更半夜的，去医院看什么，不就流一点鼻血嘛，也不是第一次，别大惊小怪。"李海龙还是坚持不去医院，他从驾驶座上下来走到后车座位，王春生把他扶进后车座位让他躺下。

王春生回到驾驶座位，没有立刻启动车，而是望向李金雄，他这是在征求李金雄的意见，是回家还是去医院，毕竟赤脚医生齐云德让李海龙去医院做检查的事他们俩也都知道。

"去医院。"李金雄思索片刻坚决道。

王春生二话不说开车转头要往县城医院驶去。

"回来，去什么医院，已经不流了。"李海龙说。

王春生又一次看向李金雄，李金雄也不知道该不该去医院。

　　"真的不流了?"李金雄问。

　　"真的不流了，赶紧回去。明天还要应付农田改造检查验收呢。"李海龙说。

　　李金雄听村长这么一说也没多想，毕竟男人在这方面都比较粗心，也就让王春生又掉头回村里。

第五十一章　上县医院

五妹还没睡，还守着门等丈夫李海龙回来。见李海龙回来一眼就看见他鼻孔塞了个纸团。

"又流鼻血了？"五妹十分关切道。

"吃热了，流了一点点。"李海龙有意淡化，他不想妻子为他担心。

"明天我陪你一起去医院检查一下。"洗漱睡下后五妹说。

"你去干什么，你走了饭店一摊事谁管。再说了我又不是三岁小孩，体检还要老婆陪着去，让人看了笑话。"李海龙说。

"我不是这个意思，我是怕你半路又变卦，我必须押着你去。"五妹解释。说着便起床去衣橱里想找件漂亮的衣服明天好穿。

"放心，我不会拿自己的命开玩笑的，改革开放后生活越来越美好，我们都要争取多活几年，像村里的长寿婆婆那样当百岁老人。"

李海龙一边说一边看妻子在衣橱里一会翻出这件穿上跑到全身镜前照，一会又翻出那件穿上在镜前照，忽然他想起儿子壮壮的童言无忌。那天她要去邻村喝喜酒，也是这样翻这件挑那件在镜前试，并让一旁趴在地上打"耙耙"的儿子参谋，不承想还是四年级的儿子抬头望了望脱口而出："你现在穿什么也不好看。"气得她追着儿子要打他。

李海龙不禁咧嘴自顾笑了，而后起身突然从后面搂住妻子，在她的耳边悄声说："你在我眼里穿什么都好看，不穿更好看。"

五妹一听后半句，不觉"扑哧"一笑骂道"老不正经！"继而眼眶潮湿。

"怎么还哭了呢？"李海龙更加温情。

"还说呢！你已经很久没这样对我了！自从当了那个破村长，三天两头不着家，难得在家想和你多说两句话，你眨眼工夫便打起呼噜了，有时我都怀疑你是不是外面有人了。"五妹嗔怪道。

"终于说出来了，我早看出你那点心思，老实交代，夜里趁我熟睡了，闻没闻过我的衣领？"

"闻过又怎么样？"五妹俏皮道。

"不怎么样，说，闻过几次？"李海龙把五妹搂得更紧。

"无数次，这么说吧，你每次出差回来我都闻，这叫例行检查！"五妹毫不掩饰。

"你真就这么不信任你老公？"李海龙有些严肃。

"也不是不信任，只是，心里总是害怕哪天你被人抢走了，毕竟我又老又丑，该大的不大，不该大的都大。"五妹声音越说越小，最后一句几乎是说给自己鼻子听的，那种不自信满满地体现出来。

李海龙惊愕了一秒，继而"扑哧"一笑说："你什么时候变得这么不自信了？你不一直都以胖美人杨贵妃自比吗？"

"那是玩笑，更是自欺欺人。"五妹叹一声，继续说，"唉，为什么爹妈就不把我生得漂亮一点，每次看到那一个个美女真是羡慕死我了！"五妹又发自内心地长叹了一声。

"老婆，你在我眼里胖也罢瘦也罢，都是最漂亮的。你放心，即使我当了皇帝我也弱水三千只取你这一瓢。"李海龙说完拥紧妻子热烈地亲吻，五妹会意，不再挑选衣服，顺势滚倒在床上一手熄了灯等待丈夫行那云雨之事。

可李海龙却深感力不从心，折腾了半天都没让妻子满意，内心很是亏欠，找了一些托词说是城里刚回来兴许是累的。第二天早上醒来太阳已经爬得老高。五妹一看太阳从窗户射进来估计着是睡过头了，又想到说好今天去体检的，便跳起来哇啦哇啦喊。

"快起床，睡过头了。"五妹喊完就急急地下到客厅看时间，已经 8 点半了。这个时间去县医院体检是来不及了。她返回卧室时李海龙已经穿着整齐准备下楼洗漱。

"几点了？"李海龙见回来的五妹问。

"过 8 点半了，体检来不及了吧？"五妹问。

"来不及正好，今天财政局的人来农田基建验收呢。"李海龙说着出卧室门下楼去洗漱。

"感情你就是故意睡迟的吧，我看你是要把自己往死路上整。"五妹抹泪。

"一大早胡说什么，不就流点鼻血嘛，有必要骇人听闻吗?"李海龙说。

"齐云德说经常流鼻血要去检查一下。"五妹没敢说出齐云德说的后面一句，经常流鼻血就怕是不好的病。

"别听医生的，听医生的你父亲现在就没了一条腿，医生都是夸大其词。"李海龙说的是那年五妹父亲的腿肿了一块很久都没好，去医院看，医生说是骨髓里的毒要锯掉，五妹父亲一听要锯掉他的腿，吓得连夜一瘸一拐地逃出了医院回了村里，后来中医开了几服药吃，又把药渣捣烂敷在肿块上，结果肿块消了，她父亲保住了一条腿。

五妹有些哭笑不得。

"那总该去厂子里看看吧，这些日子你只顾了公家的修路，把偌大一个厂子都委托给你弟弟，我这心里总像水波一样荡漾不踏实。"五妹说出自己的心里话。

"用人不疑，疑人不用，要相信海星。"李海龙说。

"我不是那意思，今年好几笔大单款子都没收回来呢，你也得抽点时间跑跑。"五妹说。

"月底我抽空跑一趟上海和广东，这样你放心了吧。"李海龙说。

李海龙说着拿起牙刷刷牙，可刷着刷着，又感觉到鼻孔里流出热乎乎的东西，用手一摸一看，几个手指都是殷红的血，他迅速拿抽纸卷一个纸团塞住鼻孔。可这一切都被陪在一旁的五妹看见了。

"走，马上去医院。"五妹一看丈夫又流鼻血不容丈夫同不同意，她"噌噌噌"就上楼换衣服，下楼后就逼着李海龙上车奔县医院去。

第五十二章　如五雷轰顶

到了医院，李海龙感觉走路腿有些绵软无力，但他在努力装得若无其事。主治医生询问了病史责备为什么现在才来看。

"就流个鼻血，我们农村人没那么讲究。"李海龙说。

"建议明天来做全面体检。"医生开完喷剂止血药说。

"不体检行吗？我……"李海龙想说我忙得很，可话没说完被五妹打断。

"不行，医生怎么说你怎么做。"五妹说道。

李海龙没办法，只得由医生开体检单，开完去交了钱，第二天又被五妹逼着上医院体检。

第三天五妹自己去拿的化验报告单。五妹看不懂化验单，拿去找医生看，医生一眼瞄到那一栏。血小板指标是 48×10^9/L，低于 50×10^9/L。

"医生，有问题吗？"五妹有些紧张地问。

"有，血小板偏低。"医生说。还不等五妹再问，医生接着说，"这种情况最好住院治疗。"

"血小板偏低是什么病？"五妹在农村从未听过血小板这样的名词。

"这个原因很复杂，有可能是障碍性贫血，也有可能是家族遗传病，也可能……"主治医生说到这打住了话题看了一眼五妹。

五妹轰的一下顿感不祥，她害怕是齐云德说的不好的病，紧张得不敢问，但又必须问："也可能什么？"

医生迟疑片刻说："先住院进一步检查看看什么原因引起的。"

五妹听医生这么说心似乎安了一下，可当她转身走时，医生突然说："你要有心理准备。"

五妹一听，刚才稍微安下的心旋即就紧张了起来。"要有心理准备？这话什么意思？"五妹停顿了一下回身去问医生。

"凭我的经验他有可能得了白血病。你们太大意了延误了最佳治疗期。"医生说。

五妹一听如五雷轰顶，脑袋轰的一下，眼前闪一下黑，身子就跟着摇晃了一下，幸亏被吴医生扶住，才没倒下去。

回到家五妹不敢告诉李海龙也不敢告诉公公婆婆，五妹只想着如何说服李海龙去住院。

"明天什么事情都不管，听医生的去住院观察几天。"五妹想了很久终于想到观察二字来表达。

"你不是说没什么大毛病吗？为什么要住院？是不是你瞒着什么？"李海龙觉察到不对头。

"是没大毛病，可医生说了要住院把那个什么血……"五妹想不起来。

"血小板。"李海龙提醒道。

"对，医生说只要住一个星期，就能把血小板提高到正常情况，以后就不会再动不动就出鼻血了。"五妹为了骗他去住院治疗灵机一动编了谎话。

李海龙心想只要住一个星期就能好，便欣然接受了五妹的建议，说实话左出鼻血右出鼻血，自己也心烦，住一个星期院能好是件好事。只是一个星期后李海龙要求出院却遭到了医生的拒绝。

"你必须住院！"主治医生说。

"不是说好的只住一个星期就可以吗？"李海龙说。

"谁和你说的只住一个星期就能好？"吴医生很纳闷。

"你们说的呀！"李海龙也纳闷。

"笑话，我们怎么可能说这样的话！"吴医生有些生气。

李海龙跑去问妻子五妹。"不是说只要住一个星期院就能好的吗？现在医生为什么不让出院？"

五妹不语，把脸转过去不想让李海龙看见她刚刚哭过。

"你说话呀，到底是怎么回事？"李海龙追问。

"医生，你告诉我，我到底得了什么病。"李海龙又跑去问吴医生。

吴医生犹豫再三说："还有待进一步检查。"

"那你们慢慢检查，我可没时间陪你们检查。你们命好生活在城市，你们不知道农村人没路走是什么滋味！"李海龙忽然咆哮起来。

这时护士来打点滴，李海龙拒绝，"我要出院。"李海龙坚决地说道。

"你有可能得了白血病！"五妹突然歇斯底里吼道。继而号啕大哭。"你就懂得工作工作，修路修路，连自己的命都不要了。"

情势蓦然而转，所有的人都呆立着不知所措，心想五妹怎么可以说出来，可五妹心中清楚，若不告诉他实际病情，他是坚决不会住院的。

"五妹，你说什么？你不会是为了骗我住院编出来的吧？"李海龙一脸惊骇。

"就算是为了我，为了壮壮和艾艾，我求你别出院，你实在放心不下村里的路，那就更应该住院把病治好了才能修更多的路！"五妹声泪俱下。

李海龙跌坐在床上，从五妹的伤心程度，他确认五妹的话不是编出来骗自己住院的。

"医生，我真的得了白血病？"李海龙问主治医生。

医生叹了一口气点了点头。"非常遗憾，你错过了最佳治疗期。"吴医生说。

"你也太不拿自己的身体当回事了，哪怕早半个月来也不至于这么严重！"吴医生批评着李海龙，他哪里知道李海龙为了筹集"零赶"工程资金操碎了心。

"我这病是有治还是没治？"理智后的李海龙想知道自己的病情，他心里想的还是修路，他一定要在自己离开这个世界前把路修好。

"很难说得准。要看你们的经济条件，如果经济条件允许，可以骨髓移植治疗。"吴医生说。

"骨髓移植需要多长时间？"李海龙首先关心的不是钱，毕竟自己还是有些家底的，几十万还是拿得出来的。他关心的是时间，他没有时间天天躺在医院里等配型移植。

"这就更难说得准了，如果兄弟姐妹多，机会会更大，若亲人配型不上，那就不好说了，运气好的，也有一两个月就配型成功的，运气差的一两年都配不上的也大有人在。"吴医生只得实话实说。

"假如配型不上，我还能活多久。"李海龙沉思了许久最终鼓起勇气问。

吴医生看了看李海龙，而后说："也说不准，如果吃药能控制住，减轻贫血和出血症状，也有活过几十年的，也有只活半年，一两年的都有，这个原因很复杂，只能说与患者的心理素质和体质都有关吧。”

“只要老天能再给我半年的寿命就够了。”李海龙喃喃自语。

吴医生听了很诧异地望向李海龙，继而问：“你有未了的心愿？”

“是的，我必须在离开这个世界前，竣工‘零赶’，否则我死不瞑目啊！”李海龙说。

吴医生听了又一次地望向李海龙。“这条路对你真的那么重要吗？”

“是的，它是村里唯一一条通往山外的路，它对我重要，对整个村庄更重要。”李海龙说。

第二天，李海龙不管医生同不同意，也不管五妹同不同意，坚决出院了。他已经获悉弟弟和父母都未配型成功，他不想用有限的生命去等一个遥遥无期的骨髓配型。他想得很明白，即使配型成功，移植也只有40%的希望，自己何必在这里既浪费时间又烧钱。才住一个多星期，几千元就没了，若是两年还配不上骨髓源，只怕自己要给妻儿留下一身的债。

“人总是要死的，只不过少活几十年和多活几十年的事，没什么想不开的。”李海龙安慰妻子五妹。五妹不停地啜泣。

“你哭什么，我这不还没死嘛！再说了，医生不是说过也有活过十几年的，说不定我是个比他还特例的人，活个二十年三十年，甚至自然好了！”李海龙想着办法安慰妻子。

“但愿你能像故事里的人，因为一心铺桥修路感动了上天，为你添福加寿！”五妹止住哭声说。

“那老婆以后更要支持老公多多修路啰。”李海龙笑了说。

“你还想修多少条路？”五妹问。

李海龙没有回答。他们村有四个组，四个组来村部还都是走田埂路。李海龙心想，若是老天再给我十年的寿命，我要把四个组到村部的路都修成水泥路。

第五十三章 一方有难八方支援

李海龙出院了，为了"零赶"工程，他重新踏上了筹资路。他希望在他离开这个世界前，能看到"零赶"项目竣工。王僖月得知此事后，毫不犹豫把自己在城里购买的一块准备自建住房的地皮给卖掉全部捐助。一方有难八方支援真实地在李家村上演了一回。

"告诉他，修路缺口的 50 万元有着落了。让他安心好好休息养病。"王僖月给五妹打去电话。

原来王僖月不仅自己凑齐了 30 万元捐助款，又做通了旺财的思想工作，旺财答应捐 5 万元。那个新加坡房地产商李嗣同从王僖月那听了李海龙的故事很感动，决定捐 10 万元，还从其他几个老板那捐到一些零星赞助。

"明天我一定亲自去答谢他们！不能再让您破费，上次也是您请的客。"李海龙从五妹手中接过电话说。

"不是让你睡一会儿吗？一提到村里的事情，你就跟打了鹿血一样。"五妹埋怨着一把夺回话筒要继续与闺密王僖月聊。

"僖月，你刚才说什么？修路你要捐 30 万元？"五妹重新接过话筒，目的是要劝王僖月放弃那疯狂的念头。

"僖月，你是不是疯了？公家的事，你何必捐那么多？你天上会掉钱吗？就是会掉那也得比别人起得早去捡呀！你忘记自己是怎么苦过来的吗？何况你才刚刚站稳脚跟。"五妹无法理解王僖月的行为，她一通电话连骂带劝，像扫机关枪一样扫射过去。

"你已经跟不上僖月的思想了！"李海龙笑。李海龙一颗心松了下来，吃了药上楼睡了个好觉。

"思想不能顶饭吃，我就知道赚钱不容易，你知道僖月这几年多不容易吃了多少苦吗？"五妹不以为然。

王僖月何尝不记得自己创业之初的艰难，何尝不记得每一分钱都来之不易？在街头摆摊，早上得 4 点多起床抢位置，迟了就没你的份。后来有了店，生意才起色又被同行整得脱了一层皮，几乎决定改行。她甚至跑过列车，看人家车上东西好卖，也去了几趟，结果钱没赚到还被车霸烫了两个烟头印以示警告。

"僖月，我警告你，不要好了伤疤忘了疼。就算你现在发了，也得悠着点，你家可是有两个老人要你一个人扛，你公公身体也不好，我告诉你，那医院可是吃钱的老虎机，钱在医院不是钱，是擦屁股的草纸，不经折腾的。"五妹的话，王僖月前几年已经体会过了。那年公爹心脏病住了一个星期医院，花费了 5000 多元。

可是，杆子这么拼命又为了谁？何况五妹是自己最要好的姐妹，几次困难都是她出手援助，如果没有五妹的大力帮助，就没有自己的今天。今天五妹夫妻遇到这样大的困难，自己怎能袖手旁观，怎能看杆子带病到处化缘，更不能看他带着遗憾离开这个世界。

王僖月放下电话，那些最难熬的往事又历历在目。

第五十四章　一个人的夜晚

天气渐渐入冬，已有些凉意的风簌簌地刮过夜晚寂静的街道。王僖月走在街上，不由得抱紧双臂打了个寒战。

她刚从工商局商业科徐副科长家里出来。她一路回想着徐副科长的话，她感到天又一次塌下来了，而且束手无策。

原来，王僖月盘下的小店被拆迁后，她白天和晚上都在街上摆摊，等到夜深人静没有生意了，她就跑遍城市的每一条街、每一条巷，包括汽车站、火车站，她在寻找合适的店面。

功夫不负有心人，她终于在汽车站的旁边找到一个空店面。严格来说这并不是店面，是一座倒塌了一半的老屋。王僖月看好这个地盘，离汽车站只有百来米，一来交通方便，适合开副食品批发部。二来店租便宜，又无须转让费。王僖月通过多方打听，才打听到东家都在省城，这屋子关了许久，东家一听这破房子居然有人愿意租，不仅乐得有人看房子，还给免费维修，这是两全其美的好事何乐不为！东家想都没想便满口答应王僖月提出的条件：每月租金 300 元，第三年租金提高至 500 元。

王僖月找来泥工木匠，把客厅装修成店面，二楼堆放货物和住人。就这样王僖月有了第二家副食品店。

王僖月为自己的店做了长期规划，价廉物美，优质服务。第一年哪怕亏本也要先把人气做起来，有了人气，不愁没有生意，有了生意不愁没有钱赚。

交通便利果然为王僖月带来不少城郊乡镇小卖部客户。再加上王僖月采取价廉物美的经营方式，很快打动周边的居民消费者。小店才开几个月就大有起色。她一个人已经忙不过来，先是雇了一个小妹，之后又雇了一个送货的钟点工。

连"永兴副食品批发部"的老顾客也纷纷成了王僖月店上的顾客，大酒家也一个接一个与王僖月签单做生意。

王僖月店的名声一炮打响，每天的营业额都过万元，这可乐坏了她，可好景不长。正当王僖月沉浸在欣喜中时，半路杀出了程咬金。工商局的人三天两头来店里查劣打假，而且来的次数越来越频繁，从十天一查到五天一查，从五天一查到三天两头一查。每次来都不分青红皂白，进店就翻箱倒柜，随便指了一件酒或烟，说是假的就是假的，二话不说拿了就走，轻则罚款，重则没收营业执照。

每次一罚就是上千元，这飞来的横祸，令王僖月措手不及，几乎招架不住。

晚上，王僖月提了两瓶竹叶青，来到徐副科长家。临走时塞了500元给徐副科长，希望他手下留情，能留一条活路给她。

也许是那500元钱起了作用，徐副科长送王僖月至门口时，突然告诉王僖月一个秘密。

"其实我也不想一直去为难你一个女人，一个女人在城里开店也不容易，只是……"徐副科长把后面的话咽了回去。

"只是什么？"王僖月立刻追问。

"我不太好说。"

"您教教我，我从乡下来，可能有不懂规矩的地方，以后我一定会做得很好的。"王僖月很诚恳地说。

"不是规矩不规矩的问题，主要是……"徐副科长的话又只说了一半。

"主要是什么？求您告诉我，我乡下人笨，不懂礼数。"王僖月还是很诚恳。

"你要保证，如果我告诉你，你不能说是我说的。"徐副科长说。

"我保证，我一定不会说出去，这点事理我还是懂的。"王僖月说。

"那好，我告诉你，主要是有人告你卖假货。"徐副科长说。

"我可以对天起誓，我没卖假货，我的货……"王僖月的话被徐科长打断。

"其实我也知道你没卖假货，你是老实人，你错就错在不该开在她的对面。"徐科长也为僖月叹气。

"我不该开在谁对面?"王僖月一时没反应过来。

"永兴副食品批发部?"王僖月有所反应。

"永兴副食品批发部"开在汽车站正对面,与王僖月的店面相隔百来米。僖月见过那个女老板,穿着妖艳,走路目中无人。她的老顾客多有对王僖月提起她,说她服务态度差,东西又卖得贵,还以次充好,所以不愿意再去她那进货。每每王僖月听了还总是替她说几句好话,甚至劝他们去她那里拿货。没想到她却在自己背后捅刀子,而且是往死里捅。

"她才真正卖假货呢!多少客户跟我说过,说她不地道经常掺杂假货,真是恶人先告状!看明天我也把她告了!"王僖月无比地气愤。

"你告她没用,科长是她同学,她有保护伞,我们都拿她没辙。"徐副科长说这话似有意又似无意。

王僖月一听感觉五雷轰顶,眼前一黑身子一晃差点栽倒。

这可如何是好!王僖月一路走一路想着心事。不由得想起自己的命运如此坎坷,少年丧父,嫁了无能的老公,死里逃生来到城里打拼,一进城就被人坑了,好不容易开起这个店,生意也做得红红火火,还以为苦日子熬到头了,谁知又遇上这样的事。

我该怎么办?如徐科长所说,换一个地方开?可是,换了地方就没有竞争对手了吗?若又遇上一个"永兴"呢?我又往哪里逃?而且这个店是自己牺牲了利润才打开了局面的,换一个地方,人生地不熟,又要费一番周折,还未必能打开局面。

可不换地方,工商局的人三天两头来折腾,一来就把店翻得乱七八糟,他指哪件产品是假的就是假的,连说理的机会都没有,从开年过来,已经两次被没收营业执照,十五次被罚款,今天是第二次被列入"黑户"了,第三次列入"黑户"就面临被吊销营业执照。

想到这,王僖月不禁又打了一个寒战。

又一阵初冬的夜风,从她的衣领口灌了进去,她只感浑身阵阵寒冷,情不自禁地连连打寒颤。其实初冬的夜风并没有那般寒冷,只是王僖月本来就感冒了,又经这两日工商局人的折腾,再加上刚才徐副科长告诉她的事情,使她身心备受绝望,病情自然加重。

她感到自己又一次走到了路的尽头。

第五十五章　绝望的黑名单

王僖月彻底病倒了，她连日高烧不退。

病榻前，李国根从口袋里掏出一个农村信用社的存折递给王僖月。

王僖月看了看，有一万多元存款，但她却出奇地平静。此时的王僖月眼睛看钱已经看大了，一万多元只是她一天的营业额而已，别说一万，就是十万元摆在她面前她也不会惊讶激动。

"我现在有钱。"僖月把折子推了回去。

"以前我没赚到钱，害你累。"李国根是个老实人，他说不来好听的话，但那简单的几个字"害你累"使王僖月感到一丝温暖。

王僖月心头一热，泪水就不由自主地滚了出来。这温暖是她好长时间没有感受过的。自从来到城里开店她什么苦都吃过，上当被人宰，夜晚摆地摊，上火车上卖东西被车霸用烟头烫，好不容易有起色又被人放暗枪成了经营户上的黑名单，她历尽了重重磨难，可以说是一步一艰难，而这步步艰难，她都必须一个人扛着走。在这个举目无亲的城市，别说无人帮她一把，连个倾诉的人都没有，夜深人静的时候，她常常独自落泪。

王僖月擦去泪水，把存折递还给李国根。"你拿回去家里用，我有钱我用不着。"王僖月说。

"用不着也放你这保管。"李国根再把存折推回去。

"叫你留着你就留着，爸妈年纪大了，好话说不坏，谁还没个生病的时候。"王僖月坚决不要，李国根感到难过。

"再说了，放我这不安全。"王僖月找了个给李国根台阶下的理由。

其实王僖月坚决不收李国根的钱，不是因为钱用不着，恰恰相反，她正需要钱。年底临近，需要囤积大量的货，资金越大，囤积的货越多，成本就越低。另外，她看好了一套商品房，下个月要付首付。到处都需要用钱，但她不想要李国根的钱，一来她清楚李国根的钱来得太辛苦，她更明白那点钱是他们从牙缝里省出来的，公公李有田一直舍不得钱去换心脏起搏器，另一个原因她不想欠李国根的情，她见了李国根心里别扭，像她的父亲，毫无感情之言。

李国根默然无语。他本以为这些钱能令王僖月开心，能让自己的心有些许的安慰，但他没有看到他期待的，反而看到了王僖月淡漠的神情。他不知所措，有些失望地把存折收起，心中暗暗感到惶恐。

"你哪来这么一笔存款？"王僖月又一次心软了，她柔声问道。

"我种了三家人的田。"李国根说。

王僖月想，种了三家人的田，才积了一万多，自己摆地摊一年都不止那点钱，她想，真是无商不富啊。

"爸妈他们身体还好吗？"王僖月说。

"妈还好，晒谷子都是她帮忙，爸的心脏病越来越严重，基本上不能做什么事情。"李国根说。

"爸不能帮忙，你一个人种三家人的田，怎么忙得过来？"僖月说。

"现在种田都用机器，没以前累，稻谷打下来有人等在那收购，除草有除草剂，就是插秧的时候要雇些人帮忙。"李国根说。

不管怎么说，种田都是很辛苦的。王僖月想着欠起身从枕头底下摸出一沓钱说：

"替我给爸妈买些补品，这些年我也没办法照顾他们。"王僖月把钱递给李国根。

李国根死也不肯接。"我有钱不要，你自己一个人在外赚点钱更不容易。"

"这钱是我的心意，你拿去替我买些补品。"王僖月坚决把钱塞给李国根。

李国根坚决不肯要，说："我现在真的有钱，农闲的时候，我去镇里工业园区打小工，驮水泥一天能赚一百元。还有林大黑，他也干驮水泥的活，因为工资高。"他把林大黑带出来，其用意是要告诉王僖月现在劳力好也能赚钱。

"你腰不好，还去干驮水泥的活？再闪了腰怎么办？"王僖月说。

"我的腰毛病已经好了。"李国根第一次对王僖月撒谎。其实他的腰毛病不但没有好，而且因为干重体力活变得更严重了。

"哦，那就好。"王僖月说。说完王僖月不再说话，李国根也没了话。

许久，李国根突然说："我想你回去，爸妈也想你回去。"

王僖月叹气，半晌说："我不回去，我现在在城里很好。"

"我刚来城里的时候，一个人在街上摆地摊，那么困难都熬过来了，如今我在城里已经站住了脚，我是不会回去了。"王僖月说着有些自豪。

"城里人坏，你斗不过人家的，还是回去吧，回去我什么事情都不要你干。"李国根说。

"天无绝人之路！这些年那么多苦我都熬过来了，我不会那么容易倒下的。大不了换个地方，再说了，我就不信，天下就没有一个说理的地方。"

王僖月本来这番话是说给李国根听的，不想话一出口，反倒鼓舞了自己，那一瞬间，她做了一个决定，以法律来维护自己，哪怕是死，也要死个明白，不能这样不明不白地任人宰割。

"以前我们农村人苦，现在乡下不比城里差，李金雄都从南京回来了。"李国根说。他意在劝王僖月回乡。

李金雄参军在南京部队，后来转为志愿兵，退伍后回乡一段时间又去了南京，在南京一家电器厂工作，现在居然带着老婆孩子返乡搞创业，他说他看好农村的未来。

"他回来只是为了分田分山，分完了应该还会走的。"王僖月说。

"村里人原来也是这样说的，但现在大家都相信他不走了，他是真心回乡村发展的，他办了一个很大的养鸡场呢。"李国根说。

王僖月不语，心想："无论如何我是不会回去的。"

"哦，阿霞、红芹她们让我代问好你。"李国根继续说。

"她们都还好吧。"王僖月问。

"都很好，村里变化也很大，老街也有灯了。也不要交'三金'了，有田有地，农闲时还可以外出打工赚外快，比城里人强。"李国根绕着弯劝王僖月回乡。

"这些年农民的生活的确是富裕起来了，从乡镇的小店来进货可以看得出，他们进货的档次高了，但农村再好都无法和城市比，要不然农村的年轻人为什么都喜欢去城里打工，其实他们在城里打工的工资有的还不如你们在工业园区打工的工资高。"王僖月说。

李国根听出妻子已经爱上了城里的生活。他低头不语，因为王僖月说的都是事实。李家村快成老人村了，年轻人几乎都跑大城市打工了。

"可我还是喜欢我们乡下，城里人家家紧闭大门，门对门都不说话，甚至不认识。我们乡下人，门都开着，若是遇着点事，一呼大家就都来了。"李国根说。

"这一点倒是我们乡下好，谁家的大门都是敞开的，你串我家，我串他家，大家和气融融。"王僖月说。

尤其是春社这天家家做"拿抓糍"，无论你走到哪家门口，都会受到热情的邀请，甚至被拖进家门，硬是要你吃上一个，你可以从街头吃到街尾，尝遍百家味，那气氛，特别融洽。

"如果盖了房子你回去吗？"李国根又小声问。

"我已决定在城里买房。"王僖月委婉拒绝。

"你在城里买房子？"李国根很是意外。他想，以前王僖月大事小事都得问自己的父母，连过年给她母亲买斤糖都要经过自己父母同意，而今天的王僖月完全变了，连买房子这样大的事情，她连说都不说一声。当然，李国根知道自己没有权利指责她，钱是她自己赚的，就是有权利指责，他也不会指责她，他觉得自己亏欠她的太多。

正说着，工商局的徐副科长又来了。

"老板娘，工商的人又来了。"小菊慌慌张张地跑上楼喊。

"知道了，我就下去。"王僖月答应着，起身穿好衣服。

"徐副科长，我们老板娘都被你们折腾病了。"小菊笑着对徐副科长玩笑道。徐副科长没有搭话，也笑了笑。

"徐副科长，我们老板娘真的没有卖假货，我一直在这个店，会知道一些的。"小兰看到徐科长有笑容，再加上来的次数多了，也熟悉了就大着胆替王僖月喊冤。

王僖月撑起浑身酸痛的身子，走下阁楼。"徐副科长，您看我正病着，是不是过两天等我身子骨好些再来查？"王僖月说。

"老板娘，我今天不是来检查的，是来告诉你，你若不去走关系的话，你的店有可能被吊销营业执照。"徐副科长说。

"为什么？"王僖月说。

"昨天开了会，局里要对上了黑名单的经销户进行一次彻底的清查，清查完后会取缔一批，我估计你的情况很不妙，所以提前来知会你一声。"徐副科长说完没等王僖月接话就又接着说：

"我走了，我能做的只有这些。"

王僖月明白，徐科长今天来是对她那 500 元红包的答谢。"我没有卖假货，我一直都本本分分经营。"徐科长走后王僖月愤怒道。

"我就不信，他能一手遮天！"王僖月的心中再一次想起一个人。

此人不是别人，正是她昙花一现的初恋韩力辉。其实王僖月早就知道韩力辉是工商局局长，她也曾有过找他帮忙的念头，但碍于与卢海发的丑闻，她始终没脸去见他。

"大检查也好，又不是他邢科长一个人说了算。"王僖月在极度无奈下找到一丝安慰。

第五十六章　沉默中的爆发

大检查分为三个片区九个小组，王僖月片区由邢科长挂帅，王僖月得到这个消息脑袋一轰，腿一软，一个跟跄从楼梯上摔了下来。好在是木楼梯没有伤筋动骨。

只能去找他了！夜里，王僖月提了酒。她来到韩力辉住的小区。她来到11栋楼下，但却迟迟不敢上去。她在黑暗处徘徊了许久，几次鼓起勇气踏上楼梯，可又几次退了下来，隐在黑暗处。

实在没脸见他！她退了出来。一辆黑色轿车朝小区大门驶过来，王僖月连忙退一旁。

小轿车在接近大门时"嘘"一声停下。接着前座车门打开下来一个人，王僖月认出他就是韩力辉。尽管二十多年不见，王僖月还是一眼就认出他就是韩力辉。他的模样一点没变，笔直的腰板，带有乡音的普通话，衣装整洁。

"路上小心。"他对司机交代一声转身进了小区。王僖月迅速转过身子背对着他朝更黑的夜色走去。

王僖月就这样与他擦肩而过，却没勇气上前与他打招呼。

王僖月垂头丧气地回到店里，一个人狠狠地哭了一回。

王僖月决定认输，向那个女人，向邢科长低头。她擦干眼泪从床上爬起来，漏夜跑遍大街小巷去找新店面。

"你为什么不找韩力辉？他是工商局局长你不知道吗？"五妹从李国根那得知王僖月病了又遇上了麻烦，所以特地来城里看望王僖月。

"我哪有脸找他！"王僖月叹气。

五妹也叹气。五妹理解，韩力辉是王僖月心中最美好的一处，她无法以自己糟粕的形象去见他，换了自己也一样没勇气去。

"他还是老样子，没架子。去杆子厂里视察过工作，我还敬过他的酒。"五妹说。

"我感觉到了，还是一副好性子"王僖月说。

"你见过他？"五妹问。

王僖月便把昨晚去找他帮忙的经过和盘托出。

"为什么不再勇敢一点？想当年你若勇敢一点，像我爱杆子那样勇敢，那现在……唉！"五妹打住话题重重地叹了一口气。

"我没那个命！"王僖月说。

"其实他很同情你，上次还向我打听你。"五妹又重重地叹气。

"也许是想看我笑话吧！"王僖月说。

"他为什么要看你笑话？你这人别把人想歪了！这就是你的不对！"五妹批评道。

"你有个坏习惯，缺乏自信，尽把事情往坏处想。"五妹继续说。

"你现在在我们村也算是这个。"五妹竖起大拇指，接着压低声音说："连卢老板都佩服你了！他说你能吃苦，脑子好用，如果是男人那不得了。"

"他就瞧不起女人，我现在明白女人也能干大事业。英国的女总统撒切尔夫人不也是女人吗？"王僖月说。

"这话我爱听！有爷们气魄！"五妹说着又竖起大拇指夸赞王僖月。

"咳，女人半边天说起来容易做起来难啊，女人要做一番事业要远比男人付出得多。眼前这一关我看我是过不去了。"王僖月说着连连叹气。

"你先别急着搬店，我替你去找韩力辉，把你的情况反映给他。"五妹说。

"你去？"王僖月瞪大眼睛，这可是雪中送炭啊！

"我反正也认识他！"五妹说。

"那我给准备些礼物！真是太谢谢五妹了！"王僖月忽然看到了救星，眼睛立刻放出光芒。

"不要送礼物，我们是去反映问题的，送了礼物反而不好！"五妹思索后说。

"你说得有道理，以后再答谢他吧！"王僖月说。

"人家未必在乎什么谢，他作为局长也有必要了解下属情况。"

"我这就去。"五妹说。

"我王僖月上辈子烧了五妹你多少高香，没有你一路支持，我绝对没有今天。"王僖月拥住五妹，两眼闪出泪花。

"我们不是姐妹胜似姐妹，能帮上你，我很高兴！"五妹说。

"我和你一起去，我不进去，我在外面等你，完了我陪你逛街，然后去新开的一家西餐店，估计你还没吃过。很多好吃的东西，你自己爱吃什么拿什么，尽你吃吃到你肚子疼。"王僖月说。

"成，我还真没吃过西餐！不愧是城里人了！"五妹打趣道。

王僖月拦下一辆的士，与五妹一起朝工商局奔去。

第五十七章　海阔天空

大检查过后王僖月整天忧心忡忡，尽管五妹替她去找过韩力辉，韩力辉也表态一定会重视这件事，但王僖月还是不放心，甚至神经质，她满脑子都是邢科长类型的人物。台前一本正经大清官，台后却是个贪官。韩力辉会是这样的人吗？他会官官相护吗？若是就更惨了，邢科长知道自己告了他，接下来还不往死里整她？王僖月每天都胡思乱想，越想越坐不住。

那晚，王僖月忍不住又去找徐副科长打听消息，同时向他打听这次"打黑"带队队长黄副局长的住址。

徐副当然明白王僖月打听黄副局长的用意。徐副科长告诉她，黄副是个非常正直的人，如果这个时候你去送礼，恐怕会适得其反。徐副科长建议王僖月静观其变为好，毕竟还没有到吊销她营业执照的那一步。

徐副嘴上虽这么宽慰着王僖月，但他心里知道王僖月有大麻烦，举报她卖假酒假烟的信件有一叠，同时他又很清楚王僖月是被冤枉的，她生意好完全是物美价廉的缘故。

出于同情，临别时，徐副突然对王僖月提到韩力辉，说韩力辉和王僖月是一个镇的人，建议王僖月关键时候去找找韩力辉，说韩力辉是从农村提拔上来的领导，他正直有为，体恤底层人。

王僖月从徐副科长那回来后，更加忧心忡忡，她明白徐副要自己去找局长韩力辉，说明自己摊上事了，她也明白对面店的女老板不会放过自己，她有邢科长做靠山，一定会利用这次机会使尽手段把自己挤走。

夜里，王僖月躺在床上越想越不舍得失去这个自己辛苦、乃至牺牲了利润经营起来的批发店，她决定反抗。第二天她又一次硬着头皮去找韩力辉，想说明真相，但结果和上次一样关键时候掉链子打了退堂鼓，无功而返。

听天由命吧！王僖月做好了最坏的打算，被吊销营业执照。她甚至为自己想好了退路，去开个小吃店，做"拿抓糍"。她发现城里人也非常喜欢吃这个小吃。做这个成本低，甚至可以不开店，推着三轮车满街跑。

"拿抓糍"是用鼠曲草做的一种米果，里面包菜，每年春社，家家户户都要做。

王僖月想好了退路，也就不那么担心了，她耐心地等待结果。

大检查结束，黄副局长将一份黑名单递给韩力辉审批。韩力辉看着，里面果然有王僖月。

"王僖月被列入黑名单，是否有误会？"韩力辉看后问。

黄副局长便把邢科长交给他的一大摞举报王僖月的材料递给局长韩力辉看。韩力辉看后又叫来徐副科长仔细询问。又认真看了举报信和举报电话，举报电话都是公用亭电话，举报材料，几乎出自一人手笔，而且没有具体真实证据，都是泛泛的举报词。

韩力辉思考着，心想不能因为自己与王僖月有过初恋就庇护她，也不能冤枉了任何一户经营户，更不能在自己的眼皮子底下滋生纵容不正之风。谁是谁非，他决定亲自插手。他不动声色，悄悄把那一叠举报材料送到公安局鉴定，鉴定结果果然出自一人之手，韩力辉又请公安局进一步确认是否出自"永兴副食品批发部"老板娘赵丽倩之手，几天后结果出来，基本确定是出自赵丽倩一人之手。

韩力辉把公安局的鉴定报告交给黄副局长，又把五妹替王僖月反映的材料交给黄副局长。

黄副局长看完说："我也觉得此事有蹊跷，我查过，每次罚款都没有假酒假烟的具体数量，以及当事人的笔录，和伪劣品来源渠道等。我对这几户列入黑户的经营户也做了暗访，客户对王僖月普遍评价很高，只是不知道为什么到我们这里会有这么多的举报信，而且上了黑户。"

"是否有听闻邢建与永兴副食品批发部老板娘的关系不一般？"韩力辉问。

"听了一些。"黄副局长也只得如实说。

"这样的不正之风居然在我们的眼皮子底下发生，我有责任啊！"韩力辉首先感到问题的严重性，他深深自责地长叹一声。

"把纪检书记叫来，这事要进一步深查，你配合纪检部门，我们不能冤枉一个好同志，也不能放过一个党的蛀虫！"韩力辉作出决定。

经过几个月的多方调查，证据确凿，邢科长以权谋私，与永兴副食品批发部老板娘赵丽倩不仅有不正当男女关系，还在永兴副食品批发部占有10%的干股，经组织批准邢建被开除公职。

　　经此一事，工商局出台了一系列执法工作人员守则，如执法工作人员不得以公济私，随心所欲擅自闯入商户翻箱倒柜；执法人员执法得出示执法证件，且须有两人以上；没收伪劣品货物不仅得开具收据，且要有科学依据，不能凭公职人员一张嘴说白就白说黑就黑，且要有当事人笔录，伪劣品的来源去处。

　　消息传来，王僖月感动得失声痛哭，她这是高兴，她一年多的噩梦般的日子从此结束。

　　她感到自己的春天来了，她可以放开手脚大干。她把东家的老房子买下来，翻盖成三层楼的批发部。先后在火车站以及南门北门分别开了三家分店。

　　王僖月仿佛是运气来了挡都挡不住，来年又先后拿下天香花生油、金龙鱼油等总代理，生意扩展到周边县市，且连年被评为优秀个体经商户。

　　尝到经商甜头的她，又把目光瞄准了房地产业。

第五十八章　荣者归来

参加剪彩的领导纷纷走上主席台，王僖月整了整衣装自豪地走上主席台。她是"零赶"项目的头号赞助商，李海龙其次。

一条中国红绸带由两位礼仪小姐牵着，另两位礼仪小姐手中各托一个金色的碟盘，碟盘里各放着两把金色的剪刀。

主持人李金雄一声喊："剪彩开始，有请主席台领导上前剪彩！"话音落下，主席台领导纷纷上前，王僖月搀扶着李海龙一起上前。站在中间的一位小姐从托盘中拿起一把剪刀最先递给中间的镇长。

"镇长，您请！"主持人说。

镇长手握剪刀，并没有下剪，他略有所思地说："我提议，这第一剪应该由李海龙同志来。"

"那哪行，您是我们的上级领导，无论是资金还是技术上政府都给予了我们大力支持和帮助，所以这开剪理所应当由领导来。"李海龙连忙推辞。

"说来我们惭愧，区区的十万资金杯水车薪，只因为像你们这样的村还很多，我们也是爱莫能助，能有今天这条路主要是靠你们自己，说得更确切一点，主要靠你。为了这条路，你连命都不顾，我本人表示十分的敬佩！所以这第一剪必须你来。"镇长说着把剪刀塞在李海龙手里，而后亲自拉起红绸带送至他面前。

李海龙感到尴尬，不剪，镇长盛情难却，剪，又有凌驾于领导之上的意味。他不禁左右环顾王僖月和李金雄。

王僖月和李金雄都朝他点头，赞同他剪第一剪。李海龙犹豫片刻后说："不，这第一剪应该你来，你是书记。"李海龙把剪刀递给挂村书记戴亦农。

"我可没这个资格，我这个挂村书记几乎是甩手掌柜。"挂村书记连忙推开。李海龙看了看王僖月，说：

　　"您一个女同志，在关键时候能为村里慷慨解囊，卖了自己准备盖房子的地，我代表全村人向您致敬！"李海龙说起就十分感动。

　　王僖月不仅自己慷慨解囊，还帮助拉了五家赞助商。李海龙每当想起都无限感慨和感激。

　　"这是我的家乡，我做得再多都是应该的，你谢什么！要谢那也是村里人谢你这个领头人，你吃的苦流的汗远比我多得多，第一剪你来当之无愧，怎么也轮不到我。"王僖月也连忙推辞。

　　李海龙又把剪刀递给李金雄，说："你的首长为我们立了大功，你替他剪第一剪吧。"

　　"他若来了可以，他没来我不能代表首长。"李金雄把剪刀推了回去。

　　"这样吧，我建议再拿三把剪刀来，我喊一二三，我们四人同时一起剪。"镇长看大家让来让去便提议道。

　　"这建议好，再拿三把剪刀来。"李海龙冲礼仪小姐喊道。

　　立刻有礼仪小姐托着盘子拿来三把金色的剪刀分别递给镇长、王僖月和李金雄。

　　四人握着金色的剪刀，神情庄严，随着主持人一声喊：

　　"一，二，三，剪！"主持人话音落下，把剪刀一齐剪向绸带。

　　绸带落地，鞭炮声起。

　　"放礼花！"主持人又一声喊。随之空中一朵朵礼花炸开。

　　与此同时，老街的鞭炮声响彻云霄，久久不绝于耳。

　　鞭炮声传到已灯尽油枯的李水生的耳中，只见他身子一抖，一下子就坐了起来。"我要出去看看。"他对守在他床边的弟弟说。

　　"你走不动的。"他弟弟说。

　　"我走得动。"他说着一只脚就搭着了地。

　　他弟弟一看只好搀扶着他，可他却一把推开弟弟，自己如没病人一样，"噌噌噌"就走出大门外，他望着一朵一朵升上天空的烟花，像孩子一样手舞足蹈地叫喊："好看好看……"

　　"好看，真好看……"李水生说着笑着，突然脚下一软，便歪倒了。

　　"说你走不动嘛，还逞能。"他弟弟一边唠叨一边把他抱上床。

　　"我高兴，我高……"水生笑着用最后一口气力说着他高兴然后闭上了眼睛。

村人听说李水生是在喜庆的鞭炮声中笑着离开人世的，都舒了一口气。因为他活着的时候，有太多的遗憾和怨恨。

李水生还是后生时，是村里的民兵排长，民兵集训时他认识了一位姑娘，两人一见钟情，可当姑娘的父母得知李水生是李家村人时，便死活不同意，并给姑娘介绍了一门婚事，姑娘在父母的威逼下终于向水生提出了分手。水生感到绝望，他别无他法，唯一一条路就是生米煮成熟饭……事后姑娘父母不但不同意，还告水生强奸罪，水生因此被判刑。

村民们早已按捺不住兴奋的心情。由村民自发组织的一条火红的龙灯，从古街南门一路舞来，跟在后面的是狮子灯，和一群孩子的瓦子灯。前头开路的是六个跳着欢快傩舞的村民。龙灯、狮子灯、瓦子灯及傩舞在村部集合会演。

会演完后的最后一个环节是品尝李家村的特色小吃"拿抓糍"。

此小吃最早只在春社那天制作，主要用来祭祀。新中国成立后，祭祀仪式被禁止直至被遗忘，但春社做"拿抓糍"的风俗依然流传至今。

何为"拿抓糍"？即一款以大米和鼠曲草制作的有馅的、形如水饺的米果，但比水饺大，名字从本地话译音而来。"拿抓糍"制作工艺比水饺烦琐得多。第一步，要先把采摘来的鼠曲草晒干，再把晒干的鼠曲草置于条理粗糙的物体上揉搓，如簸箕，或用钝器反复捶打，直至变成棉花状，鼠曲草原料便制作完工等待备用。第二步，制作皮子。是用大米捞八成熟米饭置入石臼里春，边春边均匀地撒入制作好的鼠曲草，春至米饭和鼠曲草完全糅合，再分成块状置于蒸笼中进行二次蒸，蒸大约二十分钟，再置于石臼里春第二道，经过第二道春，鼠曲草已完全没了草的影子，只以绿中带灰的颜色存在于被春成泥胶状的皮子料中。第三步，把二次春好的皮子料搓成圆形的长条状，再切成一个个小段，然后捏开呈碗状或杯状。第四步，上馅。这一步骤水饺皮上馅相同。第五步，把上好馅的米果放笼屉蒸大约二十分钟起锅可食，至此整个工序完成。

选择在春社这一天剪彩，李海龙是有意图的，他想打造旅游农家乐村。"拿抓糍"小吃不仅是李家村的特色小吃，而且已经发展为整个县城小吃，并且深受喜爱。

剪彩仪式结束，王僖月就被一起长大的姐妹们围住，互相拽着要拉王僖月去她们家吃"拿抓糍"。在去看望母亲和公婆的路上，不时被冲出来的乡亲拉进去尝"拿抓糍"，王僖月哭笑不得，一再强调肚子实在吃不下，可热情的乡亲就是不肯放过王僖月，说哪怕品尝一口也好，吃不下就品尝一口扔掉。王僖月哪能这样做，吃一口扔掉多不像话，只能逃一样地跑。

跑到公婆家，一看桌子上已经快放不下了，都是左邻右舍送来要王僖月带走的"拿抓糍"。

"怎么这么多?"僖月看了说。

"是啊，我们家没做比做了的人家还多。"马玉英说。

李有田坐在客厅脸色有些难看，王僖月不知道出了什么事。她小声问道："爸身体还好吗?"李有田点了点头，而后看向妻子，那神情是示意妻子说话。

王僖月心中一惊顿生不祥之感。"爸，妈，怎么啦?"王僖月想不出家里能出什么事情。再一看不见李国根，难不成他又犯傻了?公公这一辈自己在村里活得响当当，可一个儿子就四肢发达头脑简单，快没把他给气死。

"一会你妈就过来。"马玉英哭丧着脸说。王僖月更加纳闷，难道自己做错了什么?可仔细检点自己没做错什么呀，虽然一个女人在城里打拼，但从无越轨之行为。难道是当年卢海发强暴自己东窗事发?王僖月心中一惊，但立刻镇定下来，自己正是为逃避这事才走的，事后卢海发去城里找过自己，但都被拒绝了，自己问心无愧。

不一会儿吴兰花到了，王僖月忙扶母亲坐下。吴兰花坐定后，马玉英给倒来一杯糖水。给客人倒糖水是村里古代留下来的习俗，是最高礼节。

"亲家，出什么事情了吗，喊我来?"吴兰花心中惴惴不安地问，心想不会是女儿僖月在城里有外遇了吧。

"没出事，没出事。就是……"马玉英欲言又止，她看一眼丈夫李有田，用心语问一定要那么做吗?

李有田态度坚决。马玉英抹一把泪，说出两位老人的决定："当初是我们包办婚姻硬生生拆散了僖月的好姻缘，毁了她一辈子的幸福，这些年太委屈她了，现在我们都应该纠正错误把自由和幸福还给僖月。"

吴兰花一听，这哪行，嫁鸡随鸡嫁狗随狗，哪有二婚再嫁之理。马玉英不语，她还是偏袒自己的儿子，希望王僖月能和自己的儿子过下去，哪怕名存实亡。

可李有田说："亲家母，你那都是老皇历了，他们两个分开都是一种解脱，我们当年做错了事，现在趁我们有一口气还有机会改正，不然我会为这件事情死不瞑目，我们李家欠僖月这孩子的太多了。"

吴兰花望着自己的女儿，年纪轻轻就守活寡，也的确后悔过当年的决定，但事已至此，又能如何。

"可你们也没做错什么。"吴兰花模棱两可。

"可你和我们当年错了，一开始就错了，是我们改变了她的命运。"李有田说。"僖月，你遇上好的再找一个，我们不会怪你。"李有田接着说。

一直默默无语的王僖月，忍不住落下泪，她为自己的爱情命运落泪，为公公李有田的高风亮节而感动落泪。

"你们都别自责了，这是我的命，就让燕子有个完整的家吧。"王僖月虽然很期待有自己的新生活，但她心里很清楚离婚对于李国根会是一个致命的打击，他承受不住无法预料他会做出什么事来，而他又是老两口的独苗，他若有个三长两短，两个老人会挺不住倒下去。为了两位老人的晚年幸福，王僖月再一次选择委屈自己。

第五十九章　夫妻情深

剪彩仪式结束后，李海龙将工作移交由副村主任李金雄代理。他考虑到自己的身体状况，已经提前向镇里打了报告，提议由副村主任李金雄代理主持村委工作，报告也已得到组织批复。

剪彩仪式的当天夜里，李海龙感到浑身绵软无力，五妹摸了一把他的头，滚烫滚烫的。

"上医院。"五妹不由分说。

"别大惊小怪，去齐云德那拿点退烧药吃就好了，去什么医院。"李海龙轻描淡写道。

"医生嘱咐过，如果有发烧就要立即去住院。"五妹不顾他反对，直奔小叔子家，把小叔子叫醒开车强行将李海龙送去医院住院。

"已经是晚期，住院已没多大意义，农民没有医疗报销，你考虑清楚住不住院。"主治医生好意提醒。

"坚决住！哪怕能多活一天！哪怕我背一身债！"五妹态度坚定，喉管僵硬。

"我们家是农民企业家，我们有钱不会赖账跑路。"五妹看出主治医生有顾虑，误以为主治医生是怕她没钱住院到时赖账。

主治医生想劝他们回家别住院，是出于两个因素的考虑。一是上次住院李海龙跟主治医生说了掏心窝的话，他穷过，而且穷怕了，他不想让妻儿因为他背上债务，他想留下一笔钱给两个孩子读书；二是医院不成文的潜规则，对于没有医保的农民，在已经没有医疗意义的情况下，会尽力劝他们回家静养，这也是一个医生的医德。

李海龙连着几天都处于昏迷状态，时而醒来就闹着要出院。五妹深谙他的内心，是心疼钱，怕将来她和两个孩子要过苦日子。

"你别担心我和壮壮、艾艾会过苦日子,那不还有几笔老账没收回吗。你弟弟已经去广东要债去了,他把你的情况告诉了付老板,对他晓之以理动之以情。这不,昨天你弟弟海星打回来电话,说他答应过几天一定把欠款打给我们。"五妹为了安抚丈夫安心住院便想着编出这么一个故事。

"他哪次不是这样说。这话我耳根子都听出老茧来了,唉!"李海龙说着不自觉地叹了一声。

"怪我心肠软,就应该一手交钱一手交货,哪怕是老顾客,没想到他来这一手。"李海龙叹气。

原来付老板是李海龙多年的老客户,以前一直都很守信用,有一次,款子算错了,少算了3000多元,李海龙还没来得及找他,他主动把少算的钱给补上了,所以李海龙非常信任他。每次他要多少货都是立刻供应,不愁他不给货款,可谁知他后来染上了赌瘾,最后一次他却把李海龙狠狠黑了一把。

"不会的,这回他说一定会打过来的。"五妹保证道。

"你不了解他,我打听了他的情况,他现在就是老赖,不止欠我们家的,他到处欠,连他父亲留下的产业都被他挥霍光了,就算他想还恐怕也没钱还,若去之前跟我说一声我会让海星别去。"到了今天这个份上李海龙不得不说出实情。以前都是他编谎话安慰五妹,今天听五妹这么说,明白是五妹编出来安慰自己的。

五妹没想到付老板是这么个情况,之前杆子怕五妹心疼那笔钱拿不回来,所以一直隐瞒了真实情况,才使得五妹编了这么个谎,不仅不能起到安抚丈夫的作用反而平添他的忧虑。

"每个人都会改嘛,你都好几年没和他联系了不是吗?"五妹感到尴尬但尽力去圆说。她只有一个目的——希望丈夫能安心治疗。哪怕死马当活马医,那也是有一线希望。

李海龙吃完药睡下了,五妹在走廊里来回踱步,最终她拿定主意去找好姐妹王僖月帮忙。

尽管五妹知道王僖月也很难,家大业大,事业有多大开支就有多大。自己是过来人,一旦名声在外,每年各种慈善捐款就让你脱一层皮,你还得痛着笑。还有弯弯绕绕的远亲近邻不经意就蹿出一个问你借钱,不借就说你坏话，借，自己也难，更何况"零赶"项目她刚刚才一家伙捐了30万元，把老底都捐了。但五妹还是对王僖月开了口。她太爱杆子，为了能让他多活一天，她可以用自己的命去换。

"要多少？"王僖月一听五妹要借钱，连眉头都没皱一下，只问要多少。

"10万行吗？打进公司账户，我想让他看到我们家还有钱，他就不会闹着出院。"原来五妹为了圆广东付老板还款的谎想出这个计策。

"让他看一眼就归还你。"五妹接着说。

"不急还，明天一早我就让出纳去办理。"王僖月没有丝毫的犹豫。她知道五妹是真遇上困难了，不然她不会来找自己，她口口声声就心疼自己不容易。

"我打12.9万给你，记得你和我唠叨过一共是12.9万。"王僖月想了想说。

"不用，少点他更容易信，毕竟是多年的陈债哪有那么容易要回来。"五妹打心眼里感动。

"僖月，你听我一句，好过的时候要攒点钱。你可是有三个老人要你管，你弟弟虽然也赚了点钱，但不是我说闲话，当然好事说不坏。倘若你母亲有个磕磕绊绊，还是要你负担的，即使你弟弟肯送你母亲去住院，春竹也未必舍得，医院是烧钱的地方，能把你一沓一沓的钱烧掉，若不是爱他，我也早放弃了。"五妹和王僖月说掏心窝子的话。

王僖月又何尝不知，可是箭在弦上不得不发。正如五妹所说名声在外，总有那些弯弯绕绕的人和事找你，杆子在生命垂危时还想着要把路修好，我王僖月能袖手旁观吗？弟弟福贵说为了孩子读书要在城里买房子差一点钱，母亲亲自登门要自己支持，自己能不支持吗？老舅儿子要买车千里迢迢找上门，我能不借吗？还有那些七大姑八大姨的份子钱每一个你都绕不开躲不掉。

王僖月只祈求苍天神灵保佑一家人都平平安安。否则，弄不好也会一人病倒全家穷。

第六十章　最后的时光

李海龙已经昏昏沉沉睡了几天，这天五妹决定转到省城医院输血。可李海龙意识是清醒的，他强烈劝五妹办理出院。他不想鸡飞蛋打，不想连累妻儿还有父母在自己去世后背一身债。

"你放心，你弟弟海星可能干了，这个月在上海做了一个大单，一家伙赚了十几万元呢。"五妹故伎重演又编谎想骗他继续住院。

其实他已经不是第一次闹出院了。住院这段时间，只要他人清醒能下地走动，他就闹着要出院。五妹知道他的心思，他担心家里的钱都给他治病了，以后她们娘仨和他父母又要过苦日子。

"你放心，我们家经济是有出有进，我和壮壮、艾艾还有爸妈一定不会过苦日子的。"五妹极力安慰。

"钱赚来就是用的，有病就得治，哪有等死的道理，这事我五妹绝不能做，何况我们家还拿得出钱，就是拿不出我去借也不能看着你被病慢慢熬死。"五妹继续劝丈夫继续治疗。

"五妹，你别骗我了，什么收回死账，什么海星在上海做了一大笔生意，这些都是你编出来安慰我的，我自己的弟弟他有几斤几两我能不知道？再说了，我在生意场摸爬滚打了这么些年，赚钱不是那么容易的，改革开放头几年生意还好做些，现在一年比一年难，俗话说蛇好吃草山都被踏平了。"李海龙忽然说出这番话，戳破五妹的善意谎言。

"你为什么就不相信呢？我不是把银行账都给你看了吗？"五妹说。五妹这是要把谎言进行到底。

李海龙久久地看着五妹，目光中充满了深情，眼角不禁滚落出泪花。而后说："依我判断，你在跟我玩移花接木。"

五妹瞪大了眼睛，更感吃惊。心想这事只有自己和僖月知道，他是怎么知道的呢？难不成僖月告诉他了？不可能，首先僖月不是那样的人，明明知道自己这样做的意图，她是不会出卖自己的，何况对她一点利益也没有。只是五妹惊愕的表情彻底出卖了自己，李海龙确定了自己的判断是正确的。

"移花接木的套路我玩过。所以你瞒不了我！"李海龙笑了笑，进一步确认。

事情发生得太突然，五妹一时不知道该怎么应对，但她不想承认，因为一旦承认了，他会往死里闹出院。

"你瞎想什么，哦，你玩过移花接木，就以为人人都像你一样啊。"

"那你拿银行回执单给我看，一看便清楚了。"李海龙要看银行回执单，这可堵死了五妹再骗下去的路。银行回执单上有付款方单位或姓名，跑不了假。

五妹被顶到墙上彻底无路可退。五妹窘在那，一会儿唉唉道："是，我是骗了你，我这么做，是想让你安心住院，想你能多活几天，能多陪陪我，你难道就那么不愿意吗？"五妹呜呜地啜泣。

李海龙感动得一把将五妹搂进怀里，紧紧拥住任由泪水哗啦啦地流。"我恨不能陪你到天荒地老，只是，天公不作美呀！我最后能为你们做的也只有为你们留下一些钱，别都被我糟蹋光了。"

"我是苦过来的人，就算回到从前我也无怨无悔，至于孩子们，儿孙自有儿孙福，也没必要为他们操太多心，你多活一天就多一天配上骨髓的希望。"五妹擦去他的泪水劝道。

"好吧，我听你的做化疗，但不转医院。"李海龙最终退了一步妥协做化疗。只是夜里他的病情急转直下，好在五妹还没睡发现得早抢救得及时，这才又从鬼门关将他拉了回来。

"五妹，我知道我的生命已经走到了尽头，天意难违。"李海龙喉管僵硬，有些说不下去。他停顿了一下，平复了一下心情继续说："我走后你一定要坚强，还有，你一定要让壮壮和艾艾好好读书，考上大学。"李海龙说这些时情绪很平静。

五妹把他的手紧紧地贴在自己的脸上，任由泪水划过脸颊再划过他的手。他感觉到了，颤抖地抚摸着五妹继续说："这辈子你为我吃了很多苦，我非常感谢你！只可惜……"李海龙已哽咽得说不下去。

"你别说了，你会好起来的。"五妹泣不成声。

李海龙努力控制自己的情绪，强迫自己笑了笑说："我还想你为我做最后一件事情。"

"你说，我一定做到。"五妹擦一把泪说。

"我想最后看一眼我们家乡的马路。"李海龙像是有顾虑，思虑了一番才说出来。

五妹想说，你身体这样子怎么走去看？但她还是一口答应了。五妹知道他对"零赶"工程、西山马路倾注了太多，那是因为他心灵深处有过无路的切肤之痛。

当时的李家村只有一到三年级，由两个知青任教，升学到四年级就得下山去星光公社就读。可去公社升学必须途经一片坟地，据传新中国成立之初这里是刑场，后来这里又成了渡头村庄的新坟地。当年与李海龙同班级的有十三位同学，七男六女，可是去公社升学的就李海龙一人，他们都因为害怕走那片坟地而辍学。

那片坟地不仅小孩子怕，即使大人一个人走也害怕。村庄还有许多关于那片坟地无头鬼的故事。李海龙去公社升学的第二年有三个孩子跟李海龙去公社升学，只是他们读完一学期就都辍学了，任由父母追着打骂也不肯去上学。李海龙坚持到初一又发生了一件事情促使他也辍学了。

是一个夏天的清晨，李海龙与往常一样周一5点多起床，吃了奶奶煮的炒饭去上学，穿出丛林行至馒头山的山边小路，心情正放松下来，因为这条小路的其中一面是对着一片开阔的田野，是李海龙最放松的时候，可是这天小路被一座新坟给改变了，它变得更加恐怖狰狞。原来，紧挨着小路垒起了一座新坟，高高的黄土堆，上面摆放着几个花圈，部分黄土滑落在小路上。当时还只有14岁的李海龙，一声惊叫吓得就往回跑，跑了一段路他停了下来站在那发抖，既不敢前行，又想着上学要迟到了。怎么办？最后他大声唱着歌，一边哭一边飞快地跑过坟堆，这一次由于过度惊吓，跑出墓地后他吐了一地。

又到周末可以回家了，他既高兴又发愁。为要走过那座新坟而愁。怎么办？他愁了一夜，第二天，也就是周五他做出了一个决定，上午他只上了一节课就逃学了。他早早等在渡口，因为这天正好是圩日，家乡一定有人来赶圩，他可以跟着来赶圩的大人们回家。这次回家后他便辍学了。

这个故事他没有对父母提起过，但一辈子压在他心里，修建"零赶"工程的时候，他反复对五妹说起这段往事。他告诉五妹，每一次经过那片坟地时，他大气都不敢喘，一副迎战的准备，全身心打起精神快步走，可是越快走，后面就越传来沙沙响的声音，好像有个无影人跟在你后面走，你快他也快，你慢他也慢，所以经常是走着走着突然跑起来，跑出坟地都是一身冷汗，有好几次跑出坟地眼睛看地上有一片漾动的黄色的水纹，然后就吐了一地。

五妹明白他老对自己提及这段往事，是希望五妹理解支持他对"零赶"工程的执着和无私奉献。

"我这就去安排!"五妹喉头僵硬，使劲咬住嘴唇冲出病房不让自己哭出来。

第六十一章　洒泪西山路

五妹把电话打到村里，李金雄连夜让人扎了担架。乡亲们得知后都放下手中的活，有的在路上候着，有的跑到县医院门口候着，抢着要抬担架。

担架从医院抬出来的那一刻，乡亲们一齐涌上去，抢着与他握手。

长龙一样的队伍，跟在担架后面，他们在默默流泪无声送别。但李海龙却一路兴致很高。每走一段他能说出路段的名称、山名、哪几家人的田。

"这是到了去下阳村的岔口吧？"担架抬到与下阳村分水岭的地界时，他突然问道。

"去下阳村还是原来的老路吗？"他再问。有人答还是原来的老路。

"那段低洼地段路面还是老样子吗？"他又问。

大家面面相觑不知该怎么回答，把目光都扫瞄到李金雄身上。

"还是老样子，你要活下来，带领大家继续修路。"李金雄说。

"是啊，我们村里还有许多条路等你好起来带领我们修呢。"王春生说，接着齐云德和乡亲们都跟着说。

"我也想啊，只是老天不给我机会，以后这个担子就由李金雄挑了！"说到这里他不由得叹了一口气。

队伍行到离村庄只有大约十分钟的金蟾林，也就是村庄的水口。他要求下担架看看。众人把他扶下担架，他意味深长地望着那片古树林似有难以割舍的情怀。

这片古树林是村里的水口，林中有大大小小的青石，其中一块比人高的巨石，形如蛙，故而得名金蟾林。关于金蟾林，祖祖辈辈流传着一个故事。传说金蟾没有下颚，是被一个李姓不肖子孙给敲了。据传古时候从李家村走出去的人都是非官即富。后来有一个叫李贾义的人去京城想做官，却官运不通，事事不如意。于是他找算命先生算卦，算命先生说他家的祖宗龙脉对准金蟾的嘴，运气都被金蟾吃了，要想官运亨通就得破了那石金蟾，李贾义相信了算命先生的话，把石金蟾的下颚给敲掉了一块。结果引起人怨神怒，从此更加不顺畅，最后客死狱中。

这个故事在李海龙看来是村庄的历史文化，故事中隐藏着老祖宗的教育智慧，怨天尤人信鬼神不如踏踏实实勤勤恳恳。当时修建路为了取直，图纸规划穿越这里，把金蟾林一劈两半。李海龙思考了几天，最后力排众议宁愿追加成本绕道架一座小桥，也不忍破坏这块有着村庄文化的古树林。当时村庄流言四起，说李海龙之所以要保住金蟾林是因为金蟾的屁股朝向他们的新家，所以他们家财源滚滚。李海龙为这事委屈过、愤怒过，今天他望着这片保存完好的古树林，感到欣慰，感到受再大的委屈都是值得的。

"知道当年我为什么非要保住这里吗？"李海龙问。

"是主任高瞻远瞩，看到这片古树林的未来旅游价值。"李金雄说。

"这是其一，它更是村庄的文化，从小就听大人们说金蟾的故事，却从不明真意，你们有谁能明白故事的真意吗？"李海龙扫视着众人问道。

众人面面相觑，有的低下头暗暗忏悔当年对杆子的诋毁。

"李家村人漂泊在外非官即富，靠的不是金蟾的保佑，而是奋发图强的结果。这正是家谱所言，读书者要用功，为农者必及时播种，为工贾者要业术精专。这才是硬道理。"李海龙意味深长地说。

"我预言，这里将来会发挥更大的作用，只可惜，我是看不到了！"

李海龙话音落下，乡亲们立刻你一言我一语地宽慰他，您为我们村做了那么多好事，您一定会好起来的。突然巧英对着金蟾下拜，双手合十举在眉心，口中念念有词道："金蟾，我们村长救过你，你也救他一回吧！请求您救救他吧，他是好人，他还救过我家男人，我给你磕头了！"巧英说着就"砰砰"地使劲磕头。引得众人控制不住窸窸窣窣地哭了起来。

"巧英，快起来，刚才我都白说了，金蟾是老祖宗留给我们的文化，它其实就是块石头，它不会保佑任何人，也不会伤害任何人。"李海龙笑了笑说。

"每个人都是会死的，我欣慰的是在我死前为乡亲们做了一点事，也算死得其所。"李海龙释然道。

但又不由自主地叹了一声，因为他的梦还没完全实现，他想建更多的路，建四个小组到村部的路，为村里做更多的事。

第六十二章　我们赶上好时代

时间来到 2010 年，一个冬天的下午，党中央的惠民政策"新型农村合作医疗保险"在李家村实施的第七个年头。

这项工作一直由五妹负责收缴农合医保个人缴费部分。这可是吃力不讨好的差事，但五妹却乐意干，而且一干就是七年。只因为她有切身之痛的经历，没有医保病不起。即使像她这样比较富裕的家庭都经不起病，又何况一般家庭！当年自己的丈夫患白血病，若是有医保，他或许不会那么抗拒治疗，或许可以等到配型骨髓，还有黄芥子的妻子，怕借债硬生生在家中熬死的。

五妹深知，这是有史以来破天荒的惠农政策，她一定要让人人都理解，让好政策落到实处。

五妹提着小型喇叭播放器，一路播放着歌曲《爱的奉献》，时不时吆喝几声："缴新农合医保了。"

"农合医保"政策刚下来时，个个喜不自禁，都说这是盘古开天地以来的农民的最惠政策，解决了农民家庭一人病倒全家穷的难题。可收缴农合医保费却成了问题，而且一年比一年难收缴，有半数人家认为他们家人都健健康康的，没必要缴这个费用，等以后有病了再缴也不迟。甚至有人认为新农合医保费是缴给村里干部吃了，所以越来越多的人不愿意缴。

村委班子成员也越来越怕接任医保管理员，经村委书记李金雄做工作，五妹接下了这个差事，成为李家村农合医保费收缴管理员。李金雄选择五妹接任这项工作，是有深意的。李海龙算是改革开放中最先富裕起来的家庭，资产过百万，就是这样一个家庭也经不起病。

当然，五妹愿意从百忙中挤出时间去做这项工作，是因为她打心眼里感谢这个惠民政策，她常常感叹，假如十年前有这样的政策该多好，他就不会一根筋地心疼钱，不会抗拒医疗，他会等到骨髓配比者，一句话，他可能不会死，至少能多活几年，能看到党中央道路硬化"村村通"政策，目睹现在村庄的发展变化。如今的村庄已经条条大路"通罗马"，无论是田垄还是去邻村的路，都实现了道路硬化，这是他曾经做过的一个梦。

五妹正往老李头家去，却巧遇他砍柴归来。

"老李头，砍啥柴呀，不是有液化气吗。"五妹见了说。

"烧不起呀，我家穷。"老李头知道五妹又是来催缴农合保费的，所以开口就叫穷。

"你这叫心穷，你们家是种粮大户，这几年又赶上竹荪好价钱，瞧瞧你，小楼换大楼，孩子们在城里也都买房了，还瞎叫个啥穷。"五妹说。

老李头情不自禁地露出喜悦的表情，说："说实话，现在的日子还真不敢说穷，只是这'节约'二字，像老祖宗的病根！钱再多也还是个穷样。"

"那可不好，该花的还得花，你们家农合医保还没缴呢，你们小组就差你们家了，可不能拖后腿呀！"

老李一听变了脸，道："我说呢，无事不登三宝殿，你们登门准没好事，不是摊派就是交钱。"

五妹一听老李头说出这样的话很是生气，便毫不客气地说："我说老李头，你这话可不地道，摊派都是村里的公益事业，那路你不走啊？那水你不喝吗？再说了，现在有政府'村村通'政策，大头都有政府补贴拨款，每家每户才摊派多少？你昧良心呐。"五妹一点面子也不给他。

老李头自知理亏无话可说。

"以前打开门看见的不是山就是杂草，整个村子除了古亭就再无去处，现在有公园，有凉亭，还有体育设施，打牌下棋都有地方。建设得这样好，跟城里都差不多了，你摊派了一分钱吗？"五妹继续批评他。

老李头被五妹顶到墙上，感到尴尬，只得红着脸呵呵两声说："是是。"

"以前的街道随处可见垃圾，鸡鸭鹅粪便随处可见，甚至有一坨一坨的牛粪。现在，别说主街是干干净净的，就是通往山垄的路也都是水泥路，你还有意见啊？交医保钱都是为你们自己好，我又得不到一分……"五妹继续说，但话未说完即被李老头的妻子李嫂走出来给打断了。

"今年你就是磨破嘴皮我们也不缴了，年年缴年年白缴，我们家人什么病都没有。"李嫂沉下脸色说。

"这是好事嘛，千金难买健康！万金难买平安！你家什么事都没有是人家求都求不来的福。"五妹说。

"那我问你，我们家没人生病年年缴的钱都哪去了？是不是被你们村干部吃了？"老李头媳妇问。

"呀，李嫂啊，饭可以乱吃，话可不能乱讲，你们缴的农合医保一分一厘都上缴财政国库了，谁能吃呀！"五妹哭笑不得。

"真没吃？敢发誓不？"老李媳妇得寸进尺。

"当然敢，我们没吃为什么不敢发誓？"五妹理直气壮。

"你发誓我就相信你没吃。"李嫂有些蹬鼻子上脸。

五妹想跳起来大骂她一顿，想数落自己丈夫生前当村长的时候贴村集体事业贴了多少人力物力，可她还是克制住了。因为自己现在是村干部，不是泼妇。自己是来完成农合医保任务的，是来宣传党中央惠民政策的，不是来吵架的。想到这儿的五妹，深呼吸了几口后平静下来道：

"你听好了，我发誓，谁吃谁掉牙，上山摔山崖，下河被鬼抓，过桥桥也塌，十五月圆人不圆，黄道吉日……"五妹举着手倒豆子一样，一口气发了一大堆毒誓，直把老李头媳妇给吓着了。

"别，别，别再发了，我相信。"老李头媳妇擦着细汗有些惭愧。

"那你同意缴了？"五妹说。

"今天没钱，过几天我让老李给送过去成不？"老李媳妇想玩缓兵之计。

"不成，你家昨天才卖了两头猪怎么会没钱?!"

"那不是都付了建房子的材料费吗。"

"你装死，谁不知道你家盖房子一分外债也没有。"五妹不给面子，步步紧逼。

李嫂被五妹逼到墙角无话可推脱，便要关门，一副死猪不怕开水烫的态势。

五妹叹气，高声道："我就不明白了，这样优惠的政策你们居然看不见，只看见眼前那么一点点小利！"

"对于生病的人来说，的确是破天荒的好政策，可对于没病的人来说，就不算好政策。"老李头打开门理直气壮道。

"老李头，我五妹和你说几句掏心窝子的话，这好话也说不坏，常言道吃五谷生六病，谁能保证一辈子不生病？你今年不生病，不等于明年不生病，下坎组的孙大个，他身体好不好？大冬天下河里洗澡连"吸溜"声都没有，身子板摔在地上可以冒出火花来，去年也是说死也不缴，结果怎么样了？喝高了一脚摔倒脑出血，成了植物人。出事了后悔了，可晚了，他老母亲哭着跑村部磕头求我们给补缴上。隔了年财政结算关门了哪里还补得了？现在他们家年年第一个主动跑来缴，生怕误了。"

"他是他，我是我，别在我们家门口乌鸦嘴，若不是看在乡里乡亲的分儿上，我拿粪泼你的嘴。"李嫂冲出来，大为不快。

"这是盘古开天地的惠民政策，你们实在不愿意缴，我自是不勉强，当然也无人能勉强你们。"五妹苦口婆心一番无果，只得转身离去。

可老李头的母亲追了出来。"五妹，你别走。"

"我还要去别的组呢。"五妹说。

"你等等，我家一共要缴多少钱？"老李头母亲追上五妹说。

"每人每年90元，你家一共五口人，全缴的话一共450元。"五妹说。

"全缴，我替他们缴这个钱，他们不懂事，你别跟他们计较。要是早十年有这个政策，我老头子也不至于小病熬成大病，活生生看着他待家里给熬死了。"老李头母亲说着就抹泪。

"有件事情他们不知道，我没告诉他们，老头子死前很想让儿子带他去大医院医治，可是不敢开口啊，连你们家都住院住穷了，何况我们，老头子弥留时还使劲睁着眼，只有我知道他想说什么，他想去住院，想活下来。"老李头母亲说得满脸是泪。

"花小钱，保平安划算！以后要缴这类的钱你管我要。"老李头母亲擦干眼泪笑着拍着五妹的肩头说。

五妹对老妈妈竖起一个大拇指说："谢谢您老的支持！您老经历过就明白这农合医保政策的确是破天荒的大惠民政策！"

就在五妹再次转身去别家收缴农合医保时，巧英慌慌张张地跑来，一边跑一边喊道："五妹，快跑，黑山老母扛着大刀来找你了。"

五妹一听，不分青红皂白地跑起来，可跑了一阵突然停下问："她扛她的刀，我跑什么？"五妹感到莫名其妙。

五妹停下来，这时巧英也气喘吁吁地说："你不知道啊，他们家出事了。"

五妹："他们家出事与我有关吗？"五妹更加一头雾水。

"是这样的，她老公这阵子总觉得腰疼，昨天去医院一检查，出大事了，得了肾炎病，必须马上住院，医生说再来迟了就没得治了……"巧英说到这里被五妹打断。

"我知道是怎么回事了。"五妹听到这里已经明白了一切，她不但不跑，反而迎了上去。

原来，张爱金，外号黑山老母，他们家去年说死也不缴农合医保，张爱金听人说村委会扣粮食植补强行缴农合保，她就扛着一把大刀去村部威胁，说村委谁若敢扣他们家粮食植补缴农合医保，她就杀谁。于是去年他们家没缴农合医保，五妹估计着是来求给补上的，应该不是来杀自己的，所以不但不跑，反而还迎上去。

张爱金果然一见五妹"扑通"就跪下了。"你大人有大量，别跟我一般计较，我对不起你五妹呀，我千不该万不该，不该抠门农合保费呀，呜呜啊，呜呜啊……"她哭得眼泪鼻涕流成川。

五妹："出事了吧，不幸又被言中！病准又长眼了，专盯没缴的户。下坎组的孙大个，一组的葛世平，现在又轮到了你们家。"

五妹叹一声说道："去年我好说歹说不但没用，还招来，对，就是这把柴刀，你当时就拿着这把柴刀，冲进村委，嚷着谁敢扣你们家粮食植补缴农合医保就……"

张爱金接过话："就杀谁。"

五妹说："对，当时你就是这么说的，所以……"

张爱金又抢过话："所以现在我要你用这把刀杀了我，只求你把农合医保给补上。"

五妹哭笑不得，说："杀人要偿命，你这不还是杀我吗？"

张爱金捶胸顿足呼天抢地痛哭流涕。"老天爷呀，为什么给我开这么大的玩笑呀，没医保我们家怎么住得起医院，医生说他不住院必死无疑，他死了我怎么活呀……"

老李头母亲见了叹气道："唉，你们没经历过，不懂没钱看病活活熬死的滋味，就抠那点小钱，后悔药没得买啊！"

"五妹，你给我想想办法好不好啊！我求你给你磕头了，行不行啊！"张爱金果然把头磕在地上，甚至磕破了皮渗出血。

五妹看到张爱金哭得死去活来，实在不忍再瞒她便道出村委替他们家缴了去年的新农合医保。

"别哭了，起来吧，你们家这两年连着遭灾，前年是烟叶被洪水冲了个精光，去年养猪又遭口蹄病，死了过半，所以村委研究决定替你们家给缴了，算是补助困难户。"

"你说什么？你说的可是真的？"张爱金像弹簧一样骨碌一下弹起来抓住五妹的手问。

"当然是真的，这能说假话吗？再说了，我五妹什么时候说过假话？"五妹爽朗道。

"我，我不是在做梦吧，不是做梦吧，缴了，缴了！"张爱金如疯了一样，又是拧自己的脸又是拧自己的腿。"会疼，会疼，不是梦不是梦。"

"谢谢你五妹，你是我们家的救命恩人！"张爱金"扑通"跪在五妹面前磕头。

"谢我什么？应该谢政府的好政策！"五妹说。

"对对，感谢共产党，感谢村委领导，我给共产党烧香……"

"别谢了，共产党不信烧香那一套，赶快回家去办理住院手续吧。"

张爱金破涕为笑，一路跑回家。

"吃过苦头就知道这政策好咯。"老李头母亲感叹。

"吃不穷穿不穷，一人病倒全家穷。我们是赶上了好时代啊！"五妹喃喃自语万般感慨！

第六十三章　岁月静好

　　静静的月光，倾泻在牌坊公园。桃花在月光下，更加婀娜多姿，粉色的花朵，与银色的月光交相辉映，给人一种别样的妩媚。漆红木的四角凉亭，四盏菱形红灯笼悬挂在凉亭四角，夜色中射出黄色的光，与银色的月光交相辉映出一片祥和。

　　李长功、大老黄和李孝仁三位老人先后来到凉亭。每晚来凉亭坐上一会儿，已经成为他们的生活习惯，也是一种享受。但他们多半静静地坐着，很少交流，面部多半挂着微微的笑意，目光像月光一样安逸。他们有时微微望着前方，有时低头看着地上，偶尔仰头望向亭顶，仿佛在数着斗拱。

　　过了一会儿，被称作话匣子的老杜来了，他的到来像一只满地叫的鸭子，哇啦哇啦打破了刚才那份恬静的美妙，带来热气腾腾的气氛，如村庄暗涌跳动的春意。

　　整个凉亭几乎就他一个人的声音。他不是地道的本村人，他祖籍江西，早年还是搞集体的时候，每年冬季稻田收割后，他就来了，他来村里放养水鸭，到第二年开播他就走了，到冬天稻田闲着他又来。

　　他养的水鸭特别会下蛋，在物资匮乏的年代，他这一手绝活可是羡煞了许多人。为了改善村里人的生活，也为了让更多的村里人学到他那一手绝活，老队长李有田把他留下来落了户。他成为正式的李家村人后，话匣子就打开了。

　　"你们怎么都不说话？"话匣子老杜忽然发现就他一个人在吧啦吧啦说话。

　　"有你说就够了。"大老黄笑着说。

　　"我们在听你说呢。"李孝仁笑笑说。

　　李长功没有说话，他只是嘴角咧得更开，笑意更深。

"就我一个人说话没劲，还是去看他们打牌。"老杜起身欲离去。李长功忽然丢出一句。

"说你养鸭子的事儿。"李长功话一出自顾笑得更深。

养鸭子成就了老杜的富裕之路，城里买了三套房子，三个孩子各人一套。所以一提及养鸭子老杜果然浑身就来劲。他重新坐了下来打开话匣子，眉飞色舞地说养鸭子的那些事儿。他说鸭子也会谈恋爱，也会吃醋，它们和人一样对配偶也有选择。正说得起劲，老队长李有田走了来。老杜见了立刻起身让座，自己和李长功挤一条板凳坐，把宽敞的一整条让出来给老队长坐。且转了话题，谈起四十年前的事。

"你们不知道，当年老队长把我叫去，我以为是自己犯错误了，老队长要赶我走，吓得我的心快跳出来。当时心里就想，无论如何跪下来求也要求他让我放完这个冬天的鸭子，没想到老队长却开口问我愿不愿意落户在李家村，当时我以为自己是在做梦呢，高兴得当场就哭了。"老杜每每说起这段往事都洋溢着感激之情。

"我还怕你不愿意落户在我们这穷山沟呢。"李有田说。

"哪里，那时福建比江西好，是鱼米之乡，福建可让我们羡慕了。不过现在我们家乡也发展得不错，听说那些不长树的石头山都被开发成了风景区，老美了。"老杜呵呵地笑着说。

"听说你想回去?"李有田问。

"是啊，人老了就想故土啊，可这里也是我的故乡，我生活了四十多年，又割舍不下。"老杜的眼眶里一下子闪出了泪花，这里的一草一木他难以割舍。

"不知不觉啊，你来的时候还是30岁出头的后生，转眼也奔七字头了。"李有田感叹时光匆匆。

"虚岁73岁了!"老杜说。

"是啊，日子过得太快了，我都79岁了，现在这样的生活，真恨不能拽住日子让时间跑得慢一点。"大老黄插话道。

"我大你一轮，土都快埋到下嘴唇了。"李有田微微咧嘴笑着说。

"你不像91岁的人，背还没驼。"老杜说。

"他可以活120岁呢，修了那么长的路，这辈子积了大德了。"李长功笑着说。

"那都是多少年的老皇历了，再说了又不是我一个人修的，我只是带个头而已。"李有田说。

李长功说的修路是 1975 年劈山填水开出的李家村的第一条去公社的黄泥土路，李家村人管叫西边马路。这条路，后来在村长李海龙手上修建成了水泥马路。

"想起来像一场梦，谁也没想到，现在农村跟城市差不多，吃的、穿的、玩的，城里人有的乡下人也都有。就说这灯，过去天一黑到处一片漆黑只能关门睡觉，现在跟城里一样，到处都是灯，晚上跟白天一样豁亮。"李有田感叹。

"老年活动室天天爆满，去晚了没位置。"李孝仁说。

"现在人玩的花样多了，连电视都不爱看了，过去谁家有一台电视机可吃香了。还记得你家买回村里第一台电视机吗？整个村的人都涌到你家，连邻居门前的土坪都挤满了人。"李长功回忆着说。

"那晚我去迟了，站在最后面只看见黑压压的人头，什么也看不见，就听声音听了一晚上。那时我就想，什么时候自己家也能买上这样一台电视机那该多好！"老杜笑了说。

"现在你买一百台也不成问题。"李孝仁打趣道。

"现在送人都没人要，都看大彩屏了，谁还看小黑白！"老杜说。

"我小女儿说，等她过年回来给我们老两口换个挂在墙上的大彩屏，我说不要浪费钱，我们两个老人家看那么好的做什么。"大老黄说着脸上溢满了笑容。

"女儿有孝心就接受，我们还能活几年，趁活着好好享受。"李孝仁说。

"可惜我老伴去得早，没有享到福。"李长功忽然叹气道。

"最可惜的是杆子，他为李家村做了不少好事。"李有田又一次想起李海龙。

"确实可惜，好像才 35 岁就走了，走太早了。"大老黄说。

"应该有 40 岁吧？"李长功说。

"37 岁，和我家老三同岁。"李孝仁说。

"那你是最准确的。"李长功说。

大家正谈论着过世太早的李海龙时，李海龙的遗孀五妹骑着电动车路过牌坊公园，她去广场跳广场舞。另外村里一起长大的姐妹邀好了今晚商量去香港澳门旅游事宜，北京她们已经去过。

城里人跳广场舞多数为了锻炼身体，而乡村人跳广场舞是为了享受快乐，为了释放一天的劳累。路况还不太好的时候，她们东一伙西一群，有的就三五个人在自家晒谷坪上跳上个把小时，现在路况四通八达了，在五妹的提议下都集中到村部广场跳。

五妹见凉亭坐着老队长李有田立刻刹车与大家打招呼，几位老人居然都站了起来，互相与五妹打招呼，这使得五妹有些受宠若惊。但五妹很快明白自己是在吃丈夫的老本。尽管他已经去世十多年，但村里很大一部分人都十分怀念他。

五妹到广场时，阿霞、红芹、巧英早到了。"就等你了，怎么姗姗来迟？"阿霞快人快语。五妹解释在牌坊公园耽搁了一会。

"你问了僖月吗，她和我们一起去吗？"红芹急着问五妹。

"她啊，唉，又去不了了。"五妹一副遗憾的样子立刻引得姐妹们齐刷刷地唉唉地叹气。上次去北京玩，王僖月就因为走不开没和姐妹们一起去，她们感到遗憾。待她们叹完气五妹大声宣布道："她说这回说什么都和姐妹们一起去，而且机票她包了。"这一宣布姐妹们立刻欢呼雀跃。

"只要她去我们干劲更大，机票我们也都出得起。"红芹说。

"想都没敢想，当年我们在青龙溪畔开玩笑的话说去北京玩，已经实现了，现在居然要坐飞机去香港玩。"阿霞感慨。

"是啊，我做梦都不敢想。"巧英说。巧英话音落下引得哄堂大笑。

笑罢，阿霞说："巧英你又做梦都不敢想，那年说有朝一日去北京看天安门看毛主席遗体，你也是说连做梦都不敢想。"

"当年我是说了这话。"巧英咧着嘴笑。

"当年你还不相信机器可以洗衣服，说那机器又没长眼睛哪能洗得干净，现在我问你，那机器长眼睛了没？"危秋娥问。

"长了，长了老大的眼睛。洗衣机可好用了。"巧英话音落下又引得姐妹们开怀大笑。

"衣服还是手洗的干净。"杜小凤说。

"是你不舍得用电，小气鬼。"危秋娥说。

"谁说是不舍得电了，有的沾上油渍就是要手洗。"杜小凤反驳，"你去北京还带烤地瓜呢，说烤地瓜比北京烤鸭好吃，你就是死脑筋想不开不舍得花钱。"危秋娥是个得理不饶人的人。这可惹得杜小凤有些尴尬挂不住面子，眼看双方就要干架，红芹连忙出来解围。

"不说闲话了，萝卜青菜各有所爱，我们村的地瓜是比北京的烤鸭好吃。"红芹及时制止了战火。然后与大家一起定在下个星期一去公安局办理护照。

这晚跳完广场舞回到家的五妹，推开大门，屏风上丈夫的遗像特别招眼。她慢慢走近，而后从屏风上拿了三炷香点燃并插进香炉，默默注视了一会，口中念念有词和丈夫的遗像唠叨起来。

"我又有好多话要对你说。这第一件是李金雄的养鸡场上市了。"说到这五妹难免不叹气。五妹叹了一口气继续倾诉道："假如你还活着，你的公司……"五妹又情不自禁叹气打住。

"看我，又说不愉快的事儿，你不爱听的，不说了。说快乐的事情。"

这么多年来，李海龙在五妹的心中从未离去，她有事没事会对着丈夫的遗像唠嗑，有难事请他拿主意，有喜事第一个焚香告诉他。

"对了，李金雄辞去了村委书记，现在是王春生当书记，僖月劝我去竞选村长，你说我有这个能力吗？"五妹说完就忍不住"扑哧"一声笑。

"你看，不等你笑话我脑洞大开，我自己都忍不住被这想法给逗乐了。不过……"

"不过我也仔细想了想，僖月说的也不完全是脑洞大开，毕竟我也是有梦的。这世界天天都在变，村庄年年在变，每个人也都在变，僖月以前连打斤酱油都得公公婆婆做主，现在人家可了不起了！是县里工商协会的会长了。还有聋子一家，已经脱贫不吃低保了。对了，还记得他的儿子鼻涕虫吗？小时候爱哭总是流一嘴的鼻涕，讨人嫌，现在长得人高马大，可能干了，他大学毕业后回村里搞农村合作社，管着一千多亩田地呢，连隔壁村的也加入了他的合作社。翻田、插秧、收割，一条龙机械化，下肥用的是无人机。那飞机飞过去，不用一天的时间，就干完了以前一个生产队的人要干半个月的活。"

五妹说到这，忽然觉得自己说远了，可又想不起来自己真正要说什么，不禁就笑了自顾唠叨。

"瞧我这记性，唉，老了，五十冒尖了，还想竞选村长，别丢人现眼了！人是不能比的，这世界无论怎么变，麻雀是不会变成凤凰的，人家僖月天生就是凤凰，只是鲜花插到了牛粪上误了她……"五妹说到这觉得自己更跑偏了，可一时就是想不起来要说的话。

她索性说了别的话题。"我想壮壮和艾艾了，他们都跑太远了，一个厦门，一个北京。我想他们的时候，就只能翻手机看他们的照片！"五妹闪出泪花，接着翻开手机点开相册。

她一张一张翻着儿子和女儿的照片。"要是你爸也能看到你们都这么优秀，那该多好！"

她一张一张地翻，一会笑，一会闪出泪花。当翻到一张风景照时，突然想起什么，她重新回到丈夫遗像前。"哦，告诉你一个特大好消息，我们村最早的老路，就是要经过一片坟地的那条鬼路，要开发了。富屯溪渡头会架设一座大桥，我们村决定推山开辟一条路直插大桥，以后我们去镇里开小车就只要十几分钟，去城里也只要半个小时左右的路程。我和阿霞都准备去报名学车。以后想上城里玩，就跟走菜地遛弯差不多。"五妹说到这，手机铃声响起。

是王僖月打来的。"不会吵了你睡觉吧？"

"还早呢，跳舞才回来不久。你大忙人一个，怎么有空给我打电话？"

"你们不是想去看大海吗？我帮联系了旅行社，去海南岛纯玩，四天五晚，来回飞机票全包，每人3800元，问问她们去不去，去的话我这边把飞机票订下来。"王僖月说。

"当然去啊！她们早就想去看大海了。自从我从厦门看女儿回来与她们说了海，她们就闹着要去看大海，今天晚上跳舞阿霞还问呢。"五妹说。

"现在都有条件可以去看看，海和山是两种完全不同的感觉。"王僖月说。

"这帮娘儿们都玩野了，说今年看海，明年坐游轮去香港澳门玩呢。"

"去香港澳门也就几千元，我们赶上了好时代，不享受才傻呢！"王僖月说。

"你快回来办家乡企业吧，让我们赚你工资，赚了钱去周游世界。"五妹打趣道。

"会有那一天的，政府已经有意向，定个时间去考察江西篁岭的晒秋，吸取他们的成功经验。我们村的条件比篁岭更优越，青龙溪的瀑布落差几百米，很有看点，搞漂流也是绝好的，你们等着到时有你们忙的。"王僖月说。开发家乡的旅游事业一直是僖月的梦想。

"哦？做这么大的事？"五妹顿了一下。"这可不是闹着玩的，僖月，你别嫌我泼冷水，你现在就守住你的一亩三分地，日子会无风无雨过得非常富足，若开发新项目，万一……"五妹想说万一亏了那可不是小数目，弄不好要前功尽弃倾家荡产的。

"我知道你为我好，怕我万一亏了。其实，我有心理准备，也想明白了一个道理，建设自己的家乡，赚了是赚，亏了也是赚！"

王僖月这番话令五妹肃然起敬，不承想，昔日的姐妹，思想居然已升华到这个高度，自己不仅自愧不如，且惭愧万分。

"你听见了吗？僖月要回来开发旅游项目了！她是好样的，我是跟不上趟了，我就做点打酱油的事儿，然后好好享受这美好的生活！"五妹放下电话，再一次对着丈夫的遗像默语。

五妹说完洗漱上楼去到卧室，她翻出与丈夫后来补拍的结婚写真相册，又一次絮絮叨叨告慰丈夫李海龙的亡灵。她告诉丈夫，农业合作社的社长，也就是聋子的儿子陈建新和阿混，在李海龙当年修路时极力保护下来的那片古树林，也就是金蟾林盖了一座农庄，取名蝴蝶谷，屋顶全用茅草加盖，竹篱笆为墙，非常有特色，一踏进去就给人心旷神怡的感觉。内有书屋，蝴蝶馆，外有黄精培育地，休闲娱乐一体，别具风味，每个周末都有城里人来度周末。五妹说到这很为丈夫李海龙的眼光所折服，20年前，李海龙就预言过，村庄的路会四通八达，金蟾林会被开发，阿混的蝴蝶梦会有用武之地。

"老公，现在的农村变化太大了，我们村变化得我都不认识了……"五妹说到这难免又哽咽落泪，她想念丈夫，要是他还活着该多好！但她迅速抹去泪水，笑着说："我不哭，我知道你在九泉下笑，政府圆了你的梦，现在的农村水泥路是村村通户户通，还有你想不到的变化……"五妹今天特别想与过世的丈夫唠叨，她捧着相册絮絮叨叨倾诉着，不觉就入了梦乡。

月亮爬到中天，牌室，棋室的人也纷纷散场。走在余立德后面的李木勤突然赶前几步，把今夜赢余立德的20元钱塞给余立德。

"今晚三吃一，我把赢你的钱还你。"李木勤解释道。

"愿赌服输，再说了，我们只是小赌怡情，三吃一也不过百，你怕我输不起这点钱吗？"余立德迅速做出反应，掏出李木勤塞给他的钱反塞回去。

李木勤有些尴尬，两人默默走了一段路，余立德到家了。

"我到家了，你慢走。"余立德说。

李木勤像受了刺激，他突然停下，望着余立德朝家门走去。就在他推开门，一只脚跨进门内时，李木勤以迅雷不及掩耳的速度追上去，把20块钱再次塞给他，然后飞快地跑了。

"你？你这是什么意思嘛！"余立德纳闷儿。

"当年是我老婆偷了你家的鸡蛋……"跑远的李木勤终于说出了压在心里30多年的愧疚。

30年前，李木勤妻子趁余立德家人不注意就把他们家正下蛋的母鸡用一把谷子诱到自己家去下蛋，下完蛋再给放走。余立德的妻子发现端倪，猜到是邻居干的便在门口故意高声叫骂，骂得很难听，之后李木勤妻子才没敢继续干那事。

"有毛病啊，都过去多少年的事了，早忘到外婆家去了。"余立德拿着钱出来追他，可李木勤早跑远了。

"那时都太穷……"余立德望着快跑无影的李木勤哭笑不得自言自语。他进屋后把这事当笑话说与老伴冬菊听，可他老伴听完没笑，反倒叹气自责。

"若换了现在，她就是把母鸡抱走，我也不会骂那么难听的话，想起来，乡里乡亲的，谁还没个歪脚印的时候！"

"这钱明天你还他婆娘吧。"余立德把钱放在床头柜上，脱衣上床睡觉。

"算了，我看还是不还更好，还回去等于把伤口再撕一次。"余立德忽然又改变主意。

"你说他这不是吃饱了撑的吗，这都挂阎王簿上的事了，干吗自己挖起来？"他老伴玩味着那两张十元钱说。

"这你就不懂了，人老了，怕带着污点下去。干净地来，干净地走。"余立德语音混沌，打着哈欠睡意已深。

"别说那么吓人的话。就是生活好了，钱已经没那么重要了，心里不拖累才更重要。"他老伴反驳道。

这不和我一个意思吗？余立德虽这么想，但没说出来。和老伴争了大半辈子，他不想再争了，他现在就想多活几年享受生活。

冬菊见丈夫不与自己争，不禁露出了笑。她转身去给他打热水想为他搓个脚，可当她打来热水时，他已鼾声雷起。

都说人老了会变，一种是脾气变坏，另一种是变好。而她眼前的这个男人，属于后者，年轻的时候总和自己针尖对麦芒，村里人都说他们两个走不到老，没想到老了老了他却越来越顺着自己，越懂得疼爱自己。

冬菊望着想着，嘴角的笑意漾得一波比一波深。